ERNEST ALBY

OLYMPE A PARIS

OU

LES DIEUX EN HABIT NOIR

PARIS

LIBRAIRIE INTERNATIONALE

CROIX, VERBOECKHOVEN ET Cᵗᵉ, ÉDITEURS

Boulevard Montmartre, 15, au coin de la rue Vivienne

MÊME MAISON A BRUXELLES, A LEIPZIG ET A LIVOURNE

1867

2

L'OLYMPE A PARIS

Brux. - Typ. A. Lacroix, Verboeckhoven et Cie, r. Royale, 3, impasse du Parc.

ERNEST ALBY

L'OLYMPE A PARIS

ou

LES DIEUX EN HABIT NOIR

PARIS

LIBRAIRIE INTERNATIONALE

A. LACROIX, VERBOECKHOVEN ET Cⁱᵉ, ÉDITEURS

Boulevard Montmartre, 15, au coin de la rue Vivienne

MÊME MAISON A BRUXELLES, A LEIPZIG ET A LIVOURNE

1867

ENTREZ, MESSIEURS ET MESDAMES, ON VA COMMENCER

Le maître d'école qui nous enseignait la mythologie avait la précaution de nous dire, à la fin de chaque leçon : — Surtout, mes chers amis, n'oubliez pas que tout ce que vous venez d'apprendre n'est qu'un tissu de fables aussi poétiques qu'ingénieuses.

Et sur ce thème il brodait invariablement un petit discours dans lequel il faisait ressortir, avec le plus de discrétion possible, la fraîche et galante imagination des peuples de la Grèce, autrement dite, en langage d'académicien de la *Hellas*.

Aux plus curieux d'entre nous, le bonhomme donnait les interprétations qu'il avait recueillies dans les commentaires des antiquaires et des philosophes.

Le personnel du paganisme se changeait alors en figures d'astronomie, et les grands dieux d'Hésiode n'étaient plus que des lunes et des soleils.

Mais il faut être doué d'une forte dose de bonne volonté pour ne voir qu'un dieu ou qu'une déesse dans ces petites chandelles du firmament. Et l'on ne peut cependant pas biffer d'un trait de plume la personnalité des dieux de l'Olympe.

D'incertitude en incertitude, nous en arrivâmes, pour notre compte, à désirer une explication plus satisfaisante que celle que l'on fournissait sur l'existence et l'individualité des personnages qui ont mérité les adorations des peuples réputés à bon droit les plus spirituels de la terre.

A force de réfléchir, nous nous dîmes : les dieux du paganisme, tels que Jupiter, Neptune ont existé, etc... etc... nous demeurions en chemin.

Le hasard a joué un grand rôle dans les découvertes et dans les applications les plus précieuses du génie humain.

Un chien a fait jaillir d'un coquillage la couleur pourpre.

Un feu de caravane, allumé au désert, a mis du sable en fusion. C'est l'origine du premier morceau de verre.

L'immersion d'une couronne d'or dans un bain, la chute d'une pomme au pied d'un arbre, ont fait, dit-on, naître dans le cerveau d'Archimède et dans celui de Newton des choses admirables. Un sergent de ville m'a mis sur le chemin de la vérité à propos de la fable.

Un garçon boucher battait un jour sur le boulevard un petit pâtissier.

Le boucher allait dévorer le mitron. La foule murmurait. Nul des spectateurs de cette atroce brutalité n'osait prendre le parti du plus faible contre celui du plus fort.

Soudain un sergent de ville se précipite entre les deux combattants. Le boucher lâche le gâte-sauce et se laisse conduire au violon.

Le dénoûment réjouit fort la foule.

Chacun se retira satisfait, en voiant des remercîments à cette providence en redingote bleue et en tricorne (faites-moi donc le plaisir de m'expliquer pour quelle raison on nomme *tricorne* un feutre qui n'est autre qu'un bicorne). Et dans mon émotion, je m'écriai : Le sergent de ville, c'est Hercule au dix-neuvième siècle.

Son rôle est de protéger l'innocence, de réprimer le vice, d'arrêter le crime.

Oui, oui, Hercule est retrouvé; il vit dans le sergent de ville, qui n'est que le subdélégué de M. le préfet de police.

Je me laissai aller à cette inspiration, et je ne tardai pas à acquérir la conviction que ces individus, tels que Jupiter, Apollon, Neptune, Hercule, etc., avaient vécu de la vie commune à tous les mortels enchaînés sur notre globe sublunaire.

Ils doivent leur célébrité à leur génie, à leurs travaux.

Les nations, émues de leur héroïsme, les ont admirés durant leur vie.

Après leur mort, leur souvenir déjà glorieux s'est rehaussé d'un prestige poétique et d'une auréole resplendissante.

De l'admiration de leurs pères, les petits-enfants sont passés à la vénération.

Les arrière-petits-enfants sont arrivés, car il n'y avait qu'un pas à faire, de la vénération à l'adoration.

Le grand homme a été salué du titre de divin, de dieu. Son image a été inaugurée sur les autels, et la piété publique lui a offert des sacrifices et des prières.

Hérodote ne nous dit-il pas : — Les Spartiates élevèrent un temple à Lycurgue après sa mort ; et ils l'adorent
encore révérencieusement? A Rome, sous les Césars, n'ap-
pelait-on pas — le divin Auguste, le divin Claude, le divin
Vespasien, le divin Titus?

Ainsi donc, pour nous, Jupiter, Neptune, Vulcain, Pluton, Hercule, etc., ont exercé diverses professions; ils ont
été les banquiers, les ingénieurs des ponts et chaussées, les
directeurs des fonderies, les préfets de police, les administrateurs des pompes funèbres, les directeurs du Conservatoire de musique et de déclamation d'un autre siècle.

Pris à ce point de vue, le récit de leurs faits et gestes,
offre mille détails plus intéressants, plus curieux, plus amu-
sants les uns que les autres.

On retrouve les mêmes passions, les mêmes rivalités, les
mêmes vertus, les mêmes faiblesses chez les célébrités des
siècles passés que chez nos célébrités contemporaines. L'histoire du cœur humain ne varie pas. Elle n'affecte des as-
pects différents que par les reflets des ombres et des couleurs, et la perspective lointaine du théâtre sur lequel les
acteurs ont joué leur personnage.

Il y a lieu à rire et à s'instruire des folies humaines dans
ces investigations. On y trouve la recette des médiocrités
élevées à l'illustration la plus chimérique, et la chute des
hommes de génie précipités dans l'obscurité la plus déplorable.

Quant aux faiblesses des cœurs sensibles, ces dames et
ces messieurs sont bien les dignes fils de notre mère commune, Ève la blonde, si tendre et si facile.

Nous n'avons pas fait une parodie; nous avons écrit des
mémoires historiques, authentiques de ces faux dieux et

de leurs femmes. En un mot, nous avons tiré la vérité du mensonge.

— Quel paradoxe !

— Eh ! monsieur, ce n'est pas un paradoxe.

D'ailleurs les paradoxes émoustillent et donnent du montant à l'esprit.

Daignez nous lire et vous nous jugerez.

Vous comprenez que nous n'avons pas le loisir de disserter plus longuement à propos de l'originalité de notre œuvre, de la finesse de nos aperçus, du pittoresque de nos rapprochements, de la subtilité de notre esprit.

Notre modestie en souffrirait.

Aussi nous bornons-nous à vous dire, en vous tirant notre très humble et très gracieuse révérence :

Mesdames et messieurs,

L'auteur a fait de son mieux. Il a composé cet ouvrage dans l'espérance de récréer vos esprits épuisés par des lectures fastidieuses.

S'il a réussi, — ne dites pas trop de mal de lui.

S'il s'est trompé, — n'en dites pas trop de bien.

Ayez pour sa personne et son livre l'indulgence que chacun de nous réclame à un moment donné pour son propre compte.

Agréez, mesdames et messieurs, l'expression de nos sentiments les plus distingués, avec lesquels, nous avons l'honneur d'être,

Votre très respectueux serviteur,

ERNEST ALBY.

Post-scriptum. Au moment où l'auteur prenait congé de

1.

vous, aimables lecteurs, un monsieur quelconque l'apostrophait au passage :

— Un mot, cher confrère ?

— Volontiers.

— Vous annoncez l'*Olympe à Paris ou les Dieux en habit noir*.

— En effet.

— Henri Heine a traité le même sujet.

— Vous pouvez vous convaincre, cher monsieur, que son œuvre et la mienne n'ont entre elles aucune ressemblance, ni de près, ni de loin.

— Et Daumier ?

— Daumier a crayonné des *charges* ; j'ai tenté de tracer les caractères et les mœurs des âges dits mythologiques.

— N'a-t-on pas joué — *Orphée aux Enfers*, aux Bouffes parisiens ?

— L'année qui avait précédé la représentation de l'*Orphée* des Bouffes, j'avais donné *Achille à Scyros*, aux Folies nouvelles, — et quelques jours avant la première d'*Orphée*, j'avais fait représenter *le Jugement de Paris*.

— Mais le titre de la pièce du Vaudeville, jouée en 1849, — *les Dieux de l'Olympe à Paris ?*

— On m'a emprunté ce titre sans façon. Sachez bien que l'*Olympe à Paris ou les Dieux en habit noir*, ont paru en janvier 1845, dans le feuilleton du *Globe*, journal quotidien, politique et littéraire. Ainsi, je n'ai pu ni piller Henri Heine, ni imiter Daumier, ni usurper le titre de la pièce du Vaudeville et encore moins m'inspirer de l'*Orphée* des Bouffes.

— Mais alors, d'après votre dire, ce livre ne serait pas de la première fraîcheur.

— Peut-être, — il est vrai qu'il a été écrit en ces heures radieuses et fécondes que nous avait préparées 1830, *Felix libertas hæc otia faciebat.* — Aujourd'hui, nous aurions pu modifier nos tableaux et nos personnages pour les approprier au goût du moment. Nous n'avons pas jugé opportun de le faire. Si l'on substituait aux politiques et aux académiciens officiels, — *regnante Ludovico-Philippo primo*, — les politiques et les académiciens officiels, — *regnante Ludovico Napoleone tertio*, — ou verrait, — qu'à la liberté près, — les choses se passent ce matin, comme elles se passaient hier.

Si ce livre paraît,—c'est qu'en présence des productions mythologiques qui inondent les scènes des divers théâtres de genre, on a jugé convenable de revendiquer l'antériorité dans cette voie nouvelle.

Ajoutez encore que sous cette apparence légère, tout un système historique pourrait bien quelque jour se produire.

— La critique contemporaine divise l'histoire de la Grèce, diable, n'oublions pas, de la *Hellas* en siècles mythologiques, — légendaires, — héroïques, — historiques. Pour nous, et c'est ce que, tout en jouant, nous établissons dans ces rapides esquisses, l'âge mythologique est le fait d'une civilisation en pleine maturité, d'une société régulièrement constituée; nous avons les noms, les règnes, les travaux, les guerres des personnages qui ont gouverné et illustré les siècles déjà anciens par rapport au nôtre. Il en est de même des époques légendaires et héroïques. Nous ne voulons citer qu'un fait : la guerre de Troie, Homère sont relégués dans les *légendes.* Aussi, plusieurs affirment-ils que la guerre de Troie, qu'Homère sont des mythes. Or il nous suffit de lire l'*Illiade* et l'*Odyssée* pour nous convaincre de l'existence d'Homère et de l'existence des événements qu'il a rapportés. On trouve dans Homère une civilisation déjà très avancée ; et dans la langue qu'il parle, qu'il écrit, nous admirons la langue la plus complète, la plus belle que les hommes aient jamais écrite et parlée. Et ceci nous conduit à repousser de toutes nos forces que l'écriture n'était pas connue du temps d'Homère : — quel poète, eût-il été cent fois mieux doué qu'Homère, — se serait jamais élevé à cette perfection s'il eût été privé du secours de l'écriture! — La transmission orale — eût tronqué, défiguré, anéanti la version primitive. — Moïse — que ses cornes font un *antédiluvien* — *écrivait les tables de la loi* — et Homère; — on le supprime — pour lui substituer des collaborateurs anonymes, sans grammaire et sans orthographe. Mais la dissertation est déjà bien longue, cher monsieur, laissez-moi partir.

Nous n'avons plus rien à vous apprendre pour le moment, et si jamais il vous arrive, cher monsieur, de prononcer notre nom, que ce soit avec cette rare impartialité que l'on se doit entre gens *ejusdem farinæ*.

II

UNE DISSERTATION DES PLUS NÉCESSAIRES

Le soleil, la lune et les étoiles. — Un héros qui n'est plus
qu'une bête, qu'un portefaix, qu'un voleur, et qui s'évanouit
comme une bulle de savon. — Les astronomes et les chemins
de fer. — Ce que l'on étudie à l'Observatoire de Paris. — Les
professions inconnues. — Un procédé pour enseigner les langues
que l'on n'a jamais apprises. — Les détracteurs d'Homère et
de Victor Hugo. — L'hôtel garni du Zodiaque.

Le personnage héroïque nommé Hercule a donné naissance à mille conjectures plus absurdes les unes que les
autres de la part des historiens et des philosophes.

Ici, Hercule a été considéré comme un être abstrait qui
n'a jamais existé. Il a été relégué dans le firmament, où
on lui a donné pour couronne le disque du soleil ; plus tard,
lorsqu'il a été question d'inféoder l'astre de la lumière au
brillant Apollon, notre Hercule a été relégué dans le Zodiaque, au signe du Lion.

Ailleurs, on n'aurait envisagé son nom que comme un
nom générique qui aurait été porté par un grand nombre

d'individus. Des biographes auraient refusé d'attribuer à un seul homme les entreprises qu'Hercule seul aurait menées à bien.

Là, le héros est représenté sous tous les traits d'un *fier-à-bras*, courant le monde et les aventures ; se battant à tort ou à raison avec le premier venu.

Par le fait, on lui attribuerait l'invention de la chevalerie errante.

Quant à l'*Hercule-Soleil*, nous pensions nous renseigner auprès des célèbres astronomes que nous voyons, pour la plus grande commodité des astres, trôner à cette heure à l'Observatoire de Paris.

Mais ces messieurs ont bien autre chose à faire que de s'occuper du soleil, de la lune et des étoiles, depuis que l'on a créé et mis au monde la chambre des députés, les chemins de fer et les démolitions.

On calomniait peut-être l'Observatoire, aussi étions-nous tenté d'aller frapper à la porte du sanctuaire, afin de nous enquérir de la figure que doit faire Hercule dans le soleil.

Au moment où nous allions entreprendre cette excursion scientifique, nous apprenions par notre journal qu'un capitaine de je ne sais plus quel régiment et dans je ne sais plus quelle ville (je me rappelle que ce n'est pas un capitaine du génie), avait aperçu la queue d'une comète, tandis que messieurs de l'Observatoire calculaient la force d'une locomotive à basse pression, et le nombre des balais qu'il faut se procurer pour les rues de Paris.

De sérieuses réflexions nous vinrent alors à l'esprit.

Pour qui nous prendra-t-on, si nous nous transportons à l'Observatoire et si nous y parlons d'astronomie? Pour un sot, ou pour un fou. On en jase avec les dames, au printemps, à la faveur d'un cours agréable et facile. C'est de la bonne galanterie. Une femme doit surtout, en entrant dans la maison de son mari, connaître toutes les formes du croissant. Cette raison seule la détermine à étudier les phases de la lune ; et la figure symbolique du Capricorne.

Avec les hommes, on ne s'occupe dans les conférences astronomiques que de sondes et de rails.

Restons chez nous, ou plutôt allons trouver notre capitaine, qui fait si bien la queue aux astronomes parisiens avec la queue de sa comète, — visible à l'œil nu, — invisible aux lunettes des savants.

Au reste, cette dame comète méritait peu d'estime. Ce n'était qu'une comète de province, et partant l'obscurité devait envelopper sa naissance et sa clarté.

Mais courir à l'aventure rejoindre un fantassin ; la chose est peu récréative. Demeurons à Paris, creusons notre cerveau ; nous trouverons une solution, bonne ou mauvaise, n'importe. Ne poursuivons pas la chimère de nous éclairer à l'Observatoire.

Et d'ailleurs, qui croit à l'astronomie !

Vous jugez sainement dans le ciel, quand vous ne savez pas vous conduire sur la terre ! Rien n'est caché pour vous, là-haut ; tout, ici-bas, autour de vous, de loin ou de près, est mystère pour votre intelligence. Vous parlez de milliards de lieues. Vous accumulez chiffres sur chiffres. Et quand vous vous mêlez de prédire une marée, elle trompe régulièrement vos calculs. C'est une science qui a été inventée au profits des fruits-secs des facultés de droit, de médecine et de l'École polytechnique qui l'exploitent à grands profits d'émoluments et de célébrité. C'est la même banque que celle des professeurs d'économie politique, à la salle Saint-Martin, et que celle des professeurs de langues chinoise, japonaise, etc., à la Bibliothèque du roi.

— Mais, monsieur, s'écrie à mes côtés un de ces êtres difformes qui suivent par instinct les leçons de la Sorbonne, du Collége de France, de la Bibliothèque, sans rien apprendre, comme certains flâneurs ne désemparent jamais des cours d'assises.

— Monsieur, l'on fait des cours de langues indienne, chinoise.

— Monsieur, je suis loin de l'ignorer. Aussi suis-je prêt à enseigner le japonais, car le métier est bon.

— Vous avez appris le japonais?

— Dieu m'en garde!

— Et alors?

— Et alors, veuillez me suivre avec attention.

Je suis nommé professeur de langue japonaise, parce que j'ai rendu un service à un ministre.

Ainsi, je l'ai bafoué dans un journal : — j'ai épousé l'institutrice de ses filles, — j'ai donné une levrette à madame sa femme.

Je fais douze leçons par an.

Le reste du temps je suis indisposé, ou je m'occupe à la chambre, en qualité de député, du clocher de mon village. Voici le programme de mon cours :

1re leçon. — De l'utilité de l'étude des langues étrangères.

2e leçon. — Application des langues étrangères aux rapports internationaux.

3e leçon. — De la navigation et du commerce.

4e leçon. — Les échanges en nature.

5ᵉ leçon. — Les découvertes dans l'Asie.

6ᵉ leçon. — Histoire des peuples de l'Asie.

7ᵉ leçon. — L'Asie dans l'antiquité.

8ᵉ leçon. — L'Asie au dix-neuvième siècle.

9ᵉ leçon. — État de la civilisation.

10ᵉ leçon. — La Flore de l'Asie.

11ᵉ leçon. — Agriculture, commerce.

12ᵉ leçon. — La langue et l'écriture des peuples de l'Asie (principes généraux).

L'année suivante, je recommence le même discours; et ceux de mes auditeurs qui aiment cette dissertation ont le plaisir de l'entendre à satiété. Et je touche mes 10,000 fr. d'appointements; je suis réputé pour savant; je porte les décorations des souverains de l'Europe et celles des souverains de l'Asie; j'endosse l'habit de perroquet de messieurs les illustres de l'Institut.

Si par hasard un Japonais arrive à Paris, et que je sois obligé d'entrer en conversation avec lui, — il est clair que nous ne nous entendrons pas. — Je me borne à dire avec mépris :

Cet homme parle patois; je ne sais que la langue des lettrés.

Et le gouvernement est très content de moi; il est glorieux de ma science; et dans les salons du monde officiel, comme au temps de Molière, les mères nobles, les vieilles filles aux joues creuses et diaphanes, accourent m'embrasser

> Ah! permettez, de grâce,
> Que pour *le japonais*, monsieur, l'on vous embrasse.

Croyez-moi, faites-vous astronomes ou professeurs de

2

langues étrangères, ou philanthropes, ou économistes : ce sont des professions encore inconnues. Il y a de beaux bénéfices à réaliser, témoins M. X..., M. Y...

Mais la profession qui, entre toutes, réunit l'*utile dulci*, est sans contredit celle de fonctionnaire au Jardin des plantes. Que de fois ne nous sommes-nous pas dit : « Que ne t'adonnais-tu, de préférence aux lettres, à la culture des champignons vénéneux, à l'élève de l'hippopotame, à la moralisation du sapajou, à l'amour du silex, à l'exhumation du fossile. Il t'aurait suffi de porter un tablier blanc, à l'instar des infirmiers, pour arriver un jour à loger gratis dans cet Eden. Là, ta cuisinière, avec quelques mamours, à l'adresse du gardien des carnassiers, aurait échangé la réjouissance de ton modeste pot-au-feu, contre de succulents filets de bœuf, dérobés à la pâture quotidienne des lions et des tigres. Tu te serais fait servir chaque matin une tasse de lait de chamelle. Tu te serais régalé, aux jours solennels, sans pour cela quitter les *bords fleuris qu'arrose la Seine*, avec une bosse de bison. Pour parer tes amours, tu aurais formé des bouquets avec les roses de Versailles, et les lilas de Perse et les dalhias et les camellias exotiques. Ta ménagère t'aurait confectionné des omelettes avec des œufs à 2 fr. la pièce pondus par l'*oie de Guinée* (voir le catalogue du jardin d'acclimatation), et au printemps embaumé des senteurs des gazons et des arbustes verdoyants, ton sommeil, pendant la nuit, aurait été bercé par le chant du rossignol voltigeant sur les accacias aux grappes embaumées.

Je ne sais si les heureux mortels qui vivent dans ce charmant et lucratif milieu ont jamais songé à toutes ces choses. Pour ma part, je me serais bien gardé de les négliger.

Oh! la belle vie que je me serais faite. Je la recommande à l'inquiète et avide sollicitude des grands parents, en quête d'une occupation *douce et libérale* pour leur postérité masculine. Voyez comme ceux qui la cultivent sont gras et épanouis; leur sommeil est aussi calme, leur appétit est aussi réglé, leur hymenée aussi féconde que ceux des bêtes confiées à leurs soins. *O fortunatos nimium sua si bona norint.*

Mais où nous sommes-nous laissé entraîner? Et les récriminations, les rectifications? Aussi bien, revenons à Hercule et au soleil.

Le soleil est le soleil, et nul mortel n'a rien à voir et n'a rien à faire dans cette fournaise chauffée à je ne sais combien d'atmosphères.

Quant à reléguer Hercule dans le Zodiaque, au signe du Lion, nous nous y refusons.

Qu'est-ce que le Zodiaque? C'est *l'hôtel garni de l'Olympe*.

A mesure que le paganisme sentait le besoin de se créer de nouveaux dieux, il appelait ses héros dans l'Olympe.

Ces héros ne pouvaient pas tous devenir de grands dieux;

Beaucoup n'avaient pas de quoi acheter des meubles afin de s'accommoder un appartement dans l'Olympe.

Alors on créa dans une portion du ciel, appelée le Zodiaque, un hôtel garni, composé de douze chambres, étiquetées, numérotées et portant enseigne.

Hercule fut colloqué à l'enseigne du Lion, au nº 5.

Tout cela ne nous satisfait guère.

Nous sommes persuadés qu'Hercule a existé, et qu'il a vécu de la vie des pâles humains.

Si, offensés de nos railleries, les astronomes veulent nous démentir, ils n'ont qu'à se réveiller et qu'à s'assurer de son existence dans le soleil, ou dans son hôtel garni du Zodiaque, à l'enseigne du Lion.

Bien des gens, avant nous, ont été de cet avis; aussi se sont-ils dit :

Le fameux Hercule n'a jamais paru sur la terre. L'imagination des peuples a attribué à un seul et même individu les faits et gestes de plusieurs individus. Ceci est une odieuse stupidité, et une affreuse calomnie contre l'humanité. Nous élevons la voix, parce que, à l'heure qu'il est, on prise dans certains cercles, à l'égal des philanthropes et des économistes, certains génies maladifs qui vont en clabaudant de leur sotte voix, dire :

Je vais prouver qu'Hercule est un être abstrait.

Je vais démontrer qu'Homère l'aveugle n'est pas l'auteur de l'*Illiade* et de l'*Odyssée*.

Les travaux de plusieurs hommes appelés Hercule ont été faussement attribués à l'Hercule, fils de Jupiter et d'Alcmène. Les poésies d'Homère appartiennent aux rapsodes. Pisistrate, tyran d'Athènes, a réuni en un seul corps d'ouvrage, les stances échappées à l'improvisation des chanteurs de la Grèce.

Ainsi les portefaix d'Athènes ou de Thèbes auraient accompli les travaux et les découvertes d'Hercule.

Ainsi, les paillasses de l'Agora, les aveugles et les Bobèches de l'Acropole, les saltimbanques du Pirée auraient créé ces poèmes épiques que nous admirons encore aujourd'hui comme des chefs-d'œuvre inimitables.

Ainsi, dans deux mille ans, Victor Hugo ne serait qu'un personnage fictif. Les titis des faubourgs Saint-Antoine et Saint-Marceau seraient les auteurs *des Rayons et des Ombres*, du *Roi s'amuse* et d'*Hernani*

Où ne va-t-on pas avec de pareils systèmes? On aura, dans cent ans, après le père Loriquet, qui fait de l'empereur Napoléon — un général Buonaparte au service de S. M. Louis XVIII, — Bonaparte, le soleil et ses douze maréchaux, les douze signes du Zodiaque. C'est peu divertissant.

On dit encore d'Hercule, qu'il est le père de la chevalerie errante.

J'en demande, hélas! bien humblement pardon aux admirateurs passionnés du moyen âge, aux amateurs de la couleur historique et fantastique, aux coureurs d'aventures galantes; la vérité nous force à nier cette aimable profession. La chevalerie errante n'a jamais existé.

C'est une invention des poètes et des romanciers.

En effet, vous figurez-vous un monsieur, poursuivi par un désagrément quelconque, — désagrément représenté par des créanciers avides, des duels malheureux, des banqueroutes frauduleuses, des infortunes conjugales? — Figurez-vous un monsieur qui abandonne un beau matin sa maison, et qui va détrousser les passants, sous le prétexte honnête de venger la veuve, de défendre l'orphelin.

Connaissez-vous un gouvernement qui tolérerait une semblable industrie et un pareil divertissement, appuyés sur le droit du plus fort?

Hercule n'est donc pas pour nous un soleil, un portefaix, un chevalier errant.

Veuillez passer au chapitre suivant et vous y trouverez démontré péremptoirement qu'Hercule n'a jamais été qu'un préfet de police.

III

Un vase qui en dit plus qu'un gros livre. — Un grand roi et
une belle reine. — Quand M. de Malborough allait en guerre,
sa femme se lamentait. — Une ruse de l'amour. — Comment
il se fit qu'un valet de chambre trompa une grande dame. —
Les profits d'une absence conjugale. — Une naissance anonyme et un brouillard pudibond. — Un enfant trouvé et les
sages femmes du bureau de charité.

A défaut de traditions écrites, l'art céramique nous fournit
de précieux renseignements sur l'histoire des personnages
illustres de l'antiquité.

Ainsi, les circonstances qui concoururent à la naissance
d'Hercule ont-elles été fidèlement reproduites sur un vase
étrusque dont Winckelmann nous a laissé la description.

Il y avait autrefois un roi et une reine. Le siége de leur
empire était à Thèbes. La princesse se nommait Alcmène,
le prince se nommait Amphytrion. Ils possédaient des trésors immenses et ils n'avaient pas d'enfants.

Depuis trois mois, S. M. Amphytrion, ainsi que M. de

Malborough d'invincible mémoire, était allé en guerre contre les Téléboens.

Chaque jour madame à sa tour montait, et chaque jour madame ne voyait rien venir.

Un sieur Jupiter, banquier et riche à millions, était amoureux de cette belle princesse. Il avait essayé de la fléchir par ses prières et ses présents. Prières et présents n'avaient pu vaincre cette fidèle épouse.

Cette résistance, loin de décourager la passion du sieur Jupiter, ne fait que l'irriter. Notre amant a recours à la ruse. L'absence de M. Amphytrion lui en facilite le succès.

Un soir donc, au moment où madame Alcmène, accoudée à son balcon doré, respire la brise fraîche et embaumée des nuits, et se laisse aller à ses mélancolies amoureuses, ainsi qu'une Andalouse qui regrette la sérénade et l'absence de son galant cavalier, la princesse aperçoit deux hommes qui s'agitent dans l'ombre, à la porte de son hôtel.

C'est le sieur Jupiter, assisté de son valet de chambre, Mercure.

Le banquier est travesti : il porte sur son visage un masque blanc au bas duquel pend une longue barbe. Il a, comme Sérapis, pour coiffure un boisseau (*modius*) qui avec le masque est d'une seule pièce. Il soutient une échelle, et passe la tête à travers les barreaux.

Le valet est un petit homme, court, trapu, avec un gros ventre. D'une main il tient son caducée et de l'autre sa lanterne. A sa ceinture est suspendu,... allez examiner le vase si vous êtes curieux, mais la décence nous force à supprimer la description de cet ornement. — Les manteaux du maître et du valet sont constellés d'étoiles. L'un et l'autre sont culottés de pantalons et chaussés de bas en fils d'Écosse.

Madame Alcmène s'inquiète de la présence de ces hommes. Elle cherche à les dévisager. Soudain, comme elle a le cœur et l'esprit remplis du souvenir de son époux, elle croit reconnaître un fidèle serviteur dans la présence du valet au gros ventre.

— Beau page, s'écrie-t-elle, quelle nouvelle apportez?

— Madame, quittez vos habits noirs et portez satin broché. Vos beaux yeux vont se réjouir.

— Mon mari revient, il est victorieux? Parlez, beau page.

— Madame la guerre n'est pas finie; elle n'est pas commencée.

— Que faites-vous donc depuis trois mois?

— Nous négocions.

— Et alors...

— Madame, votre glorieux époux, impatient de vous revoir a quitté incognito son camp. J'accompagne ce noble prince. Il est déguisé, car il importe de cacher son absence à notre armée. Il doit être de retour au camp demain avant l'aurore. Personne ne doit le voir pénétrer chez vous. Princesse, faites faire la couverture : votre époux a froid, il est fatigué. Il gravit cette échelle, escalade votre balcon et se précipite dans vos bras.

Et à mesure que le valet parlait, le banquier exécutait fidèlement son ascension. A peine eut-il mis le pied sur la croisée qu'on entendit la princesse s'écrier :

— Ah! cher époux, hâtez-vous de calmer mon impatience.

Le Jupiter ne dit rien, souffle la lampe, se précipite vers

l'alcove et... Ici, comme à l'Opéra, nous faisons descendre
de l'Olympe un nuage pudibond dans cette chambre nuptiale.

Vous avez deviné le dénoûment de cette prouesse galante.
Madame Alcmène devint mère et accoucha d'un gros et
beau garçon neuf mois après l'escalade amoureuse de l'effronté Jupiter. Quant au bonhomme Amphytrion, il ne
douta pas un instant de la fidélité de sa chaste épouse et
fit tirer cent un coups de canon pour annoncer à ses sujets
l'heureuse délivrance de la princesse et la naissance d'un
garçon, héritier présomptif de sa couronne.

Mais des mauvaises langues ne tardèrent pas à calomnier
la conduite d'Alcmène. La princesse avait été trahie par
l'une de ses femmes. Quelque bonhomme que fût son
époux, il n'était pas si crédule qu'il se persuadât qu'elle
avait été la victime d'un guet-apens inqualifiable : il commença à parler de vengeance. Aussi Alcmène désespérant
d'élever plus longtemps son erreur sous les traits intéressants du petit Hercule, confia le poupard à sa vieille nourrice, et celle-ci abandonna, à la faveur de la nuit, sur les
marches du temple, son nourrisson.

En allant au bain, au lever du jour, madame Jupiter
aperçut, sur les marches désertes du temple, le pauvre
innocent qui geignait dans son berceau. Attirée par sa
plainte, elle court à lui, et s'émeut de sa jeunesse et de ses
larmes; elle le prend dans ses bras et lui donne le sein.

Le petit Hercule, qui depuis sa venue au monde n'avait
bu que de l'eau sucrée, se jette sur le sein de madame Jupiter avec une telle avidité, qu'il la mord jusqu'au sang.

Madame Jupiter était peu endurante; elle s'effraie de la
voracité de ce mioche et l'abandonne de nouveau sur la
voie publique.

Néanmoins, elle court déclarer au commissaire de police qu'elle a trouvé un enfant délaissé sur l'escalier du temple. Celui-ci se transporte à l'endroit indiqué et fait remettre aux femmes Minerve et Lucine le petit orphelin.

Minerve et Lucine étaient attachées au bureau de bienfaisance, en qualité de *sages-femmes*, sans calembour. Elles élevèrent Hercule avec du lait de chèvre, au biberon Darbo.

Il n'arriva rien d'extraordinaire à notre intéressant Dunois pendant les mois de nourrice et les premières années qui suivirent son sevrage. Dès qu'il eut atteint sa quatorzième année, Hercule songea à se créer une position et un avenir, en cultivant une profession lucrative et libérale. Dans ce but il alla étudier la médecine, à une école célèbre située au pied du mont Pélion, en Thessalie.

Le docteur Chiron était le doyen de cette faculté.

IV

LE DOCTEUR CHIRON, DOYEN DE LA FACULTÉ DE MÉDECINE DU MONT PÉLION

Un doyen juste-milieu. — Les *Débats* et le *National*. — M. Raspail. — M. Orfila et son *ut* de poitrine. — M. Chiron chante et pratique la médecine. — D'où lui vient le surnom de Centaure. — Hercule étudiant en médecine. — Bacchus importe le *Cancan* à la Chaumière du mont Pélion. — Les carabins et les carabines de la rue de La Harpe et ceux des faubourgs du mont Pélion. — La toilette de ces dames. — M. Lahire-Priape apostrophe Mlle Déjanire. — Un punch d'étudiants. — Une guitare en guise de chapeau.

Le docteur Chiron avait été nommé doyen de la faculté de médecine, située au pied du mont Pélion, en Thessalie. Cette école était célèbre entre toutes les écoles de médecine ; elle devait en partie sa renommée aux talents du docteur Chiron. Théoricien et praticien distingué, M. Chiron attirait à ses cours l'élite des jeunes gens de la contrée. Des auditeurs lui arrivaient des points les plus éloignés de l'Europe, de l'Asie et de l'Afrique.

En politique, le docteur Chiron était monarchique et

conservateur. Le plus grand nombre de ses confrères professaient, et nous n'en manquons pas d'exemples de nos jours, des opinions républicaines. Aussi les doctrines politiques et scientifiques du doyen de la faculté excitaient-elles la médisance de ses collègues. Ils le calomniaient dans le public et dans la presse, avec cette rage et cette jalousie que nous voyons régner à l'heure présente, pour la plus grande gloire de l'Académie de médecine et de l'Académie des sciences et pour l'édification du public.

Le docteur s'était en outre occupé des maladies des chevaux. A l'une des rentrées de la faculté, notre doyen prononçait un discours dans lequel il traitait des épizooties. Le critique qui fut chargé de rendre compte, dans le feuilleton du journal conservateur, de ce discours, en fit un grand éloge. De son côté, l'écrivain qui l'analysa dans le journal républicain blâma violemment cette œuvre, et appela par dérision M. Chiron *cheval*. C'est la querelle de MM. Orfila et Raspail; du *Journal des Débats* et du *National*. La postérité a consacré cette épigramme, en surnommant le docteur Chiron le *Centaure Chiron*.

Mais les succès qu'obtint cet illustre médecin durant sa vie, son baume si renommé (le baume de Chiron, dont nous faisons encore usage au dix-neuvième siècle), ses préceptes en vers pour l'éducation d'Achille; son Traité des maladies des chevaux (et certes cela vaut autant que les Traités sur les fluxions de poitrine des canards, de M. Flourens, qui l'emporta sur Victor Hugo pour le fauteuil académique), les cures merveilleuses qu'il opéra, les disciples qu'il forma, demeurent comme autant de témoignages irrécusables de son génie. On est plus qu'un vétérinaire : on ne saurait être confondu avec les centaures, lorsque l'on a eu pour élèves des sujets aussi célèbres que ceux qui ont étudié à la faculté du mont Pélion. L'histoire nous a transmis les noms des plus recommandables, parmi lesquels nous citerons :

Céphale, Esculape, Mélanion, Nestor, Amphiraüs, Pélée, Télamon, Méléagre, Thésée, Hippolyte, Palamède, Ulysse, Mnesthée, Diomède, Castor, Pollux, Machaon, Podalyre, Antiloque, Énée, Achille, Bacchus le Grec, Phénix, Cocyte, Aristée, Jason et son fils, Médéas, Ajax, Protélisas, etc. Homère a chanté Machaon et Podalire que nous venons de nommer. Ces deux praticiens assistèrent au siége de Troie.

Puisque nous avons l'occasion de toucher à des matières scientifiques, il nous semble qu'il serait d'un bon effet, au début d'un livre aussi savant que celui-ci, de faire montre de quelque érudition.

Au temps d'Hercule, la Grèce possédait des théories médicales et des médecins. On enseignait la physiologie et la pathologie, — les causes et les divisions des maladies, etc. On construisait des appareils pour le redressement de l'épine dorsale, pour la luxation des membres, les fractures, etc. Des lois réglaient l'exercice de la médecine. Les aspirants au grade de docteur en médecine n'obtenaient leur diplôme qu'autant qu'ils avaient composé et soutenu en public une thèse. Il était interdit aux médecins de vendre des poisons ; on les rendait responsables de la moindre négligence dans leur art. Leur salaire était, hélas ! des plus modiques. Au temps de Xénophon, un médecin attaché à une grande maison, touchait un drachme par an — 1 fr. — tandis que l'on donnait au cuisinier 10 mines, — 720 fr. — au flatteur, 5 talents — 25,000 fr. — au pourvoyeur de la débauche, un talent, 5,560 fr. — Au philosophe, trois oboles. — 0 fr. 45 cent.

3

Deux écoles, bien distinctes par leurs *théories* et leurs *pratiques*, ont pris naissance vers l'époque dont nous nous occupons. Ce sont les écoles de Cos et de Cnide.

Hippocrate fut le chef de la première; Euryphon fut le chef de la seconde.

Hippocrate prétendait que la science fondamentale de la médecine était l'observation des maladies, de leurs jours de recrudescence et d'affaiblissement.

Euryphon enseignait à Cnide une doctrine différente de celle d'Esculape. Il négligeait l'état général du sujet affecté. Il étudiait chaque symptôme particulier, et s'efforçait de le combattre.

Hippocrate se réglait sur la méthode synthétique (*physiologique*), tandis que Euryphon employait la méthode analytique (*pathologique*). Le premier au lit du malade — attendait — observait — administrait une tisane d'orge. — Le second droguait — cherchait des spécifiques, et son école, — dénoncée par Hippocrate — pour la violence de ses procédés — a osé des opérations chirurgicales très hardies et très heureuses. Cnide a incisé les reins, — elle a trépané — ouvert la poitrine, introduit des tubes en métal dans la gorge, etc., etc.

Laquelle valait et vaux encore le mieux de ces deux méthodes curatives? — A de plus expérimentés que nous, de trancher la question. Toujours est-il, qu'aujourd'hui nous ne sommes pas plus avancés qu'hier. Montpellier raisonne comme Cos, et Paris suit les errements de Cnide.

Ainsi, Montpellier reconnaît dans l'homme une force vitale, c'est à dire, un principe indépendant de l'organisation. Les maladies affectent le principe vital et ne proviennent pas des lésions locales. La médecine doit se contenter

de diriger !a nature dans ses efforts pour amener la gué-
rison.

Paris, au contraire, n'admet pas la force vitale, et il ne
distingue pas l'âme des physiologistes de celle des théolo-
giens, comme le fait Montpellier.

C'est bien savant, n'est-ce pas, magnifiques lecteurs,
qu'une pareille dissertation, — si nous la discutions.....
un pareil examen nous entraînerait trop loin.

Mieux vaut laisser le procès en litige, d'autant qu'il ne
sera jamais résolu. Car, si nous avons compris ce que nous
venons de vous exposer si clairement et si compendieuse-
ment, nous sommes amené à conclure que le fonds du débat n'est que l'éternelle querelle du *spiritualisme* et du
matérialisme.

Or qui a raison de Montpellier ou de Paris? Lorda, dit
oui, — Orfila dit non. — Tout cela n'est guère encoura-
geant. Mais Bast! le monde marche au milieu de ces questions. La *Vie* fait ses petites affaires coussi-coussi. — La
Mort ne conduit pas trop mal les siennes. Que demander
de plus? Nous vous entendons, — vous désirez de savoir
d'où nous avons su tirer ces vastes connaissances que nous
venons d'avoir l'honneur de faire miroiter à vos yeux avec
une grâce et une aisance sans pareilles.

Trop heureux de vous obéir.

Madame et monsieur, vous prenez les œuvres d'Hippocrate par M. Litré, — vous y ajoutez les œuvres choisies
d'Hippocrate par le docteur Ch. Daremberg, — vous mêlez
le tout ensemble, — ce tout, vous le soumettez à l'analyse
de M. Paul de Remusat. Vous vous appropriez les remar-
ques de ce critique, vous servez chaud — et le tour est fait.

A cette heure, que je vous ai livré mon secret, je vous

ramène au docteur Chiron. Nous venions d'achever la no-
menclature de ses élèves.

La plupart de ces jeunes gens suivirent la carrière des
armes. Un grand nombre d'entre eux fut attaché en qualité d'officiers de santé à la suite de ces armées qui accom-
plirent de si grands exploits. Nous voulons parler du
siége de Troie et de l'expédition des Argonautes.

Le doyen de l'École de médecine du mont Pélion offre
plus d'un trait de ressemblance avec M. Orfila, doyen de la
faculté de Médecine à Paris. Il est de notoriété publique
que M. Orfila est un musicien accompli, et qu'il chante à
ravir.

On n'a pas oublié que M. Orfila, chargé d'une mission
médico-légale dans le midi de la France par M. le ministre
de l'instruction publique, inspecta les écoles de chant.

Le docteur Chiron était excellent musicien. Il porta le
talent de la musique, dit un historien, jusqu'à guérir les
malades avec les accords seuls de sa lyre.

Il n'est pas arrivé à notre connaissance que le docteur
Orfila ait jamais guéri ses malades en roucoulant à leurs
oreilles quelque mélodieuse cavatine. Mais, par les prodiges des ténors qui se multiplient à cette heure, ces cures
merveilleuses pourront bien s'opérer avec le temps.

Le docteur Chiron avait l'humeur facile et joyeuse. Semblable au curé de Béranger, il tolérait la danse et le vin aux
jours de fête. Pendant sa jeunesse, à l'époque où il n'aspirait qu'à l'amour d'une aimable maîtresse dans une chaumière isolée au fond des bois, avec du lait et du pain bis
pour toute nourriture, Chiron s'était lié avec une jeune et
jolie lorette, surnommée la Blanche Diane.

Ensemble ils s'égaraient, en se mangeant de caresses,

sur les monts couverts de forêts et de fleurs. Là, Chiron
étudiait la botanique, en compagnie de son amie. Plus tard,
lorsque l'âge et l'ambition eurent donné une direction différente à ses idées d'avenir, il se sépara de sa trop con-
fiante compagne, à laquelle il avait promis un bon mariage :
il recouvra sa liberté, amenda ses mœurs, en usant de
beaucoup d'indulgence à l'endroit des faiblesses d'autrui.
Il avait le bon esprit de découvrir plutôt la poutre qu'il
avait dans l'œil que la paille qui s'échappait des yeux de
ses voisins. Aussi laissait-il toute liberté à ses disciples.

Avant d'en finir avec le docteur Chiron, nous dirons
qu'après sa mort il alla se loger dans cet hôtel garni, dont
nous avons parlé plus haut, appelé le Zodiaque, à l'enseigne du *Sagittaire*, au numéro 9. Deux de ses élèves vinrent l'y rejoindre plus tard, Castor et Pollux, et choisirent
l'appartement qui portait pour enseigne les *Gémeaux*, au
numéro 3.

A la sortie des cours du docteur Chiron, les carabins de
la faculté de médecine du mont Pélion se livraient à ces
agréables délassements que cultivent à la barrière du Mont-
Parnasse les carabins du quartier Saint-Jacques.

Hercule se faisait remarquer au milieu de ses joyeux
compagnons par sa désinvolture abandonnée, ses airs de
crânerie et son amour du plaisir.

Bacchus le Grec, disciple favori de M. le docteur Chiron,
était le boute-en-train, le chicard de l'école de médecine.
C'était lui qui le premier avait introduit dans les bals des
étudiants la danse dite *des carabins*, qu'Euripide définit de
la sorte : Sauter, rester dans une attitude et agiter la tête et
les bras. — Cette danse porte aujourd'hui le nom de *cancan*.

Les blanchisseuses, les fleuristes, les lingères, les modistes, les grisettes de tout état qui vont à la Chaumière avec les étudiants ne manquaient pas aux aimables compagnons du mont Pélion. Ces demoiselles portaient alors le nom de *Bacchantes*. C'étaient de superbes filles que ces bacchantes ; elles recherchaient le plaisir sous la forme de la danse, d'une bouteille de cidre et d'un jeune étudiant. Leur toilette était des plus agaçantes et des moins dispendieuses. Une sorte de jupe, tantôt blanche, tantôt peinte de diverses couleurs qui avaient l'éclat des fleurs assorties entre elles, tantôt de la couleur du raisin qui commence à mûrir, laissait leurs bras, leurs épaules à découvert, et favorisait ainsi leur taille enchanteresse. Des couronnes de laurier, de lierre, de smilax, de chêne, de sapin, de feuilles de vigne paraient leur front plus ou moins candide et virginal. Elles portaient le cothurne, que nous avons travesti en socque articulé.

Les unes dansaient des *cachuchas* extravagantes, en s'accompagnant avec des crotales en cuivre, instrument que nous avons remplacé par les castagnettes ; d'autres, armées de thyrses, exécutaient des *polkas* et des *Robert-Macaire* ébouriffantes. Bacchus l'ivrogne, Hercule le vaillant, Ulysse, qui ne s'était pas encore posé en dévot et en cafard ; Ajax le bouillant, Enée le jésuite, Achille le précieux, Pollux aux formes élégantes, se réunissaient avec leurs bacchantes au pied de l'orchestre. Au premier rang, parmi ces dames, brillaient Sapho la bavarde, Diane la lionne, qui fumait et maniait un arc avec l'aplomb d'un gentilhomme *rider*, et que l'ingratitude du docteur Chiron avait réduite à l'état de femme libre ; Déjanire l'Andalouse, aux inclinations ardentes et jalouses, et dont l'amitié coûta un jour si cher à son ami Hercule ; Eurydice la blonde ; Terpsychore, la digne émule de mademoiselle Esther du théâtre des Variétés, etc., etc. Une grisette sémillante et proprette nommée Flore était la fleuriste de ces bals, et vendait des bouquets aux étudiants, qui en paraient la ceinture de leurs belles.

L'orchestre était dirigé par un maestro du plus grand mérite. C'était le sieur Apollon, directeur du Conservatoire de musique et de déclamation à Delphes, le digne émule de MM. Auber et Musard. Dans cet orchestre figuraient des artistes dont l'histoire nous a conservé les noms. Un M. Pan jouait du galoubet avec un talent comparable à celui du célèbre Colinet. Marsyas, fameux facteur d'instruments à vent à Celène en Phrygie, et dont la fin, par suite de ses rivalités avec le sieur Apollon, fut si tragique, jouait de la clarinette. Le joyeux Silène était chargé des cymbales. Il lui arrivait souvent d'être mis à l'amende; car il ne se faisait pas faute de se présenter à l'orchestre entre deux vins, et parfois de se laisser aller au sommeil des ivrognes sur son pupitre muet. Linus jouait de la contrebasse avec une mesure et une vigueur des plus précieuses. Le cornet à piston était confié à Amphion, disciple de Mercure, et Orphée faisait vibrer les cordes de son violon aussi mélodieusement que feu Paganini.

Les artistes exécutaient les quadrilles avec une précision, un entrain dignes des dieux. Là, oublieux des leçons de Chiron, des examens prochains, des remontrances paternelles, des exhortations magistrales, nos insouciants étudiants et nos vives bacchantes se livraient à des danses d'un caractère indéfinissable. Ulysse, surtout, le sage et prudent Ulysse déployait des grâces et une immodestie scandaleuses dans la *pastourelle;* parfois Énée, qui commençait à ambitionner l'épithète de *pius* baissait modestement les yeux.

Monsieur était scandalisé des évolutions gymnastiques du sieur Ulysse et de l'ardente Déjanire. Ulysse et Bacchus le traitaient de *mouchard*.

Sur ces entrefaites arrivait monsieur Priape, lequel tenait ces bals d'étudiants. Il avait la gravité et le rigorisme de ce vertueux M. Lahire que nous voyons briller à la Chaumière du Mont-Parnasse à Paris, pour la plus grande conservation des belles manières et des bonnes mœurs.

— Ulysse, s'écriait-il, monsieur Ulysse, je vous fiche à la porte, si vous continuez de gesticuler à la façon d'un nègre en mal d'amour... Déjanire, eh bien ! vous vous balancez avec immodestie. Ces mains qui frétillent comme des anguilles ! votre tablier est d'une provocation intolérable ; vos tours de reins m'offusquent. Abaissez votre jupe, ou sinon je vous coffre au violon.

— De quoi, de quoi, as-tu fini, vieux cyclope, répliquait Déjanire ; on polke et tu te fâches...

— Déjanire, taisez votre bec ! criait le bon M. Priape.

— Paix, répliquait Ulysse ; princesse, modérez-vous devant l'autorité.

— L'autorité, oui, appuyait Priape.

— Je respecte l'autorité. C'est mon opinion politique et chicochicandarde...

— Une drôle d'opinion ... murmurait Ulysse.

— Elle en vaut bien une autre, ajoutait Déjanire. Et mon libre arbitre, monstre !

— Ne nous fâchons pas, ma Ninire, répondait Ulysse. Soyons sage, ou sinon on ne paiera pas à souper à sa petite femme, si elle jase plus longtemps. Ninire, saluez monsieur. Nous aurons une côtelette de porc frais aux cornichons, si nous devenons honnê...

— Et du homard? interrompait Déjanire; j'adore le homard.

— On verra, disait Ulysse.

— Suffit! disait la belle; adieu! mon petit amour de Priape, adieu! Faites un mamour à Ninire, et ne soyez pas bégueule, ça t'enrhumerait, mon vieux, et zut, en avant deux.

Avant d'abandonner le sieur Ulysse, nous ferons observer aux lecteurs que jamais mortel n'usurpa, aussi complétement que le fit ce gentilhomme, une renommée de vertu et de fidélité conjugales. Il conserva, durant toute sa vie, les goûts de dissipation qu'il avait contractés à la Chaumière du mont Pélion, et tandis que la chaste Pénélope se morfondait en larmes et en regrets dans la triste Ithaque, son volage conjoint, après la chute de Troie, au lieu de regagner ses pénates, employait dix années à voler de belle en belle. Témoin madame Calypso, entre autres femmes, chez laquelle, ô pudeur du foyer conjugal! il demeura sept ans à boire et à faire l'amour.

De ces réunions dansantes, Ulysse avait rapporté les couplets suivants, — qu'il fredonnait, de retour dans son île, aux oreilles de ses arrière petits-neveux :

LES ÉTUDIANTS A L'ÉLYSÉE

Au pélion, Chiron
Dirige l'officine,
Où l'on s'assied, en rond,
Aux cours de médecine.

Et zig et zag
En avant deux
Les amoureux
Et zig et zag.

C'est là, dès le matin,
Qu'à force de faconde,
On apprend en latin,
L'art de tuer son monde.

Et zig et zag, etc.

La danse va s'ouvrir,
L'hyver, au Colysée;
L'été la voit fleurir
Au bal de l'Élysée.

Et zig et zag, etc.

Dans ce bazar charmant,
La mère de famille
Peut, sans désagrément,
Y produire sa fille.

Et zig et zag, etc.

Pour réprimer du bal
Le pétulant délire,
Le bon municipal
C'est Priape-Lahire.

Et zig et zag, etc.

Apollon, c'est Musard
Qui règle les quadrilles.
Hercule est le chicard
Des joyeux esquadrilles.

Et zig et zag, etc.

Flore y vend des bouquets
Moins frais que son visage;
Daphné, dans les bosquets,
Murmure qu'elle est sage.

Et zig et zag, etc.

Des vins du Mâconnais
Silène emplit sa panse ;
Sou, comme un Polonais,
Il verse dans la danse.

  Et zig et zag, etc.

Diane, faite au tour,
Comme une étoile flambe.
Un Anglais, fou d'amour,
Veut épouser sa jambe.

  Et zig et zag, etc.

At pius Œneas
Se promet d'être sage ;
Quand Uranie, hélas !
L'incendie au passage.

  Et zig et zag, etc.

Phædre, comme un volcan,
S'échauffe à perdre haleine ;
Elle pince un cancan
Qui fait rougir Hélène.

  Et zig et zag, etc.

Sapho, toute à Vénus,
Sur les traces d'Achille,
Ardente, les seins nus,
Croit surprendre une fille.

  Et zig et zag, etc.

Patrocle, à mon secours,
Crie Achille, en délire.
Mais Sapho — mon recours
Contre toi, c'est ma lyre.

  Et zig et zag, etc.

Je dirai tes fadeurs
Ton teint couleur de cire ;
Et ces sombres froideurs
Où l'on te voit : beau Sire.

    Et zig et zag, etc.

De femme tu ne veux,
Pour galant intermède ;
Tu portes tous tes vœux
Sur le blond Ganimède.

    Et zig et zag, etc.

Achille, bon enfant,
Tend la main à la brune ;
Et d'un air triomphant
Il lui paie une prune.

    Et zig et zag, etc.

Quand le bal est fini,
Avec la même aisance,
Chacun rentre au garni
Avec sa connaissance.

    Et zig et zag, etc.

LA MORALE DE LA CHOSE

Toujours le même jeu
Toujours les mêmes choses :
Les pompiers vont au feu,
Les papillons aux roses.

    Et zig et zag
    En avant deux
    Les amoureux
    Et zig et zag.

Mais il est temps de rejoindre Hercule.

Notre carabin employait ainsi le temps de ses études en médecine à consommer des petits verres, à cultiver des amours éphémères et à danser des fandangos décolletés. Il lui arriva un jour, à la suite d'un punch échevelé qu'Esculape avait offert à ses amis, pour arroser le grade de docteur en médecine qu'il avait obtenu avec mention honorable, il lui arriva de vouloir chanter la ronde des étudiants à la chaumière. Alcide détonnait et chantait aussi faux que Alcide... Tousez du théâtre du Palais-Royal.

Tout penaud de sa déconvenue musicale, son professeur et ami Linus, lui glissa quelques observations à l'oreille et se permit de lui donner le *la*.

En ce moment les carabines, qui égayaient de leurs charmes cette intéressante réunion, se prennent à chuchotter entre elles et à regarder de travers la vindicative Déjanire.

Sapho la bavarde lance ses épigrammes sur les prétentions musicales du carabin Hercule, dans lequel elle ne voit qu'un automate nerveux. Eurydice la blonde et Diane la lionne, deux bonnes âmes s'il en fut jamais, s'apitoient sur cette bonne Ninire, qui raffole d'un homme aussi suffisant que l'est Hercule.

Celui-ci, irrité de son échec, blessé des sourires moqueurs de l'assemblée, ne sachant auquel s'adresser pour assouvir sa mauvaise humeur, coiffe, dans son dépit, avec sa guitarre, l'imprudent et trop officieux Linus. Il s'y prend avec une telle violence, qu'il tue son professeur du coup.

Il s'éleva bien quelques murmures dans l'assemblée; mais ils furent aussitôt comprimés. Chacun des assistants

4

connaissait la vigueur du poignet et l'esprit querelleur du
sieur Hercule. Le prudent Ulysse alla même jusqu'à lui
serrer la main, comme pour le féliciter. Ce fut le signal de
l'oubli et de la gaîté.

Le lendemain, on prévint le commissaire de police du
quartier que Linus avait été tué en duel. L'autorité se contenta de cette déclaration.

Mais la brutale action d'Hercule se répandit dans le public. Les carabins avaient bien promis le secret, les carabines ne pouvaient le garder. Ces bruits arrivèrent aux
oreilles de M. le doyen.

Le docteur Chiron fait appeler Hercule et lui reproche,
en termes des plus bienveillants, sa violence à l'égard de
Linus. Il lui montre combien il fait preuve de peu d'assiduité dans ses études.

— Vous comprenez, ajoute-t-il, que le meurtre de Linus
va être l'occasion d'une enquête par l'autorité judiciaire.
Le procureur du roi vous happera, mon cher ami, et il n'y
aura pas moyen de vous arracher de ses griffes. Le conseil
que j'ai à vous donner est de décamper au plus vite. Que
faites-vous ici? Vous êtes criblé de dettes, vous ne passez
pas vos examens, vous n'allez jamais à l'amphithéâtre; on
vous rencontre à toute heure à la Chaumière, chez le sieur
Priape, en compagnie d'une fille nommée Déjanire. Tout
cela est d'un mauvais effet et d'un fâcheux exemple. Vous
ne ferez jamais qu'un détestable médecin. La carrière des
armes conviendrait beaucoup mieux à votre humeur galante
et guerrière. Vous êtes un bon garçon, mais un fort triste
sujet, comme étudiant en médecine. Partez, et que les dieux
vous soient en aide.

Hercule rentra chez lui tout déconfit; il se livra à de

tristes réflexions, et quand le soleil fut couché, sans embrasser sa Déjanire, sans prévenir ses amis et son hôte, il
descendit de sa chambre, prit le chemin de la barrière, et
s'éloigna à jamais de la faculté du mont Pélion.

V

EURYSTHÉE. — UN ROI COMME ON EN VOIT GUÈRE

Le paletot d'Hercule. — Le boa de Mlle Déjanire. — Un étudiant endetté chez un prince constitutionnel. — Les imaginations d'Hercule. — Il plaît au roi Eurysthée. — La révolution de juillet. — Un viveur et un préfet. — Le chauvinisme à Mycènes. — Le *Charivari* et M. Gabriel Delessert. — L'opposition attaque Hercule.

Hercule avait engagé ses effets au Mont-de-Piété. Il dut songer, à mesure qu'il s'éloignait du mont Pélion, à remonter sa garde-robe, et à se procurer un habillement présentable.

La saison était avancée; la bise sifflait; la neige couronnait la cîme des montagnes; il fallait se garantir de la froidure. Notre héros acheta, chez un marchand de vieux habits et de vieux galons, une peau de lion, laquelle avait servi à travestir en roi des animaux un comparse, dans un drame olympique, chez les Franconi de l'époque. Notre prodigue se tailla un paletot dans cette peau de lion, dit de la forêt de Némée; et, soit par économie, soit par amour de l'extraordinaire, il porta pendant sa vie ce romantique pardessus. La belle Omphale, l'implacable Déjanire tentèrent vainement de le lui arracher pour s'en confectionner un manchon. Notre héros repoussa leurs prières, en les renvoyant à de plus riches que lui. Omphale qui fut la mieux aimée, n'obtint que la queue du quadrupède, dont elle se fit un magnifique boa.

Le paletot sur l'épaule et la canne à la main, M. Hercule vint offrir ses services à Sa Majesté Eurysthée, roi de Mycènes.

Ce monarque accueillit avec bienveillance notre jeune aventurier; il fut charmé de son ardeur et de son intelligence. Quelques courtisans représentèrent au prince les penchants bacchiques et amoureux du nouveau venu. On parla tout bas de sa conduite déréglée à la faculté de médecine du mont Pélion; de son duel avec son ami Linus; des dettes qu'il avait contractées dans son hôtel garni et dans l'estaminet; des grisettes vertueuses qu'il avait séduites et que ses infidélités avait transformées en bacchantes. Le roi ne se laissa pas circonvenir par ces dénonciateurs. Il interrogea Hercule : celui-ci lui présenta un certificat de bonne vie et mœurs qui lui avait été délivré par cet excellent docteur Chiron; il avoua au prince ses erreurs de jeunesse, lui fit part de ses projets de conduite et lui raconta sa conversion au bien.

« Prince, dès que j'ai eu quitté la faculté de médecine du mont Pélion, où j'avais eu le malheur de me lier avec ce vaurien de Bacchus, qui m'avait entièrement détraqué, je me retirai à l'écart pour réfléchir au genre de vie que je devais à l'avenir embrasser. Alors, dans le demi-sommeil de mes méditations m'apparurent deux femmes de grande

4.

stature, dont l'une fort belle, qui était la *Vertu*, avait un
visage majestueux et plein de dignité, la pudeur dans les
yeux, la modestie dans tous ses gestes. Elle était vêtue d'une
robe blanche. L'autre, qu'on appelle la *Mollesse*, était dans
un grand embonpoint et d'une couleur plus relevée. La
liberté de ses regards, la magnificence de ses habits la faisaient connaître pour ce qu'elle était.

« Chacune des deux tâchait de me gagner par ses promesses. Elles me montraient le chemin qui conduisait dans
leur palais et me faisaient signe de la main de les suivre.
Je me déterminai à la fin à me jeter dans le chemin que
m'avait indiqué la *Vertu*. » (*Vid*. Xénophon.)

L'auguste Eurysthée sourit au récit de cet apologue. Il
comprit de suite le parti qu'il pouvait tirer d'un jeune
homme spirituel et dévoué; il se montra satisfait de ses
explications et jeta un voile sur les peccadilles de l'étudiant.
Il accepta ses services, et la réussite inespérée d'Hercule
nous rappelle à cette heure certain personnage qui, en 1830,
n'était connu que par ses saillies et ses bombances. La révolution en fit un préfet; le viveur était devenu un excellent administrateur. (Romieu.)

Eurysthée s'attacha donc Hercule et le plaça à la préfecture de police. Ce dernier se rendit célèbre par des entreprises dont l'histoire nous a conservé le détail et qu'elle
nomme les treize travaux d'Hercule.

I. Le combat contre le lion de Némée.

II. Le combat contre l'hydre de Lerne.

III. La prise du sanglier d'Erymanthe.

IV. La chasse de la biche aux pieds d'airain.

V. La destruction des oiseaux du lac Stymphale.

VI. La défaite du taureau de l'île de Crète.

VII. La mort des cavales du roi Diomède.

VIII. La victoire sur les Amazones et l'enlèvement de leur reine.

IX. L'assainissement des écuries d'Augias.

X. Le combat contre Géryon et la capture de ses bœufs.

XI. La cueillette des pommes des Hespérides.

XII. La délivrance de Thésée aux enfers.

XIII. Ses amours avec les cinquante filles de Thestius.

On attribue encore à Hercule plusieurs entreprises importantes. Nous n'analyserons ses hauts faits qu'autant que nous les jugerons dignes d'intéresser les lecteurs.

Hercule, en se présentant à la cour du roi Eurysthée, avait fait acte de dévoûment au *système personnel* et au *principe monarchique*. L'opposition ne le considéra plus que comme un indigne citoyen, un magistrat sans honneur et sans foi, vendu à un pouvoir odieux, un avide ambitieux qui s'engraissait des sueurs du peuple, aux dépens du budget de la Thessalie. Il n'est sorte d'intrigues, de calomnies que l'on n'employa pour décréditer notre héros. Les journaux hostiles au *système* bafouèrent le préfet de police de son choix.

Le *Charivari* que l'on publiait alors à Mycènes s'appliquait à parodier Hercule, comme de nos jours le *Charivari* attaque M. le préfet de police Gabriel Delessert, dont il défigure jusqu'au nom — Gabriel-je-les-serre. — Aussi lorsque Hercule arrêtait un voleur, le *Charivari* avançait qu'il avait tué un *dindon*. Lorsque Hercule avait détruit une bande de filous, le *Charivari* soutenait qu'il n'avait mis en fuite qu'une bande de canards sauvages.

Trompée par ces facéties, la postérité a accepté pour des quadrupèdes et des volatiles les hommes pervers que la police d'Hercule a arrêtés et qu'il a fait punir selon leurs méfaits.

HERCULE PRÉFET DE POLICE

Hercule, après avoir prêté serment de fidélité entre les
mains du roi Eurysthée, fut installé dans ses nouvelles
fonctions de préfet de police. Il apporta dans ce poste un
zèle et un dévoûment des plus intelligents. Son entrée à la
préfecture de police fut signalée par la destruction de
l'hydre de Lerne.

Un monstre à plusieurs têtes s'était réfugié sur les

bords du lac de Lerne, situé dans le territoire d'Argos. Caché dans les roseaux d'où il épiait sa proie, cet hydre se jetait sur les bêtes et les gens dont il ne faisait qu'une bouchée.

Cet hydre, selon l'histoire, avait sept, neuf et jusqu'à cinquante têtes. Lorsque l'on abattait l'une de ces têtes, il en renaissait autant qu'il en restait sur le cou du monstre.

Sur l'ordre d'Eurysthée, Hercule, accompagné de son neveu Iolas, alla combattre le monstre. La brigade de sûreté découvrit sa retraite. On en vint aux mains. L'hydre allait succomber, lorsque Junon, qui se vengeait sur le fils des infidélités de son époux Jupiter, envoya au secours de l'immonde animal un cancre marin. Hercule écrasa le cancre et finit par égorger l'hydre.

C'est en ces termes et avec ces images que nous est parvenu le souvenir de cette lutte. La malveillance des journalistes de l'époque perce à chaque ligne. Le *Charivari* a carillonné Hercule sur tous les tons. Le Daumier de cette époque a composé une de ses plus drôlatiques lithographies sur cette aventure. Aussi l'affaire a-t-elle été plus obscure et plus embrouillée que jamais. Dès lors, quelques critiques ont cherché à dépouiller ce fait du voile qui l'obscurcissait.

Voici quelques-unes des hypothèses que l'on a tenté de substituer à ce récit mensonger :

« Le lac de Lerne, disaient certains contradicteurs, était infesté de serpents. A mesure qu'on les détruisait, ils reparaissaient en plus grand nombre. Hercule purgea le lac de ces serpents en mettant le feu aux roseaux dans lesquels ils se refugiaient, et en desséchant le lac. Sur le terrain que couvraient les eaux du marais, on recueillit plus tard de grasses et d'abondantes moissons. »

Voici les observations que nous opposons à cette version :

Le lac de Lerne n'a jamais été desséché.

« Ce marais, ainsi parle Pausanias, est d'une profondeur
excessive. Personne, jusqu'à présent, n'a pu en mesurer le
fond. Néron fit lier des cables bout à bout de la longueur
de plusieurs stades, et, par le moyen d'un plomb qu'on y
attacha, il fit sonder le fond de ce marais sans qu'il fût
possible de le trouver. L'eau de ce marais, qui paraît toujours comme dormante, tournoie néanmoins tellement, que
quiconque oserait y nager ne manquerait pas de se noyer. »

Cette réponse est péremptoire. La seconde supposition
des contradicteurs est celle-ci :

Plusieurs torrents s'échappaient du lac de Lerne. Ils
descendaient dans la campagne qu'ils inondaient. Hercule
creusa des canaux dans lesquels il encaissa ces torrents,
construisit des digues et dessécha ce marais.

Hercule connaissait un peu la médecine. Il n'avait aucune notion d'hydraulique et de mécanique. Nous ne lisons
nulle part qu'il soit jamais entré à l'École polytechnique et
qu'il ait fait partie du corps des ingénieurs des ponts et
chaussées. Or, pour exécuter ces travaux, il fallait posséder des connaissances spéciales qu'Hercule n'avait pas ac-
quises à l'école du docteur Chiron. L'ingénieur des ponts
et chaussées Neptune aurait pu seul, à cette époque, mener
à bien un travail semblable.

Le philosophe Platon, rêve-creux et bonhomme par excellence, a déserté un beau jour son académie, et négligeant
ses systèmes politiques saugrenus, a voulu mériter un brevet de membre de l'Institut, section des inscriptions et
belles-lettres, peu satisfait qu'il était de son titre de

membre de la classe des sciences morales et politiques. Il
s'est escrimé à expliquer l'hydre de Lerne aux prises avec
Hercule. Ceci mérite notre attention.

Cet hydre, disait Me Platon, était un *sophiste* de Lerne,
qui se déchaînait contre Hercule. Par ses têtes renaissantes,
on a fait allusion aux mauvaises raisons dont ces sortes
d'individus ne manquent jamais pour soutenir leurs paradoxes.

Admirez-vous Hercule soutenant une thèse de métaphy-
sique contre le sophiste Lernus, ainsi qu'un clerc de la basoche en pleine Sorbonne !

O mon cher monsieur Platon, ô mon très illustre philosophe, ô le plus romantique des cuistres, vous êtes parfois
aussi amusant que M. Odry, lorsqu'il explique au théâtre
des Variétés les prodiges de la vapeur devant le pacha Shaa-
baham de M. Scribe.

Et l'on a pu vous prendre au sérieux ! Avec les résidus de
votre philosophie dont on a extrait la quintessence, des rhé-
teurs ont recueilli de nos jours de l'argent et des honneurs.
Pédants et ambitieux, donnez-vous la main et formez une
sainte alliance contre le bon sens, le désintéressement et le
génie.

Néanmoins, nous devons à la vérité de confesser que la
plaisanterie du très révérend père Platon a été prise au
sérieux en Europe dans les siècles modernes.

L'université de Valence en Espagne a cru sur parole le
grave radoteur. Le brevet de docteur *in utroque* qu'elle délivre aux impétrants est orné d'une vignette représentant
— *Hercule qui écrase à coups de massue une écrevisse.* —
L'incomparable Espartero, ex-duc de la Victoire, a reçu
un diplôme illustré de cette vignette. Des écrevisses à

Espartero! serait-ce l'emblème parlant des exploits des ayacuchos de timide mémoire?

L'explication de Platon ne nous satisfaisant pas, il nous reste à présenter notre version sur cette lutte mémorable.

Des brigands, au nombre de sept, neuf, cinquante, n'importe, le nombre ne fait rien à l'affaire, infestaient les environs du lac de Lerne. Ils détroussaient les passants, arrêtaient les voyageurs, pillaient les récoltes, forçaient les maisons de campagne et volaient impunément. Lernus, quelque bandit des environs du lac, qui avait échangé son nom de famille contre le nom de guerre de Lernus, commandait ces coquins. Hercule alla les arrêter. Le cancre de Junon n'est qu'un compagnon de Lernus, accouru au secours de son ami. Les voleurs sont vaincus, punis de mort, et la contrée est à jamais délivrée de ces dangereux compagnons, grâce à l'activité et au courage d'Hercule.

Cette première entreprise ne porte-t-elle pas tous les caractères des actes qu'accomplit chaque jour un préfet de police?

Mais il fallait à ses débuts ruiner, décourager, le fonctionnaire juste-milieu, au profit de je ne sais plus quel membre de la gauche, qui aux beaux jours de son administration avait laissé démolir par le peuple le palais d'un pontife hostile à Sa Majesté Eurysthée. Le *Charivari* comptait ce bénévole ex-administrateur au nombre de ses actionnaires, et il se hâta d'attaquer ou plutôt de baffouer Hercule. Il parut une lithographie qui montrait Hercule aux prises avec une sorte d'oie à sept têtes, avec ce titre : Ceci vous représente les exploits du sieur *Cucule*, ex-préfet en Béotie, contre une oie sauvage, que les admirateurs du grand homme ont métamorphosée en chourineur.

Vous remarquerez encore que les adversaires d'un héros quelconque ont toujours transformé en hydre celui qu'ils attaquaient dans les journaux.

Je n'établis aucune comparaison, j'éclaircis un fait.

L'empereur Napoléon n'a-t-il pas été traité d'ogre de Corse! Le roi Louis XVIII n'a-t-il pas été dessiné sous les traits d'un monstre qui tient à la fois du cachalot et du taureau sauvage?

Et l'on s'étonnerait de ce qu'un chef de bandits aurait été confondu avec un serpent lorsque des Majestés.....

Nous n'en avons pas fini avec ces calomnies.

« Diomède, suivant les fabulistes, possédait des chevaux furieux qui vomissaient du sang par les naseaux. Ils se nourrissaient de chair humaine. Hercule, par ordre d'Eurysthée, s'empara de Diomède et le fit dévorer par ses propres chevaux. Notre héros conduisit ces coursiers par devant Eurysthée, et les lâcha sur le mont Olympe, où ils furent mis en pièces par les bêtes sauvages. »

Certes, au premier aperçu, cette entreprise n'offre aucune analogie avec les actes d'un préfet de police. Lorsqu'on l'étudie avec soin, on arrive néanmoins à découvrir une parfaite similitude entre cette mesure prise par Hercule contre Diomède et celle que le préfet de police prend chaque jour à Paris contre une certaine classe d'industriels.

Un sieur Diomède gérait à cette époque un établissement d'équarissage, semblable à celui qui s'élève dans la plaine de la Villette, sur le terrain de l'antique charnier de Montfaucon. Notre équarisseur vendait aux gargotiers des tranches de cheval, que ces derniers faisaient avaler à leurs chalands pour du bœuf. Eurysthée, qui avait un

grand souci de ses sujets, en apprenant la nourriture malsaine qu'on leur préparait dans les cabarets des barrières,
ordonna à son préfet de police Hercule de s'assurer du fait
et de le réprimer.

Hercule qui avait pâti, hélas! lors de son séjour à l'école
de médecine, des horribles grillades de viande immonde
qu'on lui servait chez les Flicoteaux du quartier latin, avait
promis de se venger de ces hideux empoisonneurs à trois
sous le plat. Il se transporta au domicile de l'équarisseur
Diomède. Il surprit ce misérable au moment où il tentait
de faire entrer frauduleusement dans la ville des biftecks
de cheval. Il arrêta ce philanthrope de la pire espèce, qui
cherchait à mettre à la portée des petites bourses ses bif-
teeks de cheval sous la forme de tranches de bœuf.

Quant aux charognes de cheval qu'il trouva dans l'atelier d'équarissage, il en fit jeter les débris sur le mont Olympe,
où les oiseaux de proie et les bêtes fauves allèrent s'en gorger
à l'envi.

En haine du préjudice que la suppression de l'atelier
d'*équarissage-Diomède* leur causa, les gargottiers se déchaî-
nèrent contre le préfet de police. Le *Corsaire* chansonna ce
fonctionnaire, et fit croire à ses bénévoles lecteurs que
c'étaient les chevaux du sieur Diomède qui mangeaient des
biftecks d'hommes et d'enfants, et non pas les trop con-
fiants citoyens pauvres qui dévoraient des biftecks de
cheval, lorsqu'ils croyaient manger du bœuf de première
qualité.

Et c'est ainsi que l'on écrit l'histoire!

Hercule prit en cette occasion une mesure que M. Gabriel
Delessert, ainsi que nous l'avons déjà dit, a été obligé, il y
peu de temps encore, de faire exécuter contre les équarris-

seurs de Montfaucon. Vous savez les descentes de la police dans la Cité, où elle surprend des milliers de chats que l'on destine à figurer en civets de lapin sur les tables des gargottiers.

La seule différence qui existe entre le sieur Hercule, fils de Jupiter et d'Alcmène, préfet de police à Mycènes, et M. Gabriel Delessert, pair de France, conseiller d'État, préfet de police à Paris, c'est que le premier a fait pendre l'équarisseur Diomède, tandis que le second fait traduire sur les bancs de la police correctionnelle les industriels de Montfaucon.

La potence est une peine trop forte; l'amende est trop douce.

Aux magistrats de trouver un châtiment qui atteigne et frappe convenablement les délinquants!

VII

EXAMEN CRITIQUE DE L'ADMINISTRATION DE M. LE PRÉFET
DE POLICE HERCULE

Établissement des bornes-fontaines à Elis. — Une anecdote à propos de la ville d'Alby et de M. Ernest Alby. — Saint Antoine dans l'exercice de ses fonctions. — Deux pourceaux entre M. le maire et M. le préfet du Tarn. — Le capitaine Mars et ses partisans. — La plaine des Vertus au canal Saint-Martin. — Sublime et antique origine du mot *canard*, usité dans le journalisme. — Ce que c'est qu'une Amazone. — La ceinture dorée du roi Eurysthée et la ceinture dorée du bon roi saint Louis. — Un proverbe. — La courtisane Hippolyte. — Deux fils de famille chez les Lorettes. — La *Gazette des Femmes* à *Mycène*. — Un feuilleton de *Sapho la bavarde*.

Augias, roi de l'Élide, possédait un troupeau de trois mille bœufs. Les étables dans lesquelles parquaient ces animaux n'avaient pas été nettoyées pendant trente ans. Le fumier ncombrait les écuries. Les miasmes pestilentiels qui s'échappaient de ces ordures corrompaient l'air et provoquaient un emortalité nombreuse et rapide parmi les bœufs. La corne de ces animaux était ramollie par les matières fan-

geuses et putrides sur lesquelles elle s'appuyait. Le propriétaire de cette ferme allait être ruiné. Augias sollicita
Hercule de nettoyer ses écuries. Hercule détourna le fleuve
Alphée, et en dirigea le courant dans les étables. Les eaux
entraînèrent le fumier, et ces localités furent complétement
purgées de ces immondices.

Il n'est pas nécessaire d'exercer longuement sa sagacité
pour découvrir, dans ce fait des écuries du roi Augias, une
grande mesure de salubrité publique exécutée par Hercule
dans l'intérêt des habitants d'Elis.

Les écuries d'Augias ne sont que les rues de la capitale
de l'Elide. On négligeait le balayage, l'enlèvement des
ordures qui obstruaient la voie publique. Le fleuve Alphée
et son courant d'eau, c'est tout bonnement le premier usage
des bornes-fontaines.

Hercule, en cette occasion, rendit la propreté et la santé
à la ville d'Elis. Paris ne doit-il pas aux divers préfets de
police qui l'ont administré de semblables améliorations?
Les rues de la capitale de la France, il y a quelques années
à peine, n'étaient-elles pas de véritables cloaques? Ne
trouvez-vous pas encore dans la Cité des ruelles qui, par
les miasmes impurs qu'elles vomissent, les ordures et la
fange dont elles regorgent, offrent plus d'une analogie avec
les écuries d'Augias? Ne connaissez-vous pas des chefs-
lieux de préfecture en province dont les rues servent de
promenade et de mare aux pourceaux et aux canards plus
ou moins domestiques?

Il me revient à ce propos une histoire assez divertissante.

A Alby, chef-lieu du département du Tarn, un homme
de peine, indigne successeur de saint Antoine, promène
dans la journée les porcs des habitants de la ville.

A la tombée du jour, il réunit son troupeau, donne un grand coup de fouet, en jettant un cri sauvage.

A ce signal, bien connu de ces mélodieux quadrupèdes, chaque porc se précipite en grognant vers sa bauge, sans maître ni bâton. C'est la vivacité et la joie des écoliers à la sortie de la classe. L'animal mélodieux s'élance dans les rues de la ville, et renverse les chaises, les cruches, les enfants, les tables, les marchandises qu'il heurte sur son passage.

C'est d'un grotesque étourdissant.

Chaque porc porte le nom de son propriétaire. A la tête du troupeau brillent les bêtes de M. le maire et de M. le préfet.

Un jour que je me promenais dans ce chef-lieu dont j'ai l'honneur de porter le nom, — ce serait ici ou jamais le cas de prendre le titre de duc d'Alby, et j'ai prouvé ailleurs qu'un sire Alby avait cédé un fief à saint Louis, dont ce dernier fit l'emplacement des halles à Paris, — je rencontrai ces intéressants quadrupèdes. Je remarquai deux pourceaux qui prenaient le chemin d'une mare. Leur saint Antoine criait au gamin qui l'assistait :

— *Ohé, drolle, vire lou préfet, trique lou maire.* —

Ohé, petit, fais tourner le préfet et fouette le maire.

Ces deux illustres fonctionnaires passaient en ce moment.

Je vous laisse à penser si ces graves personnages partagèrent mon hilarité.

Suscitez donc un Hercule à ces villes négligées, et vous débarrasserez les rues de leurs pourceaux et les hauts fonctionnaires de ces fâcheuses rencontres.

Ces travaux de salubrité publique ne détournaient pas Hercule des soins que réclamait la poursuite des malfaiteurs. L'opposition n'avait trouvé rien à dire sur l'assainissement de la ville d'Elis; elle ne tarda pas à se dédommager, à propos de l'aventure suivante :

« Des oiseaux monstrueux, selon la biographie d'Hercule, dont les ailes, la tête et le bec étaient de fer et les ongles d'acier, habitaient les bords du lac Stymphale qui coule en Arcadie.

« Ils lançaient des dards en fer contre les assaillants. Le dieu Mars les avait lui-même dressés à se battre. Ils étaient en si grand nombre, *ajoute la Fable*, et d'une grosseur si extraordinaire, que lorsqu'ils volaient, ils interceptaient avec leurs ailes la clarté du soleil.

« Minerve donna à Hercule des cymbales d'airain, dont ce dernier se servit pour épouvanter les oiseaux et les attirer hors du bois où ils se réfugiaient. Une fois à la portée du trait, ces oiseaux périrent sous les flèches du vaillant Hercule. »

Nous n'aurons pas à nous mettre dans de grands frais d'imagination pour montrer la fausseté de ce récit.

Dans ces oiseaux dressés par le dieu Mars, aux ailes, au bec, à la tête d'airain, et qui se précipitent sur les passants aux environs du lac Stymphale, et les frappent de leurs dards d'acier, ne reconnaissez-vous pas une bande de *condottieri*, de *partisans*, qui, après avoir combattu dans les rangs d'une armée régulière, sous la conduite du capitaine Mars, au lieu de rentrer dans leurs foyers à la suspension des hostilités, se cantonnent sur les rives du lac Stymphale?

Armés de pied en cap, casque en tête, visière baissée, cuirasse sur la poitrine et les épaules, gantelets de fer aux mains, la lance en arrêt, ils se jettent sur les voyageurs, qu'ils houspillent et détroussent impitoyablement.

Les réfractaires, les déserteurs, les batteurs de buissons sont poursuivis par la maréchaussée, dont le préfet de police est l'un des chefs à Paris. Hercule a agi contre les bandits qui infestaient les alentours du lac Stymphale, comme agirait M. Delessert à l'endroit des malfaiteurs, s'il s'en trouvait d'assez osés pour établir leur domicile sur les bords du canal Saint-Denis, *dans la plaine des Vertus*, et arrêter les voyageurs dans leur course de Paris à Saint-Denis, et *vice-versâ*.

Il s'est rencontré des écrivains qui ont été assez aveuglés par leurs inimitiés politiques pour n'avoir pas craint de bafouer Hercule en lui attribuant la déroute d'un vol de canards sauvages !

Immolez-vous donc au salut de votre pays, après de semblables exemples !

C'est à ce fait qu'il faut attribuer l'origine du mot *canard*, que nous voyons briller dans le journalisme du dix-neuvième siècle.

Hercule annonçait qu'il avait détruit des voleurs.

Le *Charivari* soutenait, de son côté, que le préfet de police n'avait eu affaire qu'avec des oiseaux, des canards.

De là, toute fausse nouvelle publiée par un journal a été et est encore, à l'heure présente, traitée de *canard*.

La sollicitude du préfet de police Hercule ne se bornait pas à arrêter des filous, à assainir des rues; elle s'étendait encore à des objets de haute moralisation. Nous n'en voulons pour preuve que l'aventure des Amazones.

Rappelez-vous d'abord la version populaire de ces dames.

« Eurysthée ayant commandé à Hercule de lui apporter la ceinture d'Hippolyte, reine des Amazones, notre héros se mit à la poursuite de ces guerrières, tua Mygdon et Amycus, frères de la princesse. Il défit les Amazones, et enleva Hippolyte, leur reine, qu'il fit épouser à son ami Thésée. "

Ainsi donc Hercule a été réputé jusqu'à cette heure comme étant allé faire des armes avec ces chastes héroïnes. Qn'il y a loin de cette poétique invention à la vérité !

Les Amazones n'étaient rien moins que des Madeleines incorrigibles. Elles vivaient sans pudeur du pain de la débauche, se montraient effrontément dans les lieux publics, où elles causaient de grands scandales et insultaient à la modestie des honnêtes femmes.

Eurysthée avait fait ordonner à ces filles de porter des ceintures d'une couleur et d'une forme déterminées, afin de les distinguer des femmes qui vivaient sagement.

Quelques siècles plus tard, le bon roi saint Louis prescrivit aux femmes de mauvaise vie de se parer de *ceintures dorées*.

C'est de cette coutume qu'est venu le proverbe français :
Bonne renommée vaut mieux que ceinture dorée.

Admirez les analogies de l'esprit humain : le païen Eurysthée et le catholique saint Louis, qui, à cinq mille cinq cents années de distance, conçoivent la même idée et la réalisent de la même façon !

Les Amazones négligeaient de se conformer à l'arrêt d'Eurysthée. La courtisane Hippolyte avait acquis une honteuse célébrité par le dérèglement de ses mœurs. Comme elle cherchait à nouer des intrigues dans la bonne société, elle se défit de sa ceinture, afin de cacher au monde sa déplorable industrie.

Dans le but de remédier à ces abus, Eurysthée com-

manda à son préfet de police, Hercule, de faire rentrer dans
le devoir les indignes créatures qui s'en étaient écartées, et
de les contraindre à porter *ses ceintures dorées.*

Hercule arrêta les Amazones, fit fouetter les récalci-
trantes et les rassembla dans les faubourgs de la ville.

Quant à madame Hippolyte, comme elle montrait
quelque regret de ses écarts passés, qu'elle tournait à la
Madeleine repentante, M. Hercule lui retira sa ceinture,
signe de flétrissure et d'infamie, et la maria à son ami
Thésée. Ce dernier y mit de la complaisance. Mais mademoiselle Hippolyte valait bien les comédiennes qui se ma-
rient à trente ans.

Quant à la présence de Mygdon et d'Amycus parmi les
Amazones et frères d'Hippolyte, cette présence annonce que
deux fils de bonne maison s'étaient jetés dans la mauvaise
compagnie, accident qui se renouvelle bien souvent de nos
jours. D'où vient donc qu'un événement aussi simple que
celui-ci a été travesti de cette sotte façon.

Outre le *Charivari*, la ville de Mycènes possédait le
Journal des femmes.

C'était dans cette feuille que les bas-bleus d'alors, tels
que Sapho la bavarde, du quartier latin ; Hébé, la lorette
de l'Olympe ; Diane, la femme libre ; Phèdre, la femme in-
comprise, confiaient leurs élucubrations philosophiques et
les grandes pensées d'affranchissement qui germaient dans
leur cœur passionné. Aussi ces dames protégeaient-elles les
filles qui brisaient la tutèle de leurs familles pour mettre
en pratique les théories du communisme.

Lorsqu'au bureau du journal la *Gazette des femmes*, fut
apportée la nouvelle de la persécution que le préfet de
police dirigeait contre les Amazones, les *auteuses* par-

lèrent de prendre chaudement la défense de leurs sœurs d'affection.

Sapho la bavarde, Phèdre la romantique, se chargèrent de cette besogne. Le sujet était des plus délicats. On ne pouvait pas appeler les choses par leur nom et présenter ces dames comme des vestales opprimées.

En outre, attaquer M. le préfet de police pour cette affaire, c'était calomnier ses intentions, dont la pureté était appréciée de tous. On pouvait encourir un procès en police correctionnelle. Sapho la bavarde n'aurait pas mieux demandé que de comparaître devant un tribunal; elle était convaincue du triomphe que remporterait son éloquence; elle brûlait de parler en public; mais il fallait renoncer à l'espoir de briller dans ce procès et de se poser à la barre du tribunal en accusateur et en martyr. La nature de l'affaire, la calomnie déversée sur un fonctionnaire public, auraient rigoureusement entraîné le huis-clos de l'audience. Le scandale était évité : Sapho ne se souciait plus d'aller au tribunal.

Alors elle composa avec madame Phèdre un feuilleton dans lequel ces grands et beaux esprits bâtirent la fable des Amazones, de leurs instincts belliqueux, de leur reine invincible, de la chasteté de leurs mœurs.

Et c'est ainsi que, grâce à la *Gazette des femmes*, Hercule a passé aux yeux de la postérité pour un malotru qui serait allé donner la chasse à de sages et à de jolies femmes, tandis qu'il n'aurait fait que ramener au bercail des brebis égarées.

VIII

L'INVENTION DES ROSIÈRES ET DES ENFANTS TROUVÉS

Le braconnier Labiche. — Le sanglier du mont Erymanthe transformé en capitaine troyen. — Une maxime du poète Virgile qui n'est pas neuve, mais qui est consolante. — Hercule et saint Vincent de Paul. — Les chiffonniers et les bouledogues. — Un convive de M. le maréchal Soult qui laisse sa culotte dans la gueule du chien de S. Exc.

Le gouvernement vient de promulguer une loi sur la police de la chasse, qui doit mettre un terme aux dévastations des braconniers. Le besoin de cette loi se faisait depuis longtemps sentir ; car nos contrées, jadis regorgeantes de gibier, n'offrent plus que l'image de plaines et de forêts veuves de cailles, de perdreaux, de lièvres, d'allouettes et de daims, etc.

Lorsque Hercule arriva à la préfecture de police de Mycènes, citadins et campagnards se plaignaient de la destruction du gibier. Il s'occupa donc du braconnage et des règlements sur la chasse. Cette partie de son administration mérite d'être examinée. Jamais, au reste, l'imagination des fabulistes n'a mieux dissimulé les faits, mais la vérité peut se faire encore jour.

Ainsi la prise de la *biche aux pieds d'airain* est une facétie. Il suffit de lire le récit que les fabulistes nous ont transmis de cette aventure, pour en reconnaître l'absurdité :

« Sur le mont Ménale, en Arcadie, Hercule poursuivit, par ordre d'Eurysthée, une biche aux pieds d'airain et aux cornes d'or. Hercule se mit à sa piste, et, après avoir longtemps couru, il l'atteignit et s'empara d'elle vivante, au moment où elle se lançait à la nage dans le Ladon. »

En admettant qu'Hercule ait voulu jouer une fois durant sa vie le rôle de chien courant, accepterez-vous qu'une biche avec des cornes d'or et des pieds d'airain ait jamais existé et encore moins ait franchi avec la rapidité de l'éclair les prés, les ruisseaux, les monts et les bois?

Il est plus naturel de supposer qu'à l'ouverture et qu'à la fin des chasses, Eurysthée faisait, par l'entremise de son préfet de police, publier des ordonnances sur les ports d'armes, les enceintes réservées, ordonnances qui fixaient en outre l'époque à laquelle les chasseurs devaient s'abstenir de poursuivre le gibier.

L'airain, c'est l'arme de chasse, le *javelot* ou le *fusil*.

Les *cornes d'or* représentaient la *bourse*, les pièces d'or au moyen desquelles le *braconnier Labiche* se débarrassait des gardes champêtres et de leurs procès-verbaux.

Quant au sanglier qu'Hercule prit vivant sur le mont Erymanthe, en Arcadie, vous pouvez avancer, en toute certitude, que ce sanglier n'était autre chose qu'un sieur *Erymanthe*, grand chasseur et incorrigible braconnier, dont le préfet de police arrêta les dévastations.

A la suite d'une condamnation aux assises, car Erymanthe

6

avait tué un garde champêtre, condamnation qui porta le deuil dans la famille de notre braconnier, les Erymanthe quittèrent leur ville natale et se réfugièrent en Asie Mineure, dans la ville de Troie.

Virgile, au neuvième livre de son *Enéide*, raconte comment le capitaine Erymanthe, au service des princes troyens, fut tué par Turnus.

Nous ne négligerons pas de rapporter une anecdote des plus invraisemblables au premier examen, et dont on finit par pénétrer le sens avec un peu d'étude. C'est la délivrance, par Hercule, de Thésée *descendu aux enfers.*

Le sieur Thésée vint à tomber malade. Son illustre ami Hercule, qui avait conservé quelques souvenirs des leçons du docteur Chiron, lui prodigua ses soins et eut le bonheur de lui rendre, par hasard, la santé. Hercule arracha Thésée des portes des enfers, en le sauvant de la mort. Sur ce fait, les fabulistes ont déclaré que notre héros avait couru chercher son ami aux enfers, où ce dernier était allé se promener par mégarde.

Quant aux cinquante filles de Thestius, qu'Hercule rendit mères, cet événement très important et fort mal expliqué mérite que nous lui accordions une attention toute particulière.

Arrivé à l'âge mûr, Hercule fut frappé des inconvénients qui s'étaient rattachés à sa naissance, tant sous le côté hygiénique que sous le côté moral. Sa mère l'avait abandonné sur la voie publique, où il avait risqué de mourir de froid et de faim si une femme charitable ne l'avait pas recueilli. Mais pour un orphelin qui survivait à l'abandon d'une mère dénaturée, que de pauvres innocents succombaient privés de soins et de tendresse !

Haud ignara mali miseris succurrere disco !

Cette maxime, empruntée à la Didon du poète, n'est pas neuve, mais elle est consolante. Aussi bien Hercule s'empressa-t-il de la mettre en pratique. Sa bonne fortune ne lui avait pas fait oublier sa première misère.

De son temps, les hôpitaux n'étaient pas encore ouverts au malheur : les tours pour les enfants trouvés ne recevaient pas avec autant de discrétion que de charité les tristes victimes de l'inconduite maternelle. Les femmes légères, les filles trompées, les marâtres exposaient leurs nouveau-nés, soit sous le portique du temple, soit sur la place du Marché, dans les champs, sur les eaux ; d'autres les étranglaient, celles-ci les étouffaient. L'infanticide jouait des dents, du fer, du poison et du feu en plein jour.

Hercule tenta de couper court à ces méfaits. Le pouvoir dont il jouissait en qualité de préfet de police lui en facilitait les moyens. Il ouvrit des tours pour les enfants abandonnés, en ordonnant aux mères hors la loi de conserver leurs nouveau-nés et de les porter à l'hospice. Dans les cinquante filles de Thestius, et leur fécondité héroïque, il n'y a que quelques malheureuses filles qui, flétries avant le mariage par de fausses promesses, ont été forcées par Hercule de conserver les petits êtres dont l'existence devait un jour ou l'autre témoigner tristement contre la vertu de leur mère.

La charité a fait d'Hercule un père.

Tout cela est bien simple. Saint Vincent de Paul en a fait autant. La seule différence qui existe à cette heure entre Hercule et quelques philantrophes, c'est que le premier a fondé les tours pour les enfants trouvés, et que ces derniers les ont supprimés. Auxquels des uns ou des autres donner raison?

L'expérience est malheureusement contre les philanthropes. Leur mesure est mauvaise et funeste, tandis que celle d'Hercule est pleine d'intelligence et de charité.

Il ne nous reste plus qu'à examiner la lutte d'Hercule contre le chien Cerbère.

Vous avez lu que « Cerbère était un chien à trois, à dix, à cinquante têtes, selon *Hésiode*. Couché dans un antre sur les rives du Styx, où il était attaché avec des liens tressés de serpents, il gardait la porte des enfers et du palais de Pluton. Cette bête caressait les ombres qui entraient, et menaçait de ses aboiements et de ses trois gueules celles qui tentaient d'en sortir. Hercule l'enchaîna lorsqu'il retira Alceste des enfers, et l'arracha du trône de Pluton, sous lequel il s'était réfugié. »

Cerbère n'est qu'un bouledogue. Le préfet de police Hercule, dont la sollicitude avait été éveillée par les plaintes journalières de ses administrés au sujet des blessures que la férocité innée à ces bouledogues leur faisait commettre, ordonna de museler, d'enchaîner ces animaux.

Il n'y a pas un an que M. Délessert publiait une ordonnance semblable. Ce sont les propriétaires des bouledogues qui, dans leur tendresse pour ces aimables bêtes, ont inventé la lutte d'Hercule et du chien des enfers. Au reste, leurs chiens descendaient aux enfers grâce à cette mesure : les chiffonniers harponnaient, avec leurs crocs aigus, les bouledogues errants et non muselés qui avaient échappé aux boulettes empoisonnées.

Nous mettrons à profit cette circonstance pour prier

M. G. Delessert d'engager S. E. le président du conseil, ministre de la guerre, duc de Dalmatie, maréchal
Soult, à faire museler les bouledogues qui errent dans son
parc de Saint-Amans-la-Bastide. Ces animaux sont d'une
férocité aveugle et inouïe. M. le maréchal ne doit pas avoir
oublié qu'au nombre de ses hôtes, il reçut un certain monsieur, lequel, pendant toute sa visite, ne se montra que de
face et jamais de dos.

Ce monsieur était fort embarrassé.

Les chiens de Son Excellence lui avaient arraché, alors
qu'il traversait le parc, les basques de son habit, et le convive, ô irrévérence! s'esseyait en veste à la table de madame
la maréchale.

Cet invité était, dit-on, un grave ministre du culte pro-
testant!

IX

UN COEUR TROP SENSIBLE A PERDU M. LE PRÉFET

Hercule et ses rhumatismes. — Les médecins l'envoient aux
   eaux de Baréges. — Son intrigue avec une délicieuse Andalouse. — Second voyage aux eaux. — L'Andalouse s'est
   poignardée. — On crée le détroit de Gibraltar à l'instigation
   d'Hercule. — Le baptême des montagnes des Pyrénées. —
   Retour à Mycènes. — Intrigues de l'opposition. — Une car-
   ricature. — Un procès en cour d'assises. — Les ennemis
   d'Hercule triomphent. — Hercule, préfet de police à Mycènes,
   a fini comme M. Gisquet, préfet de police à Paris.

Tant de veilles, de travaux et de fatigues épuisaient la
santé du ministre de S. M. Eurysthée. Bientôt Hercule se
vit atteint d'un rhumatisme aigu. Les médecins lui ordon-
nèrent les eaux. Il fallut bien se décider à jouir de quelque
repos et à solliciter un congé du monarque. C'est ce que
fit Hercule; et, un beau matin, il prit la poste, courut au
port de mer le plus voisin, et fit voile vers les Gaules.

Notre héros aborda à Marseille, et se transporta à Baréges, dont les eaux thermales jouissaient d'une grande
faveur dans les trois parties de l'ancien monde.

A Baréges, Hercule fit la connaissance d'une fort intéressante et fort jolie veuve, nommée Pyrène et fille de Brébycus, roi d'Espagne. Pour charmer les loisirs des eaux,
Hercule et madame Pyrène visitaient les glaciers et les lacs
les plus curieux. Bagnères-de-Bigorre, Bagnères-de-Luchon
les vallées de Campan et d'Argelèse, Saint-Sauveur, Cau-
terets, Gavarni, le Cirque et la mer de glace recevaient
leurs visites. On ne parlait que de ces deux magnifiques
étrangers. Quelques servantes indiscrètes répandirent, dans
les hôtels, qu'un bon mariage unirait bien vite nos deux
aimables coureurs d'aventures. Bref on jasa beaucoup.

En octobre il fallut se séparer. On pleura, on s'embrassa,
on promit de se donner de ses nouvelles et de se revoir à la
saison prochaine. La jolie Andalouse se dépitait et se perdait en discours pleins d'extravagance qui témoignaient
assez de la force de sa passion. Elle parlait de se poignarder.
Hercule lui dit d'espérer et de compter sur son retour ; et
ce ne fut qu'après les plus vives assurances et les plus tendres protestations que madame Pyrène laissa prendre à
Hercule le chemin de la Grèce.

A son arrivée chez le roi Eurysthée, notre héros exalta la
vertu des eaux, la fraîcheur et la beauté des paysages, et
la majesté sublime de ces montagnes couronnées de neiges
éternelles. Et comme on lui demandait le nom de ces montagnes, il répondit, ô ruse et souvenir de l'amour, qu'elles
s'appelaient *Pyrénées*. Il baptisait ainsi du nom de sa chère
amie Pyrène les montagnes au sein desquelles il avait joui
du bonheur de l'aimer.

Au mois de mai suivant, Hercule, encore tout ému des
charmes de sa belle Andalouse, brûlait de la revoir... Au
lieu de solliciter un congé, il se fit donner une mission

quelconque par M. le ministre des travaux publics. Notre héros progressait. Il allait revoir ses chères amours, et il voyageait, selon une expression assez vulgaire, mais fort juste, aux frais de la princesse, ou bien encore du budget, si vous l'aimez mieux.

La marquesa Pyrena, l'Andalouse au teint bruni, n'avait pas reçu de nouvelles d'Hercule pendant tout l'hiver. La belle veuve, se croyant trahie par son Grec, avait, dans son désespoir, mis fin à ses jours. Lorsque Hercule, plein d'espoir et de confiance, parut à la cour de S. M. Brébycus, il apprit le décès de son amie.

Il alla pleurer sur sa tombe, et dans son désespoir, ne sachant où s'arrêter, il parcourut l'Espagne et poussa jusqu'à Cadix. Là, il fut arrêté par la montagne Calpabyla, qui séparait l'Océan de la Méditerranée. Frappé des avantages qui pouvaient un jour résulter de la réunion des deux mers, Hercule engagea le ministre des travaux publics en Espagne à faire percer cette montagne. Son conseil fut adopté. On se mit à l'œuvre. Le montagne Calpabyla fut divisée en deux parties.

L'une prit le nom de Calpé,

L'autre prit le nom d'Abyla.

Le peuple, en souvenir de la proposition d'Hercule, nomma dans la suite ces deux montagnes les *Colonnes d'Hercule*.

C'est la réalisation du percement des isthmes de Suez et de Panama par l'Europe moderne.

Rentré à la cour d'Eurysthée, Hercule continua à remplir ses fonctions de préfet de police. Les services qu'il avait rendus n'avaient pas désarmé l'envie de ses ennemis, et au moment où il croyait pouvoir terminer en paix sa carrière si laborieusement et si utilement remplie, il se vit calomnié de la façon la plus cruelle dans l'opinion publique.

Voici à quelle occasion :

Hercule avait placé déjà, depuis quelque temps, ses affections sur une jeune et jolie personne nommée Omphale. Aux qualités du corps, cette demoiselle joignait les qualités du cœur et de l'esprit. Hercule allait auprès d'elle se reposer de ses occupations, et puisait une force et une fraîcheur nouvelles dans les charmes de sa conversation.

Omphale, au courant des intrigues de la cour et des chambres, donnait parfois des avertissements à son noble ami. Celui-ci s'en était servi plus d'une fois avec avantage et son attachement ne faisait que redoubler.

L'opposition cherchait à toute force à culbuter Hercule. Elle avait échoué jusqu'alors, lorsqu'un ambitieux, un enfant perdu de la presse, se met à attaquer Hercule dans ses affections privées.

On crie à l'insuffisance, à la mollesse de M. le préfet. On va jusqu'à lui reprocher de négliger ses fonctions et de laisser tomber son sceptre en quenouille. Le *Corsaire*, lorsqu'il a jugé que l'opinion publique est assez ameutée contre M. le préfet, fait paraître une caricature, aussi spirituelle que méchante : Omphale est représentée debout, portant sur l'épaule le paletot et à sa main la canne de M. Hercule. Celui-ci, vêtu d'une robe de femme et d'un bonnet à rubans ponceaux, la poitrine saillante, la barbe au menton, file sa quenouille aux pieds d'Omphale.

A cette attaque, on murmure, on plaisante, on crie. Le crédit d'Hercule est ébranlé. Le roi Eurysthée, dont la cour est dévote, crie à l'abomination; Hercule est appelé au château. Il se sépare d'Omphale.

Mais hélas ! la chair est faible. Il ne suffit pas d'administrer la police d'un royaume pour posséder toutes les vertus et pour désarmer la méchanceté des envieux.

Hercule était galant ; à Omphale il fit succéder la belle et sensible Iole, fille d'Euryte, propriétaire dans l'Eubée.

Ce changement ne tarde pas à s'ébruiter. L'opposition va à la fin triompher d'Hercule, et voici la trame qu'elle ourdit et dans laquelle va s'enlacer notre héros, comme une mouche dans la toile d'une araignée.

Un journaliste quelconque annonce dans une gazette du soir, le *Messager des Chambres*, que M. le préfet de police est coupable de concussion au profit d'un maquignon nommé Nessus.

Hercule intente un procès en diffamation au journal.

A l'audience, les ennemis d'Hercule produisent une correspondance, soustraite par la fille Iole dont on avait égaré la jalousie, qui condamne Hercule. Ce sont les lettres adressées par Déjanire à Hercule et celles qu'Hercule avait écrites à cette dame, et qu'il avait négligées de brûler.

Ces lettres n'étaient pas datées. On les donne comme récentes, et il est à moitié prouvé qu'Hercule, pour apaiser le maquignon Nessus (l'époux de Déjanire), lui a concédé une ligne d'omnibus.

Hercule a beau protester, invoquer sa probité, il est accablé, abandonné de tous.

Le journal est acquitté. Cet acquittement est la condamnation d'Hercule. Il est destitué, et, en annonçant sa disgrâce, le gérant victorieux écrivait cet entre-filet :

« Dans son admirable plaidoirie, notre avocat s'écriait : monsieur le préfet, vous nous attaquez, vous demandez notre condamnation. O impudeur ! ô cynisme ! Vous avez mal-

versé, vous; vous avez injurié notre client, le sieur Nessus,
vous; la robe de Déjanire vous tuera.

« La prédiction de notre défenseur est réalisée. M. Hercule est destitué. La robe de Déjanire l'a perdu. »

Hercule quitta Mycènes et finit ses jours dans une campagne qu'il exploita lui-même. Depuis lors, il ne fut plus
question de lui.

Admirez les voies de la Providence! Si M. Orfila a
continué le docteur Chiron, M. Gisquet, de spirituelle et
courageuse mémoire, a subi le sort de son illustre devancier
Hercule. Vous savez l'Omphale et la Déjanire de M. Gisquet. La scène est la même : l'une se joue à Mycènes, l'autre
à Paris.

Hercule a subi bien des accusations. Sa conduite politique est irréprochable. Quant à sa vie privée...

Par Jupiter, nous n'entrerons pas dans un pareil examen.
La calomnie n'a-t-elle pas trouvé une pâture assez abondante dans la vie publique de M. le préfet de police d'Eurysthée? Elle doit être satisfaite. Respectons nos héros;
ne nous arrêtons que devant leurs vertus, si nous ne voulons pas décourager les hommes de génie.

Nous aimons à croire que cette sublime dissertation historique, philosophique, iconographique, monographique,
synthétique, analytique, passera sous les yeux de M. le
préfet de police G. Delessert. Au moment où la ville de
Paris se dispose à réédifier le Palais de Justice et l'hôtel de
M. le préfet de police, nous croyons rendre un service signalé aux décorateurs des nouveaux monuments, en leur
présentant la signification réelle que nous avons donnée au
personnage fabuleux et héroïque d'Hercule.

Dans la nouvelle galerie, M. G. Delessert se propose de

reproduire les portraits des préfets de police les plus illustres. A la suite des la Reynie, des Lenoir, des de Sartine, des Fouché, en perruques, en manteaux, et en frac, il pourra placer leur ancien collègue Hercule. Au lieu de reléguer ce héros dans les allégories roses et violettes des trumeaux nuageux, la houlette ou la quenouille à la main, on le peindra avec les insignes de ses fonctions en grand costume, le paletot sur l'épaule et la canne à la main.

Si, trop scrupuleux sur le chapitre de la vie intime, quelques puritains reprochent à Hercule ses loisirs aux genoux de mesdames et mesdemoiselles Mégare, Pyrène, Épiscate, Parthénope, Angé, Astyochée, Astidamie, Yole, Omphale, Déjanire, etc., et lui refusent l'entrée de ce Panthéon ouvert aux commissaires de police vertueux, — nous leur répondrons :

Ne singez pas tant les Catons ! Si le royaume des cieux est aux *pauvres d'esprit*, laissez par compensation le royaume de la terre aux *riches d'esprit*. Il n'y a que l'ignorance et la sottise qui soient à craindre.

X

APOLLON, DIRECTEUR DU CONSERVATOIRE DE MUSIQUE ET DE DÉCLAMATION A DELPHES

Quelques réflexions plus ou moins sensées. — Mademoiselle Latone et M. Jupiter. — Le danger que courent les jeunes
filles. — Une île volcanique dans la mer Égée. — Les deux
enfants de M. Jupiter. — La petite Diane se sauve avec un
carabin. — Le jeune Apollon est placé dans les bureaux de
son père. — Son dégoût pour les affaires de banque. — Il
rougit de l'état de son papa, et se pose en futur président du
Jockey-Club. — Apollon fait la bêtise de devenir éperdument
amoureux. — Idylle à propos de bottes.

Le récit mythologique des faits et gestes d'Apollon est
gravé dans toutes les mémoires. Nous ne suivrons pas ce
dieu-soleil dans le firmament, alors qu'il s'y promène du
levant au couchant dans un char aux roues enflammées et
tiré par un magnifique quadrige. C'est sur la terre que nous
accompagnerons modestement ses pas. Grâce à cette sage
précaution, nous échapperons au sort de l'imprudent Phaé-
ton, et s'il nous arrivait de trébucher, nous en serions
quittes pour quelque légère égratignure, au lieu de nous

7

rompre le col, en roulant des hauteurs célestes dans les abîmes de notre globe sublunaire.

Prenons notre héros à son berceau.

Le fameux banquier Jupiter, ainsi que tous ses confrères passés, présents et futurs, après avoir donné sa journée aux affaires, employait ses soirées et les jours fériés, pendant lesquels la bourse demeurait fermée, à nouer et à poursuivre des distractions galantes. Dans ses prétentions aristocratiques, M. Jupiter ne voulait s'attaquer qu'à des femmes titrées. Il recherchait les duchesses, les princesses, les reines. Il ne descendait pas jusqu'aux marquises. Mais les duchesses, les princesses sont rares. C'est fruit de jeune et gentil page, dit-on ; c'est faiblesse d'une tendre marraine à l'endroit de son innocent filleul, qui rougit et qui tremble devant ses yeux si beaux et si imposants.

Les personnes qui tenaient la main au riche banquier flattaient sa manie, à l'aide d'assez grossiers mensonges.

Ainsi, la femme Lucine écrivait au sieur Jupiter.

« Cher monsieur Jupiter, venez me voir ce soir. Vous vous rencontrerez chez moi avec mademoiselle Lodoïska. C'est la fille de monsieur le duc de ***, — un morceau digne des dieux. N'oubliez pas de prendre en passant, chez *Boissier*, quelques marrons glacés, — et de louer — aux Variétés, — une baignoire d'avant-scène — pour la *Revue*, — oh ! que j'ai de choses à vous conter, cher monsieur Jupiter. — Y a-t-il longtemps que nous nous sommes vus ! — Volage, nous direz-vous, si vous avez gagné à changer de quartier et si cette pécore de mademoiselle Minerve vous a mieux servi que celle qui se dit, sans aucun artifice, ni dessous de cartes, — votre respectueuse servante. — *La petite Lucine.* »

La missive expédiée vers la brune, Lucine préparait ce rendez-vous, en attirant chez elle, quelque jeune et jolie modiste, égarée en son apprentissage, par un violent amour de la toilette et de la promenade.

On arrivait, entre chien et loup, avec un modeste tartan sur le dos, et un petit bonnet blanc sur le front, une robe en mérinos vert foncé et des gros bas de coton. Dès qu'on avait pris un petit air de feu, Lucine dépouillait la folle aventurière de ses humbles vêtements. Elle lui passait une robe de soie. Elle lui couvrait les épaules avec un cachemire des Indes; elle parait sa jolie tête d'un petit chapeau en velours vert, avec des agréments de même couleur. Elle passait à ses mains, à ses bras, à ses oreilles, à son col, des bracelets, des bagues, des boucles, des anneaux, des chaînes en or, réhaussées de diamants; elle lui confiait un mouchoir en batiste, garni de valenciennes.

Sous ces riches ajustements, l'humble grisette, s'escrimait à jouer le moins maladroitement possible le rôle d'une grande dame qui se jette dans les sentiers perdus..... pour payer les mémoires de sa couturière; et le sieur Jupiter se persuadait qu'il avait passé la soirée avec quelque dame titrée, à la recherche d'émotions clandestines.

A l'heure où nous sommes, la femme Lucine exerçait la profession de sage-femme. Avant d'avoir été patentée et brevetée par la faculté de médecine, elle avait eue une existence des plus dissipées et qui lui avait valu un haute expérience dans les intrigues de la ville et de la cour.

Le sieur Jupiter avait depuis longtemps remarqué une jeune fille dont la beauté lui tournait la tête. Elle résistait à toutes ses avances, elle évitait de le rencontrer. Cette

modestie lui avait valu de son poursuivant le surnom de
Latone (*lateo*, qui se cache). Cette résistance ne faisait
qu'irriter les désirs de l'opulent Jupiter. Un jour il apprend
de la femme Lucine que la pudique Latone doit aller, en
compagnie de quelques amies, visiter une île nommée Délos (1). Cette île, à la suite d'une éruption volcanique dans
la mer Égée, a surgi à la surface des eaux. Les émanations sulfureuses sont dissipées. On veut aller admirer ce
prodige.

Latone et ses amies mettent le pied sur l'île sans défiance. Elles courent et prennent leurs ébats, ainsi que le
font toutes les jeunes filles. Le sieur Jupiter les avait de-
vancées et se tenait caché dans un ravin. La belle Latone
s'avance de ce côté. Jupiter se précipite sur elle, et l'enlève,
malgré ses cris, ses pleurs et son désespoir. Il se rembarque
après ce coup et va cacher chez la complaisante Lucine sa
belle toute désolée.

La demoiselle Latone finit par accorder le pardon à son
ravisseur.

Deux enfants durent le jour à Latone.

On nomma le garçon Apollon et la petite fille Diane. Ces
deux créatures étaient belles à ravir.

La petite fille eut pour nourrice une paysanne bien
grasse et bien joufflue, appelée Ammas.

---

(1) Neptune, dit la Fable, fit sortir Délos du fond de la mer pour
assurer à Latone, persécutée par Junon, un lieu où elle pût accoucher
d'Apollon et de Diane. Délos est une de ces îles volcaniques comme on
en rencontre tant dans la Méditerranée. Son nom, qui signifie *mani-
festation*, indique son origine. Neptune est la personnification de
l'éruption souterraine. Au dernier siècle, dans l'archipel Grec, l'île de
Santorin a vu autour d'elle surgir de nouvelles îles du fond de la
mer.

Les trois filles Thries allaitèrent successivement le petit garçon.

Le premier âge de ces deux innocentes créatures ne fut signalé par aucune circonstance qui mérite d'être notée. Leur père ne s'inquiéta guère d'elles, et leur mère, tout occupée qu'elle était à poursuivre son infidèle, à cacher sa chute et à se soustraire à la colère vengeresse de madame Junon, négligea leur éducation.

Abandonnés aux domestiques, les deux enfants ne tardèrent pas à se livrer à la paresse, à contracter de mauvaises habitudes. Leur conduite se ressentit de l'indifférence coupable de leurs père et mère.

Mademoiselle Diane déserta de bonne heure la maison de sa maman, et se mit sous la direction d'un docteur en médecine nommé Chiron. Au printemps, elle allait s'ébattre avec lui dans les campagnes voisines. Notre joyeux couple herborisait. Le soir, il classait les plantes qu'il avait recueillies pendant la journée. Chiron expliquait les vertus des simples à sa curieuse amie, de façon que cette jeune fille apprit à connaître les feuilles et les racines dont l'emploi est prescrit dans diverses maladies. Chiron, dans sa prudente sollicitude, lui préparait une industrie pour les mauvais jours.

Les carabins de la rue de La Harpe ne font-ils pas de leurs chères amours des *sages-femmes*, lorsque l'âge mûr ternit leurs charmes et les condamne à demander au travail les ressources journalières qu'elles avaient jusque-là cueillies parmi les roses, les festins et les bals.

Doué d'une imagination brillante, d'un caractère plein de fantaisie et de fougue, d'un cœur pétri d'orgueil et de sensualité, Apollon mena de bonne heure une conduite assez

7.

légère. Aux avantages d'un esprit cultivé par de nombreuses lectures, et doué de qualités poétiques, venait se
joindre un physique des plus agréables et des plus distingués. Des dons aussi précieux que ceux dont notre héros
était comblé, au lieu de l'encourager au bien, ne firent que
le porter au mal. Il vivait dans l'hôtel de monsieur son
père, et ce dernier l'avait dès l'âge de quinze ans placé dans
ses bureaux.

La perspective de succéder un jour à son papa dans son
comptoir de banque flattait médiocrement l'envie de ce beau
fils. Avec une taille élégante, une figure délicieuse, du goût
pour les beaux-arts, se condamner à des opérations de
banque, pouah ! N'était-ce pas une condition humiliante et
fastidieuse que de passer sa vie à endosser des lettres de
change, tandis que l'on pouvait cultiver la poésie, courir
les belles, faire parler la ville et la cour de ses succès, donner le ton à la mode, devenir président du Jockey-Club, et
se poser en gentleman-rider sur le turf?

Apollon se disait toutes ces choses du matin au soir. Ces
réflexions lui donnaient de l'humeur, et au lieu de copier
des lettres, d'établir des comptes courants, d'aller en recette, il passait son temps à griffonner des vers, à jouer la
comédie bourgeoise, à étudier la musique et à pincer les
cordes de sa guitare.

Un commis qui s'escrime à rimer ne fait de tort qu'à ses
écritures et qu'à son grand-livre. Mais du jour où il adresse
ses sonnets à un joli minois et qu'il court après l'idole de
son âme, il commence à se jeter dans des voies de perdition.
On ne se contente plus de négliger son travail, on aspire à
des galanteries de boudoir. La galanterie coûte fort cher.
Elle exige des gants paille, des bottes vernies, des bouquets

de fleurs, des fauteuils d'avant-scène à la comédie et des soupers délicats chez les restaurateurs en renom. Les appointements d'un commis ne peuvent satisfaire à ces dépenses. On s'endette, et l'on court d'un pas précipité vers la ruine et l'hôtel de la rue de Clichy.

Appollon ne tarda pas à tenter l'application des sentiments qu'il exprimait si bien en vers. De la théorie, il passa à la pratique. Et bientôt on le vit à la promenade, au concert, au théâtre, donner le bras à ces aimables filles auxquelles nous décernons le nom de *Lorettes*.

Ces amours vagabondes et recueillies sur le bitume Poloncceau du boulevard désillusionnèrent bien vite Apollon. Elles fatiguèrent ce cœur qui était encore tout inondé de séve et d'ardeur. La jeunesse n'a soif, n'a faim que d'une seule chose : elle a soif, elle a faim d'un amour jeune et beau comme elle. Elle laisse les émotions aventureuses aux buveurs d'absynthe, elle abandonne les passions banales aux hommes mûrs et que l'ambition pousse ailleurs, aux vieillards qui perdent le respect de leur tête blanchie pour des équipées d'un autre âge.

La jeunesse et l'amour ! Fleurs brillantes et diaprées des plus tendres couleurs, embaumées des plus doux parfums et qui croissez dans notre âme au souffle chaleureux et fécondant de notre printemps, vous ressemblez à ces feuillages dont avril couronne la cime des arbustes. Vienne un jour d'orage, et votre verdure est ternie. Mais qu'un soleil bienfaisant verse ses rayons d'or sur votre tige, et vous reprenez votre fraîcheur première.

Premières fleurs d'amour qui récréez le cœur, vous fermez votre virginale corolle aux ardeurs immodérées, aux bruyantes étreintes d'une tendresse mensongère et banale; mais aux caresses d'une sainte amitié, vous rouvrez vos pétales radieux, et vous portez avec vos fleurs les fruits les plus exquis.

Pardonnez-nous ce style d'idylle et ces images qui nous reportent à nos jeunes années. Laissez tomber ce regret de nos lèvres. Quel est celui d'entre vous qui n'en éprouve pas, lorsqu'il songe aux heures dorées et si vite envolées d'une saison ardente et généreuse?

Arrêtons-nous, car nous nous écartons de notre *mauvais sujet*, sans calembour, messieurs et dames.

XI

ESCULAPE, CHIRURGIEN-DENTISTE

Apollon et Coronis. — Naissance d'Esculape. — Coronis quitte
Apollon et suit le petit Ischys. — Mademoiselle Diane fait
venir son neveu Esculape à la Faculté de médecine du mont
Pélion. — Les succès du jeune carabin. — Sa thèse et sa
clientèle. — Les banques et les réclames du docteur Esculape.
— MM. Giraudeau de Saint-Gervais et Albert. — Une prétendue lettre du sieur Pluton, entrepreneur général des pompes
funèbres. — La gloriole égare Esculape. — Sa discussion avec
les Cyclopes, ouvriers mineurs de l'ingénieur des mines, le
sieur Vulcain. — Esculape est terrassé. — Son père Apollon
et Neptune son oncle vengent sa mort. — Le portier de
M. Jupiter. — Colère de ce dernier. — Irrévérence du sieur
Apollon. — Chassé de la maison paternelle, il va courir le
monde.

Apollon tomba éperdument amoureux de la fille d'un
sieur Phlégias, riche propriétaire dans la Béotie, nommée
Coronis. Il l'avait rencontrée à la promenade et au théâtre.

Cette jeune personne était douée d'une beauté remarquable. Taille svelte et élégante, profil noble, yeux bleus,
cheveux noirs, épaules héroïques, mains de reine, petitesse

merveilleuse des pieds : tels étaient les avantages phy-
siques de mademoiselle Coronis.

Apollon se fit présenter chez le papa Phlégias, par un
des amis de la maison. Notre héros montra beaucoup de
tact et d'esprit dans cette première visite. Il s'occupa plus
du père Phlégyas que de la belle Coronis. Au brave homme
il parla de ses prés, de ses champs et de ses vignes, et se le
rendit favorable. Seulement, lorsqu'il salua la compagnie
pour se retirer, il adressa à Coronis, un regard des plus élo-
quents et des plus explicites. La belle rougit et rêva toute
la nuit du bel Apollon.

Celui-ci renouvela ses visites. Il parla de son goût pour
la musique et obtint d'accompagner avec sa guitare mademoiselle Coronis, qui avait une réputation bien meritée de
bonne chanteuse.

Les deux jeunes gens firent des duos.

On les pria de chanter dans une grande soirée.

Les deux jeunes gens furent obligés d'étudier et de répéter ensemble.

Entre un beau garçon et une jeune fille, les choses marchent vite dans le tête-à-tête. Favorisé par une demi-obscu-
rité et une musique semée de mélodies et de paroles
d'amour, Apollon mit son temps à profit.

L'intéressante et trop sensible Coronis prit du goût aux
répétitions ; son cœur ingénu de seize ans se laissa aller
aux artificieuses tendresses de son virtuose, qui devenait
plus pressant et plus expressif de jour en jour. Elle finit
par céder à ses désirs, et la malheureuse enfant devint
mère d'un petit garçon auquel elle donna le nom d'Esculape.

Coronis fut obligée de quitter le toit paternel et d'aller

s'établir en ville, dans une chambre garnie qu'Apollon s'était procurée pour la recueillir.

Tandis qu'elle prodiguait ses soins à son enfant, son ami, déjà fatigué d'une liaison sédentaire qui durait depuis plus d'une année, commençait à la négliger.

Coronis eut beau lui représenter l'indignité de sa conduite et se lamenter sur ses infidélités, Apollon n'en continua pas moins d'agir selon son humeur capricieuse et volage. La belle, réduite au désespoir, confia son fils à une nourrice nommée Trygone ; elle fit un paquet de ses hardes, et, un beau matin, elle abandonna son enfant et la chambre dans laquelle elle avait été reléguée.

Une jeune et jolie fille ne manque pas d'amis. Coronis, pour dépister les recherches d'Apollon, se fit appeler madame Arsinoë, et se maria avec un jeune homme fort riche nommé Ischys, qui depuis longtemps la poursuivait de sa tendresse. Dès lors, il ne fut plus question de Coronis. Apollon, enchanté d'être débarrassé d'une femme qu'il n'aimait plus, se garda bien de l'inquiéter dans sa retraite auprès d'Ischys. Il la laissa fort tranquille, et profita de cette rupture pour courir à de nouveaux plaisirs aussi charmants que passagers.

Le petit Esculape, abandonné de sa mère, négligé de son père, passa ses premières années sous la tutelle de sa nourrice Trygone.

La demoiselle Diane, qui connaissait, comme vous le savez déjà, le docteur Chiron, appela plus tard son cher neveu Esculape à la faculté de médecine du mont Pélion. Cette bonne tante recommanda au doyen de la faculté le jeune étudiant. Le docteur Chiron entoura de toute sa sollicitude Esculape. Ce dernier s'adonna à l'étude avec la plus

vive ardeur. Ses progrès furent rapides. Aux examens, il se
distingua entre tous ses camarades. Sa thèse, qui roulait
sur la ligature des artères, obtint les éloges de la faculté et
fut regardée comme un chef-d'œuvre.

Avec de tels antécédents, il ne fut pas difficile au jeune
Esculape de se créer une belle clientèle en quittant l'école.
Il fut bientôt compté au nombre des médecins et des chi-
rurgiens les plus habiles de son siècle.

Il inventa la sonde.

Le système des bandages lui fut redevable d'importantes
modifications.

Par la ligature des vaisseaux, il s'appliqua à prévenir
les hémorrhagies.

Le premier, il employa les purgations.

En étudiant la dentition, il arriva à extraire les dents et
à poser les premiers éléments de l'art du dentiste.

Esculape ne s'endormait point dans son fauteuil de l'Institut. Il ne se prélassait pas au Jardin des plantes, sous le
grave prétexte d'étudier les mœurs des colimaçons et des
hannetons. Son activité le poussait à de nouvelles découvertes et à des travaux sérieux.

Dans l'expédition de la Colchide, il accompagna Hercule et Jason en qualité d'officier de santé. Sa longue
expérience des maladies, son habileté à bander les plaies
furent précieuses aux Argonautes durant le cours de leur
longue et périlleuse navigation.

Pourquoi faut-il qu'à côté d'un mérite aussi éminent que
celui qui distinguait Esculape, pourquoi faut-il que, parmi
tant de belles et solides qualités, nous ayons à signaler des
travers et des ridicules qui ternissent la gloire de notre
héros ! Est-ce une des conditions de la nature humaine que

de pécher par où elle brille? Sans aucun doute, car s'il
en était autrement, nous finirions par atteindre à la perfection. Nous devons donc prendre notre parti de ces
infirmités, et ne voir dans toute chose que son plus beau
côté.

Le docteur Esculape usa de la *réclame* de la façon la plus
immodérée. MM. les docteurs Albert, Giraudeau de Saint-
Gervais, dont les noms vous sont révélés par la quatrième
page des journaux, ne sont que des paltoquets en comparaison du docteur Esculape. Les affiches en papier rouge et
vert qu'ils placardent sur toutes les murailles, et dans lesquelles ils cotent le prix de leurs remèdes, malgré la dimen-
sion cyclopéenne des caractères d'imprimerie qui révèlent
l'adresse de ces officiers de santé, pâlissent auprès des an-
nonces de notre héros. Jamais charlatan forain, jamais banquiste retors et patenté, jamais courtier de renommée à
tant la ligne, sous la protection du timbre à cinq et six
centimes, ne se firent les desservants de la publicité, comme
le fit Esculape.

Non content de remplir les journaux de tous les formats,
les revues de toutes les couleurs du récit de ses cures merveilleuses, il poussa l'audace un jour jusqu'à dire que désormais il ne s'occupait plus des vivants. Il laissait cette tâche
à ses confrères moins avancés que lui dans les secrets de la
science. A cette heure il agissait sur les morts et les rappelait à la vie, quarante-huit heures après que leur décès avait
été officiellement constaté par le *médecin des morts* et le pro-
cès-verbal du commissaire de police du quartier.

Et comme une semblable prétention pouvait paraître
insensée, ou tout au moins irréalisable, Esculape répandit
le bruit que l'un de ses grands-oncles, le sieur Pluton, *en-*

S

trepreneur général des pompes funèbres, lui avait adressé une lettre dans laquelle il lui expliquait ses doléances.

Cette lettre fut insérée dans les journaux ; elle était conçue en ces termes :

Entreprise générale des pompes funèbres.

Cabinet particulier
de M. le directeur général.

« *Monsieur* (biffé et remplacé par) Cher neveu, j'admire ton génie, mais j'en déplore les applications. Depuis que tu as entrepris de ressusciter les morts, la ferme des pompes funèbres dépérit entre mes mains, et mon administration chôme misérablement. Contente-toi de guérir les vivants. Les apothicaires peuvent vivre avec la vente des remèdes que tu prescris à tes clients. Ils ne gagnent rien à la résurrection des trépassés, et pour moi c'est une cause de ruine imminente.

» Nous n'avons qu'à ensevelir les gens qui sont emportés par une extrême vieillesse. Les morts provoquées par des accidents, des blessures ou des maladies aiguës, sont annulées par ton art. Les gens riches pouvant mieux que les gens pauvres te rémunérer magnifiquement, sont certains d'échapper au trépas.

» Les gueux meurent.

» Les riches vivent.

» Ce qui fait que depuis six mois nous n'avons pas eu un seul convoi de première classe, et nous n'avons eu à fournir que de méchants corbillards pour les pauvres.

» Mes actionnaires murmurent : je leur avais promis un dividende, je ne leur ai seulement pas payé l'intérêt des deux derniers semestres, et je suis à la veille de solliciter un nouvel appel de fonds.

« Le personnel de mon administration est dans le désespoir. Mes *Carines* (pleureuses), perdent l'habitude de verser des larmes. Elles prennent des visages de lis et de roses et des yeux sémillants dans les loisirs que leur fait ton incroyable industrie.

« Mon garçon de bureau, le vieux Caron, depuis trois mois n'a pas reçu de *naules* (1). Mon portier Cerbère crie, tempête dans sa loge; il ne voit pas figure humaine, il ne tire plus le cordon, il écume comme un chien enragé; je vais être obligé de le congédier, ainsi que mon vieux Caron, si mes affaires ne marchent pas sur un meilleur pied.

« Quant à mon matériel, il dépérit d'une manière désastreuse. Les tentures sont dévorées par les vers. Les voitures moisissent, les harnais s'éraillent aux crochets, mes cochers se battent toute la sainte journée avec les garçons d'écurie, car ils n'ont que leurs bottes à cirer, et mes chevaux mangent une avoine qu'ils ne gagnent pas.

« Mes chevaux! Tu sais quelle était, quelle est encore ma passion pour les chevaux. Ma fortune me permettait d'élever quelques coursiers que tu as vu courir dans l'hippodrome. Les journaux ont célébré les victoires de mes écuries représentées par *Abaster, Méthée, Abatos, Nonius, Aéton, Nyctée, Amilthée, Alastor.* Ces chevaux et juments pur sang n'avaient rencontré de rivaux que dans *Eoas, Lampos, Pyrois, Plégon*, bêtes magnifiques appartenant à ton père, mon frère Apollon.

---

(1) Argent que les morts payaient à Caron. A Athènes, les magistrats avaient fixé cette rétribution à trois oboles.

« Eh bien, j'ai été obligé de les vendre.

« Je viens de me marier avec une demoiselle Proserpine, fille de madame veuve Cérès. Je souffre d'imposer des privations à une jeune femme aussi belle qu'aimable, et qui a été élevée jusqu'à ce jour dans le luxe. Elle ne m'a épousé que dans l'espérance de rouler carrosse.

« Tu le vois, la banqueroute infamante est suspendue sur ma tête. Que n'imites-tu tes confrères, dont l'habileté vient souvent en aide au trépas?

« Tout ceci me remet en mémoire ce vers d'un vieil auteur :

Seigneur, cesse de vaincre ou je cesse d'écrire.

« Je serais bien en droit de te dire :

« Cesse de guérir ou je cesse d'enterrer.

« Adieu, cher neveu, et crois-moi, etc.,

« Ton oncle, PLUTON,

« Entrepreneur général des pompes funèbres. »

Une telle lettre était l'œuvre d'un maître bien osé. Chez les uns, elle provoqua l'incrédulité ; chez le plus grand nombre, le doute. La curiosité publique s'évertuait de mille façons. Le but était en partie atteint.

Esculape réunit quelques personnes dans ses salons et se livra en leur présence à des expériences sur des grenouilles écorchées, avec la pile galvanique. L'auditoire frémit de surprise et d'admiration : le lendemain de cette séance mémorable, il fut bien établi dans le domaine public qu'Esculape ressuscitait les morts (1).

_____

(1) Peu content de guérir les malades, dit la Fable, Esculape ressuscita même les morts. Pluton le cita devant le tribunal de Jupiter, et se plaignit de ce que l'empire des morts était diminué considérablement et courait le risque de devenir entièrement désert.

Le succès ne devait-il pas couronner le charlatanisme de notre docteur ? En annonçant sa découverte, ne flattait-il pas notre faiblesse humaine dans ses désirs les plus vifs ? Arracher au trépas ses victimes, lorsqu'on aurait tout au plus osé ambitionner une prolongation de quelques années d'existence, n'était-ce pas la plus belle conquête de la science ? Aussi le docteur Esculape fut-il salué du titre de grand, de divin. Sa renommée remplit l'univers, et les portiques de son hôtel furent assiégés, jour et nuit, par une foule innombrable de clients de tout rang et de toute fortune.

L'entrepreneur général des pompes funèbres, M. Pluton, indigné du rôle que son petit-neveu lui fait jouer, court, chez son frère Jupiter le banquier, se plaindre des hâbleries de son petit-fils Esculape. Il termine en le suppliant de forcer cet effronté banquiste à rétracter la lettre qu'il avait donnée au public comme venant de sa plume à lui, Pluton.

De son côté, Esculape, enivré de son triomphe, se rend chez son grand-père Jupiter. Il rencontre dans la cour quelques Cyclopes, de braves et honnêtes mineurs qui exploitaient, sous la direction d'un chef des mines, le sieur Vulcain, les houillères du sieur Jupiter. Ces gens simples s'inclinent devant Esculape. Comme ils sont menacés chaque jour de périr dans les galeries souterraines qu'ils creusent, par l'explosion des gaz, ils se montrent fort désireux d'apprendre de la bouche du jeune docteur la vérité sur son talent à ressusciter les morts. Cette découverte les intéresse plus que tous autres.

Esculape répond à ces ouvriers du bout des lèvres, et leur donne des explications plus arrogantes que sensées.

Les cyclopes manifestent quelque incrédulité. Notre docteur les traite alors avec une impertinence magistrale.

S.

La discussion s'échauffe. Esculape soufflète l'un des mineurs. Le Cyclope répond à cette brutale injure par un coup de bâton.

Esculape, frappé à la tempe, tombe pour ne plus se relever.

Au bruit de cette querelle, Apollon, accompagné de son oncle Neptune, ingénieur des ponts et chaussées, descend dans la cour. A la vue du cadavre inanimé de son fils, il se précipite sur les Cyclopes. Neptune prend fait et cause pour son petit-neveu défunt. Les cyclopes, atterrés par le meurtre du jeune docteur, se défendent mal, et, dans une lutte qui leur est inégale, ils finissent tous par succomber.

Le portier se hâte d'aller prévenir M. Jupiter. Celui-ci quitte son bureau, descend et recule épouvanté devant la scène de carnage qui se déroule à ses yeux. Il est bientôt au fait de la querelle. Les premiers torts sont du côté d'Esculape. L'emportement, la vengeance d'Apollon sont atroces.

Il n'en fallait pas davantage pour combler la mesure. Jupiter, excédé de la mauvaise conduite de son fils, désespère de le ramener au bien. Il se décide à le bannir de sa présence. Il avait bien pu lui pardonner sa paresse, ses absences nocturnes, ses dissipations insensées ; à cette heure, il ne devait pas garder auprès de lui un homme dangereux, un homme dont la violence allait jusqu'à ensanglanter l'hôtel paternel.

Il lui donne sa malédiction, en lui enjoignant de s'éloigner au plus vite et d'aller gagner sa vie où bon lui semblera.

L'oncle Neptune veut parler en faveur d'Apollon. Jupiter lui reproche de soutenir un mauvais sujet. A cette occasion, les deux frères se brouillent.

Apollon n'était pas homme d'un caractère à reconnaître ses torts et à demander grâce. Au lieu de s'humilier devant le courroux de son père et de gémir sur la malédiction qu'il avait encourue, le drôle se mit à fredonner :

> Va-t'en voir s'ils viennent, Jean,
> Et s'ils viennent reviens-t'en.

— Vous m'avez maudit, papa, suffit : on va démenager, et zut !

— Tu mourras sur l'échafaud, mauvais drôle, fils dénaturé qui ne craint pas d'insulter ton père ! Sors à l'instant ou je fais appeler le commissaire.

— On y va — môsieur — adieu papa — s'écrie Appollon d'un ton de raillerie affreuse : et soudain, ne prenant conseil que de sa mauvaise tête, sollicité par le désir de courir les aventures, heureux d'être affranchi de la tutelle de son père, ce mauvais sujet grimpe dans sa chambre. Il entasse dans un foulard une chemise, des faux-cols, une paire de bottes, un briquet phosphorique, sa blague à tabac, et, sans dire adieu à personne descend quatre à quatre, et disparaît dans la rue en chantant :

> Veux-tu devenir ma compagne,
> Jeune Albanaise aux pieds légers ?

NEPTUNE, INGÉNIEUR DES PONTS ET CHAUSSÉES

Pendant quelques jours, notre bel Apollon mena joyeuse vie. Ne respirait-il pas l'air de la liberté ? Il n'était plus question pour lui de copier des lettres, d'enregistrer des effets, de courir à la poste ou d'aller chez l'huissier mettre des effets au protêt. Sa seule affaire importante consistait à employer gaîment le temps. Aussi ne désemparait-il pas du café et du théâtre. Les écus qu'il avait emportés l'aidaient dans ses folles dépenses.

Le jour, il montait à cheval, partait pour la campagne avec d'aimables grisettes, qui grillaient de cueillir des lilas et d'aller à âne.

A la brune, il courait les hôtelleries, agaçait les servantes, et, à l'instar des soupirants espagnols, il donnait des sérénades aux señoras accoudées à leur balcon doré. Plus tard, il rentrait au billard pour jouer la poule et fumer un cigare. Puis il revenait à ses balcons chéris, et soudoyait grassement les duègnes qui l'introduisaient auprès des belles qu'il avait festoyées de ses suaves mélodies.

Mais les ressources précaires sur lesquelles il vivait furent bien vite épuisées. Un soir la bourse fut à sec. Il fallut songer au lendemain. Notre héros, que les romans de chevalerie avaient beaucoup occupé au collége, ne trouva rien de mieux à imaginer que de copier don Quichotte, d'héroïque et champêtre mémoire. Il se procura une houlette fleurie, un havre-sac, un chapeau de paille à larges bords, et se présenta, en qualité de berger, chez un riche propriétaire, nommé M. Admète, qui demeurait à Phéres, en Thessalie.

Le sieur Admète, séduit par la bonne mine du nouveau-venu, ne balança pas à lui confier la garde de son troupeau.

Voilà donc notre aventurier installé dans une bergerie.

Dans ces nouvelles fonctions, aussi innocentes que fastidieuses, Apollon eut tout le loisir de réfléchir sur les hommes et les choses. La nuit, étendu nonchalamment sur le seuil de sa cabane, il étudiait le mouvement des astres et se livrait aux méditations des pasteurs babyloniens.

Le jour, il cueillait des simples, dont il étudiait les vertus : il composait des sonnets en l'honneur des pastourelles des hameaux voisins, et au crépuscule il jouait de la lyre, instrument qu'il ne tarda pas à perfectionner.

Fillettes et garçons accouraient à la veillée, des campagnes de la Thessalie, vers cet élégant berger qui, au lieu de souffler dans de grossiers pipeaux des mélodies sauvages et nazillardes, chantait, en s'accompagnant de sa lyre, des romances délicieuses, dans lesquelles il peignait les joies d'un amour partagé, et le martyre des amants maltraités. Puis, soudain la voix se taisait, les cordes seules de la lyre frémissaient sous les doigts aux rapides arpéges et aux molles cadences. Les refrains enivrants des boleros et des cachuchas s'élevaient dans les airs. Bergers et bergères se prenaient les mains, balançaient leur corps et se livraient à toute l'ardeur d'une danse aux charmantes étreintes, aux mouvements passionnés et gracieux. Puis, avec les derniers rayons du jour, la lyre se taisait, les couples amoureux s'éloignaient, et l'on entendait au loin, sous la fraîche et obscure feuillée, des soupirs et des paroles d'adieu.

Le spectacle de ces heureux pasteurs réveilla les tendres instincts d'Apollon. Il avait remarqué une jeune fille qui venait tous les soirs des bords du fleuve Pénée, et nommée mademoiselle Daphnée Pénée, assister à ces concerts et à ces danses. Elle était belle et digne de l'amour d'un prince. C'était plus qu'il n'en fallait pour enflammer le cœur d'un fils de famille abreuvé d'ennuis. Apollon s'éprit des charmes de Daphné. Il lui peignit sa tendresse avec les couleurs les plus vives. La belle résista à ces ouvertures. Le seul désir d'entendre la musique l'avait conduite auprès de lui. Un autre avait son cœur et sa foi.

Cette déclaration, loin de décourager Apollon, ne fit que
irriter. Il poursuivit un soir la cruelle jusque dans la ca-
ane de son père. Aux cris de la jeune fille effarée, le vieux
ère Pénée se précipite vers l'agresseur, et se contente, en
ecevant sa fille dans ses bras, de dire à Apollon :

— Tu veux Daphné, jeune homme? Voici de quoi satis-
iire ton désir.

Et en prononçant ces mots, il lui jette à la face une
ranche de laurier.

— Affreux calembour (1), s'écrie Apollon en s'éloignant :
ieillard : tu abuses étrangement de ton esprit!

(Daphné, en grec, est un synonyme de laurier).

Apollon rentra tout penaud dans sa bergerie, et le len-
emain il prit sa revanche avec une autre fille qui se montra
ioins cruelle que Daphné.

Tandis que notre berger adoucit les rigueurs des Philis
e la Thessalie, qu'il médite des élégies et des chants
'amour, il néglige ses brebis. Un jour il les laisse dé-
aître dans les bas-fonds marécageux. La veille, ces pauvres
êtes étaient imprudemment sorties de l'étable avant que la
osée eût été dissipée ; un autre jour, la pluie les avait sur-
rises au pâturage. Pour comble de malheur, la clavelée
xerça des ravages affreux dans le troupeau, et les moutons
ui échappèrent à ce fléau mortel furent dérobés par un
ardi voleur nommé Mercure.

Honteux de sa mésaventure, Apollon n'osa plus se pré-
enter devant son maître, M. Admète. Il jeta sa houlette
ux orties, et persuadé qu'avec ses talents il se tirerait plus

—————

(1) C'est ce qui a fait dire aux fabulistes que Daphné, poursuivi par
Apollon, avait été métamorphosée en laurier.

aisément d'affaire dans une grande cité qu'à la campagne,
il prit le chemin de la ville de Troie.

A peine arrivé dans cette ville, Apollon court sur la
place publique s'enquérir des nouvelles à l'ordre du jour,
Là, il apprend que le roi du lieu, Sa Majesté Laomédon,
a conçu un projet aussi patriotique que gigantesque. Il
s'agit de mettre la ville de Troie à l'abri d'un coup de main.
On connaît le mauvais vouloir des Grecs contre cette ville.
On sait que depuis longtemps ils se préparent à l'assiéger et
à la ruiner de fond en comble. Il faut donc songer à armer
et à défendre cette place importante. Le roi Laomédon a
proposé un système de forts détachés. L'opposition a refusé
son concours.

« La construction des forts détachés, dit-elle, qu'on a
beau colorer d'un prétexte de défense nationale, est une
mesure attentatoire aux libertés publiques. Ces forts sont
plutôt tournés contre l'esprit turbulent de la cité que contre
la Grèce coalisée. Pourquoi ne pas se contenter d'une enceinte continue? »

Mais, à la fin, les dissidences s'éteignent, les opinions se
rapprochent, et lorsque Apollon arrive à Troie, le ministre
de la guerre est autorisé à mettre en adjudication les travaux de maçonnerie et de terrassements à exécuter pour
l'enceinte continue.

Ces propos, recueillis de groupe en groupe, sont un trait
de lumière pour Apollon. Ses incertitudes se dissipent, son
génie se réveille et va lui offrir des ressources inespérées,
Notre voyageur est musicien, poète; il a été berger, pour-
pourquoi ne deviendrait-il pas architecte? L'aptitude, l'inspiration ne s'appliquent-elles pas, à un moment donné, à
toute espèce de travaux dans les différentes branches de

art? D'ailleurs, le besoin nous presse, la faim nous ta-
onne, notre garde-robe est fripée ; les hôtelleries et les
ables d'hôte ne s'ouvrent que devant une bourse bien gar-
ie, ou, tout au moins, devant une malle et un sac de nuit
ui peuvent répondre de la dépense. Et nous n'avons ni
ourse, ni malle, ni sac de nuit. La ville est dans l'agi-
ation, les intérêts sont en mouvement, les amours-propres
ntrent en concurrence; un étranger doit profiter de cette
motion. Il peut pêcher en eau trouble. Des sommes consi-
lérables vont être jetées sur la place pour cette entreprise
les fortifications : sera bien maladroit celui qui ne saura
)as profiter de cette heureuse circonstance, et gagner
quelques misérables bribes de la fortune publique, à la fa-
/eur du roulement des millions.

L'esprit tourmenté par ces graves considérations, Apol-
.on se dirige vers les bains publics. Au moment d'entrer,
notre héros avise un personnage qui se tient campé comme
un matamore sur une canne noueuse.

A son bizarre accoutrement, on reconnaît aisément dans
ce parasite rêveur un étranger. Les lacunes qui existent
dans sa toilette dénotent un certain désordre. Les pantalons de ce monsieur sont veufs de dessous de pieds. Les
bottes sont éculées. Le gilet est d'une nuance fantastique.
Le chapeau de feutre a passé de sa couleur grise primitive
à une teinte fauve et qui tire sur le moisi. Les ailes pendent
comme des branches de saule pleureur. Dans sa taille, cet
individu est bien pris ; sa tête doit être belle, mais un emplâtre en taffetas noir, qui s'étend sur l'œil droit, détruit
l'harmonie des lignes.

Apollon flaire l'inconnu. Il se sent attiré vers lui par je
ne sais quel parfum de détresse qui excite sa pitié. Il voit

9

déjà le jour où son habillement pourra rivaliser de décrépitude avec celui de ce gredin enfumé. C'est un aventurier dont le génie a été méconnu dans sa patrie; c'est encore quelque fils de bonne maison qui a éprouvé des malheurs. S'il allait à lui! N'est-il pas sans amis dans la grande cité? A deux ne résiste-t-on pas mieux contre l'adversité.

Tandis qu'Apollon se laissait aller à ces réflexions, l'inconnu fumait nonchalamment sa pipe. Soudain notre héros prend un cigarre, et, le plus courtoisement du monde, il demande à l'étranger la permission de l'allumer à sa pipe. Celui-ci, avec non moins de politesse, présente sa pipe à son interlocuteur, qui, de son côté, pour engager la conversation, se plaint, avec autant d'esprit que d'à-propos, de la mauvaise qualité du tabac que la régie vend à Troie. Aux accents d'Apollon, l'inconnu tressaille; il le dévisage à son tour, et soudain, en se jetant à son cou :

— Apollon, cher neveu! s'écrie-t-il, la voix du sang est donc étouffée dans ton cœur?

— Monsieur, en vérité, je ne sais... à qui ai-je l'honneur?...

— Eh quoi! ne reconnais-tu pas, dans la personne qui t'embrasse, ton bon oncle Neptune?

— Mon oncle!

— Oui, ton oncle, ici, en personne.

— Mon cher oncle, que je suis heureux. Mais qui diable vous aurait reconnu avec cet emplâtre sur l'œil?

— En effet.

— Seriez-vous devenu borgne, cher oncle?

— Pas plus que toi.

— Alors, par quelle suite de mésaventures avez-vous été réduit à cet état si pittoresque?

— Depuis la triste affaire des Cyclopes.

— Cruel souvenir !

— J'ai perdu ma place d'ingénieur en chef des ponts et chaussées. J'ai quitté ma patrie. O vingt-cinq fois ingrate patrie ! J'erre de ville en ville, dans l'attente d'un sort plus favorable.

— Cher oncle !

— Et toi-même, cher neveu, où en es-tu de tes affaires ?

— Elles sont aussi mauvaises que les vôtres.

— Alors, nous n'avons rien à perdre.

— Pas grand'chose, du moins.

— Nous avons tout à gagner.

— A peu près.

— As-tu ton passeport ?

— Non, cher oncle.

— J'ai oublié d'en prendre un. Cet oubli t'explique mon emplâtre sur l'œil.

— Connu. Enfoncés les gendarmes !

— Tu marches sur mes traces, ô mon digne neveu ! Il faut convenir que ton père est un fameux.....

— Mon oncle, oubliez-vous que mon père a droit...

— Vous êtes respectueux ; gardez bien, cher neveu, ces sentiments qui vous honorent. Considérez davantage messieurs les gendarmes, les bons gendarmes. Quant à monsieur votre père, vous me permettrez qu'on puisse prendre parfois un banquier pour un banquiste.

— Vous jouez sur les mots.

— Que veux-tu ? l'esprit survit à l'infortune ; on est gueux, mais on est aimable. Nous nous amusons à des niaiseries. Mettons à profit l'heureuse circonstance qui nous

rassemble; unissons nos talents; cherchons des actionnaires pour une entreprise quelconque.

— Vous êtes ambitieux, monsieur l'ingénieur.

— Apprends, cher Apollon, que nous entrons dans un
siècle qui verra trôner l'ingénieur des ponts et chaussées.
Assez et trop longtemps les avocats ont décidé de la politique, de la richesse de nos cités; leur faveur touche à son
déclin. L'ingénieur, avec son auréole d'élève de l'École polytechnique, va remuer la société; il accaparera les capitaux,
à l'aide de son langage scientifique. Tu me verras à l'œuvre,
Cherchons des actionnaires.

— Ces pauvres actionnaires ne vous échapperont pas.

— Tu as du temps à perdre, puisque tu veux les plaindre.
Les actionnaires, c'est le nerf de l'industrie. Ce sont des
zéros devant lesquels nous nous plaçons comme des unités
qui centuplent leur valeur. Et mais, j'y pense; demain le
gouvernement de la ville de Troie met en adjudication l'entreprise de l'enceinte continue.

— J'y pensais au moment où je vous ai rencontré, cher
oncle.

— Ce cher neveu, comme il a l'esprit des affaires! Pré-
sentons notre soumission.

— Et des fonds? cher oncle.

— Monsieur, vous êtes bien jeune encore. Soumission-
nerions-nous, si nous avions des fonds?

— C'est juste! un cautionnement?

— Nous y aviserons quand nous serons acceptés.

— Et quel rôle m'assignez-vous dans l'entreprise?

— Tu seras l'architecte, — un capitaine du génie. —
Je serai l'ingénieur des ponts et chaussées; — j'exécuterai
les travaux d'hydraulique.

— Mais je n'ai jamais étudié l'arthitecture.

— Tu sais le dessin ?

— Très peu.

— Très peu? c'est plus qu'il n'en faut.

— Ah ! cette maxime est hardie.

— Hardie ! Et si tu ne savais absolument rien, tu ferais encore l'affaire. Ainsi, tiens-toi pour averti. Garde cet étonnement, il nous compromettrait. Quant à moi, j'éblouis, je terrifie, je galvanise ces chers Troyens. O digne Laomédon ! trois fois auguste ! tu auras ton enceinte continue. Gloire et reconnaissance à ton patriotisme! Je mets en avant un système de turbines, à l'aide desquelles j'inonde les fossés et la ville elle-même.

— J'embrasse tes genoux, ô grand homme!

— Relève-toi, cher fils, et allons dîner.

Nos deux aventuriers s'acheminèrent, bras dessus, bras dessous vers l'hôtellerie la mieux famée de la ville, où, après avoir copieusement soupé, ils employèrent une partie de la nuit à rédiger leur soumission et à envisager l'affaire sous toutes ses faces.

Ils se présentèrent le lendemain au ministère de la guerre.

Le directeur général, en l'absence de M. le ministre, décacheta les diverses soumissions une à une, et, après qu'elles eurent été examinées et commentées, au grand étonnement de l'assemblée, il proclama adjudicataire des travaux à exécuter pour l'enceinte continue la maison *Apollon, Neptune et compagnie.*

Les concurrents, parmi lesquels on remarquait les premiers banquiers de la ville et les entrepreneurs de bâtisses les plus riches, ainsi déboutés dans leurs espérances, allèrent à Neptune et à Apollon. Ils leur proposèrent de

racheter l'adjudication qu'ils venaient d'obtenir, et, pour
les dédommager, ils leur offrirent une indemnité considérable. Ceux-ci eurent le bon esprit de rejeter ces offres. Le
bruit de leur refus se répandit dans la ville. Leur crédit y
gagna, et, le jour où ils commencèrent les travaux, ils
avaient plus de commanditaires qu'ils n'en voulaient, et
leur cautionnement était déposé dès la veille au trésor.

Les terrassements furent aisément exécutés. Quant aux
murailles, Apollon, qui s'était engagé à les construire en
brique cuite, n'employa que de la brique séchée au soleil.
Neptune éleva des digues pour s'opposer à la violence de
la mer et ménager un canal qui devait alimenter de ses
eaux les fossés des fortifications.

Mais ces ouvrages sont conduits avec trop de précipita-
tion et de parcimonie, et plusieurs pèchent dans leurs parties les plus essentielles.

D'ailleurs nos deux associés surveillent mal les ouvriers.
Ils se lèvent tard, passent une partie de leur journée à jouer,
dans les Cercles, au billard, au dominos et au bacarat.
Ils se commettent avec des filles d'Opéra et paradent au
bois dans des tilburys élégants. Ce ne sont que parties de
plaisir, que soupers délicats et galants. Tandis que ces messieurs sont attablés dans le restaurant en renom dans la
ville, ils ont soin de faire stationner sur le boulevard leur
équipage que le public admire en passant.

Cette conduite élève leur crédit auprès des niais. Les
habiles murmurent.

Mais on circonvient les journalistes : nos rédacteurs, plus
ou moins indépendants et vertueux s'humanisent et écrivent
des articles favorables.

L'opinion publique change, et les rares détracteurs de

la maison *Apollon*, *Neptune et compagnie*, craignent
d'élever la voix, car l'attitude des citoyens leur est contraire.

Bref, les travaux touchent à leur terme. Les officiers du
génie, délégués par M. le ministre de la guerre à l'effet de
constater la bonne ou mauvaise confection des travaux, se
rendent sur les lieux et vont décider si l'on recevra ou si
l'on rejettera l'enceinte continue.

Ils examinent les fortifications ; se retirent sans mot dire,
et le rapport qu'ils adressent au ministre est défavorable à
la maison *Apollon, Neptune et compagnie.*

Trois millions sont dus à ces messieurs. Le gouvernement refuse de les payer ; et de plus, il va s'approprier le
cautionnement.

Le cautionnement intéresse peu Apollon et Neptune :
c'est l'affaire, c'est l'argent des tiers ; mais l'argent du gouvernement, qui doit entrer en partie dans leurs poches, les
préoccupe vivement. Apollon et Neptune menacent de plai-
der devant le conseil d'État. Il n'est bruit dans la ville
que de ce procès. On va l'instruire. Chacune des parties
compte de chauds partisans. L'affaire est portée au rôle,
lorsqu'une tempête effroyable renverse les digues élevées
par Neptune, et ruine de fond en comble l'enceinte continue d'Apollon.

Un cri de réprobation générale s'élève contre Apollon et
Neptune. La ville entière les conspue et les honnit. Neptune a beau dire et beau faire, il n'est pas jusqu'à l'opposition qui ne lui jette la pierre. Elle est enchantée de la
ruine des fortifications, mais son jeu est de se montrer con-
trariée. Elle s'éloigne de Neptune, lorsque ce dernier lui
démontre qu'il a construit les fortifications assez légèrement

pour qu'à la première occasion elles soient ruinées aisément afin de déjouer les préoccupations liberticides de Laomédon. Tout le monde lui tourne le dos.

L'oncle et le neveu n'attendent pas l'issue du procès. Apollon profite de la nuit, dévalise Neptune et s'écrie en s'esquivant :

— Les gendarmes, cher oncle, sauvons la caisse !

Une épidémie causée par le débordement des fossés et la retraite précipitée des eaux décima la ville de Troie. Laomédon envoya arrêter les associés. C'était trop tard. Ces messieurs avaient jugé à propos de s'esquiver sans bruit et sans réclamation (1).

Et pour voyager avec plus de sécurité, l'oncle et le neveu avaient pris chacun une route différente.

(1. La mythologie avait dit : Apollon et Neptune, chassés du ciel pour avoir conspiré contre Jupiter, bâtirent les fortifications de Troie. Apollon éleva les murailles, Neptune construisit les digues. Frustrés de leur salaire, ils se vengèrent en renversant les murs de Troie et en répandant une épidémie mortelle dans la contrée.

XIII

LE SIEUR PYTHON COMMISSAIRE DE POLICE A DELPHES

Conduite légère d'Apollon dans l'île de Délos. — Sa misère. — Il passe en Grèce. — Il arrive à Delphes. — Sa résolution de travailler. — Il est professeur de guitare et il court le cachet. — Ses succès. — Il devient à la mode. — Les jalousies de madame Junon Jupiter. — Les cancans du sieur Python, commissaire de police à Delphes, sur mademoiselle Latone et ses enfants. — Apollon provoque Python en duel. — Mort de Python. — La symphonie héroïque d'Apollon, dite le nome *Pythien*. — Analyse des cinq parties de cette symphonie. — Hector Berlioz et Apollon. — La *Marsellaise*. — Le Péan ou cantique *Lance tes flèches, Apollon*. — Sa popularité.

Apollon se dirigea d'abord vers l'île de Délos. Il avait reçu le jour dans cette île bienheureuse, et il brûlait de revoir le berceau de son enfance. Il espérait aussi obtenir quelque argent des parents qu'il avait laissés sur ce coin de terre. Il ne trouva personne. Parents, amis, étaient morts ou avaient abandonné la contrée.

Au lieu de chercher à se créer une position honorable et indépendante en travaillant, Apollon ne songea qu'à s'amuser. Il dépensa les derniers écus qu'il avait ramassés à Troie dans de frivoles distractions, et il se mit à courir la campagne avec des personnes équivoques.

Lorsqu'il eut épuisé sa bourse et son crédit, il déserta Délos et passa en Grèce.

La misère dans laquelle il se trouva plongé lui inspira de sérieuses réflexions, et il songea à utiliser ses talents. La condition de berger, l'état d'architecte ne lui avaient guère réussi. Il se demanda s'il ne ferait pas mieux de se livrer entièrement à la musique. Son génie le poussait vers cet art. Il excellait à jouer de la guitare, il lisait admirablement la musique, et pouvait se présenter pour remplir l'emploi de chef d'orchestre au premier théâtre lyrique de la contrée.

Ces considérations le décidèrent à embrasser la profession de musicien, et il vint s'établir dans la ville de Delphes, dans le dessein de suivre cette noble carrière.

A son début, Apollon courait le cachet et donnait des leçons de guitare. Il logeait dans une mansarde, déjeunait avec un petit pain d'un sou et dînait chez les traiteurs à dix-huit sous. Cet apprentissage était dur, mais il devait avoir un terme assez rapproché, si Apollon supportait l'adversité avec courage et s'appliquait à donner des preuves de sa résignation, de son exactitude et de son mérite.

Il forma de bons élèves. Sa méthode fut reconnue excellente, son nom se répandit dans la ville et brilla sur la devanture des magasins de musique. La mode s'en mêla. On s'engoua du maëstro Apollon : il ne fut bientôt plus question que de lui. Les femmes surtout raffolèrent d'un artiste dont elles admiraient la taille élégante, les manières distinguées, la figure belle et expressive, le regard inspiré et caressant.

Les bals n'étaient prisés qu'autant qu'il devait en diriger les orchestres. C'était du bel air d'avoir Apollon à la tête des symphonistes.

Bref, en peu de temps, il eut ramassé quelque argent, fait d'utiles connaissances, tout en jouant un rôle aussi agréable qu'intéressant, dans les boudoirs de l'aristocratie et dans les loges des théâtres royaux.

Une affaire d'honneur contribua encore à donner de la popularité au nom et aux travaux de l'habile maëstro.

Madame Junon, dont l'orgueil et la jalousie étaient cruellement blessées par l'indifférence de son époux, M. Jupiter, cherchait à se venger de madame Latone. Bien des années s'étaient écoulées depuis l'aventure de M. Jupiter et de mademoiselle Latone, de la naissance de Diane et d'Apollon. Le ressentiment de Junon était aussi vif qu'au premier jour. Pour accabler sa rivale, elle eut recours à ce armes que, dans leur faiblesse et leur rage, les femmes savent employer avec un succès infaillible. La calomnie aux discours perfides et étouffés, la fausse bonhomie avec ses semblants d'indifférence et de charité, lui prêtèrent l'appui de leurs infernales machinations.

Une femme trahie dans ses affections d'épouse ne manque pas de consolateurs. Madame Jupiter en comptait un grand nombre dans ses salons. En femme bien avisée, elle flattait juste assez la passion de ces soupirants pour leur donner un prochain espoir, sans jamais la couronner de succès. De cette façon, elle se ménageait des auxiliaires dévoués, qui, à un moment donné, devenaient entre ses mains des instruments de vengeance redoutables.

Le sieur Python, entre autres, était éperdument épris des charmes de cette belle si indignement outragée dans son

honneur et sa foi. Ce monsieur jouissait dans la ville de
Delphes d'une triste réputation. Il était plus évité que
recherché. Dans sa jeunesse, il avait couru la carrière des
armes. Il abandonna de bonne heure son régiment, obtint
une place de commissaire de police à Delphes, et vécut en
garçon.

Il ne manquait pas d'esprit, mais il en faisait un fâcheux
emploi. Toujours à l'affût des cancans, des aventures scandaleuses, le sieur Python colportait de maison en maison les
nouvelles du jour, et sacrifiait impitoyablement à un bon
mot la réputation d'une femme, l'honneur d'un mari. Son
habileté dans les armes lui avait assuré une cruellle impu-
nité. Le calomniateur abritait ses perfidies sous l'épée du
duelliste. Il arriva dans le commencement que des hommes
de cœur répondirent à ses provocations. Tous succombèrent
dans ces rencontres. Dès lors chacun évita de se compromettre avec ce hideux spadassin, qui trouva le champ libre
pour se livrer à ses animosités.

Madame Junon avait apprivoisé ce serpent. Il ne voyait
que par ses yeux, il n'entendait que par ses oreilles. Madame Jupiter ne pouvait pas désirer un ami plus propre à
servir ses haines que le sieur Python. Elle se livra un jour
devant lui à quelques plaisanteries sur l'amitié qui avait
jadis existé entre son mari et mademoiselle Latone. Il n'en
fallut pas davantage pour enflammer le zèle du sieur Python.
Soudain il se fait le champion de madame Jupiter et s'ap-
plique à poursuivre de ses critiques la conduite de madame
Latone. Dans les salons, sur la place publique, aux bains,
au théâtre, à propos de la pluie et du beau temps, il se
jette sur cette infortunée qu'il déchire à belles dents. Il
montre cette femme si prude, si chaste au dehors, donnant

à huis-clos un démenti à son nom, que la pudeur elle-même avait consacré. La naissance de Diane et d'Apollon reviennent à chaque instant sur le tapis. Il s'étend sur l'origine et l'éducation de ces deux petits êtres, et il les montre, délaissés plus tard par leur tendre mère, dont la conduite est fort originale. Mademoiselle Diane est affichée dans la mansarde du carabin Chiron, et M. Apollon est signalé, malgré ses grands airs, courant tristement le cachet ; tandis que l'aimable mère de ces deux intéressantes créatures achève péniblement sa vie dans les pratiques d'une dévotion d'emprunt, et un repentir provoqué par le dépit de se voir délaissée.

Ces propos volent de bouche en bouche. Ils arrivent aux oreilles du brillant Apollon. Celui-ci se présente chez le sieur Python et le provoque en duel, car il a l'honneur de sa mère à venger, et à laver dans le sang de l'indigne calomniateur les injures qu'il a répandues sur son compte et sur celui de sa sœur.

M. Python se persuade qu'en se mesurant avec le fils de mademoiselle Latone, il acquerra des titres impérissables aux yeux de sa divinité. Il accepte le défi et se voit déjà l'ami de la belle dame, qu'il va venger sur le fils d'une odieuse rivale.

Un mauvais drôle, nommé Cacus, est choisi comme second du côté du sieur Python. Apollon appelle à son aide son ancien ami et cousin, le préfet de police Hercule.

Le choix des armes est arrêté par le sieur Python. Au lieu de se battre au pistolet (la poudre n'était encore d'un usage commun que dans la Chine, mais nous montrerons que Vulcain commençait à diriger une fabrique d'armes à feu dans le genre de celle de Saint-Étienne. Parmi les

10

Cyclopes, on comptait d'excelients armuriers, et l'opulent
Jupiter possédait des pistolets et des fusils auxquels ou donnait le nom de *foudres*, par le motif que l'explosion de ces
armes rappelait le bruit du tonnerre).

Au lieu de se battre au pistolet, disions-nous, on se sert
de l'arc et de la flèche. Les champions se placent à cent cinquante pas de distance. Python est le provoqué, il tire le
premier et manque son adversaire. Apollon décoche sa
flèche et la plante dans le sein de son ignoble adversaire,
qui expire en tombant la face contre terre.

C'était par des insinuations odieuses et souterraines, par
des démarches tortueuses, que Python avait diffamé Latone. Sa conduite dans toute cette triste affaire avait été
réglée sur la marche du serpent qui rampe ignominieuse-
ment sur la terre, et tue tout ce qu'il touche de son infect
venin. La postérité a confondu plus tard l'homme avec le
serpent, et l'indigne Python est arrivé jusqu'à nous sous la
forme de l'immonde reptile (1).

Apollon ne se contenta pas d'avoir vengé sa mère, il
voulut encore perpétuer le souvenir de sa victoire. En véritable artiste qu'il était, ce fut par une production digne
de son art et de son génie qu'il immortalisa cette lutte glo-

---

(1) Telle est notre explication des diverses versions de la fable sur cet
événement.

Apollon, selon *Apollodore*, avait tué à coups de flèches un serpent,
nommé Python, qui défendait l'entrée de la caverne dans laquelle
Themis rendait ses oracles.

Selon un autre auteur, Python est un serpent produit par la terre,
après le déluge de Deucalion. Junon se servit de ce monstre pour con-
trarier l'accouchement de Latone.

Apollon le tua à coups de flèche.

Strabon dit que c'était un scélérat nommé Draco.

Pausanias prétend que ce scélérat n'était autre qu'un brigand qui
détroussait les pèlerins que leur piété conduisait à l'autel de Delphes.

rieuse. Son duel avec le serpent Python lui fournit un thème magnifique, sur lequel il déploya toutes les ressources de sa verve musicale. Il se mit à l'œuvre, et composa une symphonie dans le genre de celles qui ont immortalisé plus tard Beethoven.

Cette symphonie était divisée en cinq parties. Il lui avait donné le nom de *nome Pythien.*

Les *nomes* étaient des airs ou des cantiques en l'honneur des dieux.

L'antiquité possédait, outre le nome Pythien :

Le *nome Orthien,* qui était consacré à Pallas. La modulation de ce morceau était brillante, le rhythme plein de mouvement. Arion chantait ce nome, avant de se précipiter dans la mer, sur la poupe du navire qui le portait. Plus tard, Timothée, en jouant cet air, faisait courir Alexandre aux armes.

Le *nome Trochaïque* était destiné à sonner la charge dans les combats.

Le *nome Harmatique* avait pour sujet Hector attaché au char d'Achille, et traîné autour des murailles de Troie.

Le *nome Pythien,* ou plutôt la symphonie héroïque d'Apollon, obtint un succès foudroyant. Les combinaisons harmoniques étaient parfaites ; les effets d'orchestre, nouveaux et pleins d'une poésie imitative. Le chant se modulait avec une grâce, une fraîcheur et une pétulance qui dénotaient une habileté extrême, et qui s'alliaient au motif principal avec un rare bonheur. Les cinq parties de ce morceau portaient toutes un titre particulier et traitaient un sujet différent. *Pollux* a conservé et désigné les divisions de cet admirable poème musical.

Le premier morceau se nommait la *Peira.*

C'étaient un andante et un allegro moderato, dans lesquels Apollon peignait un guerrier qui se dispose à voler au combat. Le valeureux champion fait ses adieux à sa famille et prépare ses armes.

Dans le second morceau, appelé le *Catakcleusme*, notre héros provoque son adversaire et lui reproche l'indignité de sa conduite.

La troisième partie s'appelait l'*Iambe*.

Elle était consacrée à la peinture du combat. C'était un six-huit rapide et éblouissant. On applaudissait surtout dans ce morceau deux effets d'une puissance et d'une couleur admirables.

Dans le début, on entendait un chant de trompette, d'un éclat et d'une énergie irrésistibles. Puis le serpent aux écailles sifflantes, aux bonds furieux et retentissants, remplissait l'air d'une harmonie aigre et stridente.

Ce dernier chant s'appelait *Odontisme*.

Sur une mesure à trois-quatre, s'ouvrait la quatrième partie, nommé le *Spondée*. Apollon chantait la chute du serpent Python et sa victoire sur son antagoniste.

Dans le *Catachoreusis*, ou cinquième partie, le musicien célébrait le triomphe du vainqueur. Ce morceau était d'une facture au dessus de tout éloge.

Sur un mouvement de marche, le compositeur avait écrit un chant d'une mélodie simple, mais grandiose, rhythmée avec un art infini. Les instruments à vent concouraient seuls à l'exécution de ce final. Il fallait entendre les voix héroïques des trompettes et des trombonnes, les rugissements des ophicléides murmurant ainsi que des esclaves enchaînés. Puis tous ces instruments de cuivre mariaient leurs notes retentissantes et jetaient dans les airs une de

ces phrases sublimes qui peignent les victoires des guerriers, et qui inspirent aux auditeurs transportés ces élans
d'enthousiasme si voisins du délire (1).

La seule composition que nous puissions comparer dans
les temps modernes au Catachoreusis d'Apollon est la
marche triomphale qui clôture la *Symphonie funèbre* que
Berlioz a écrite pour les anniversaires de la révolution de
Juillet.

Nous mettons cependant l'œuvre du musicien français
au dessus de celle du musicien grec.

La phrase musicale chez Hector Berlioz est plus large,
plus savamment développée et d'un style plus noble que
chez Apollon. Entre la symphonie funèbre de Berlioz et le
Catachoreusis du maëstro de Delphes, il y a toute la différence qui existe entre la *Marseillaise* de Rouget-de-l'Isle et
la *Parisienne* de MM. Auber et Casimir Delavigne.

Chaque année, aux solennités delphiniennes, on exécutait
le nome Pythien devant un concours innombrable d'auditeurs.

La symphonie héroïque d'Apollon ne s'adressait qu'à
un public d'élite. Le virtuose grec voulut encore que sa
renommée descendît dans les dernières classes de la société.
Il s'appliquait à vulgariser l'art. A cet effet, il composa
un *Péan.*

Les *Péans* étaient des hymnes ou cantiques.

Le premier fut celui qui consacrait le souvenir de la victoire d'Apollon sur le serpent Python.

(1) Strabon divise ainsi le *nome Pythien :*
1° L'*Anacrousis*, le prélude ;
2° L'*Empeira*, le commencement du combat ;
3° Le *Catakéleusme*, le combat ;
4° Les *Iambes* et les *Dactyles*, l'hymne à l'occasion de la victoire.

10.

Plus tard, on composa des *Péans* en l'honneur de Mars.

On les chantait, en allant aux combats, aux sons de la flûte. C'était la musique militaire des armées chez les Anciens.

Dans *Xénophon*, les soldats entonnent un *Péan* en l'honneur de Neptune.

Athénée nous en a conservé un qui était adressé, par le poëte *Ariphron*, de *Sicyone* à *Hygie*, la déesse de la santé.

Dans la suite, on composa des *Péans* en mémoire des grands hommes que l'on voulait illustrer.

Dans le *Péan* dont nous avons parlé plus haut, Apollon vengeait l'honneur de sa sœur Diane et le sien, attaqués par l'infâme Python, et il le terminait en célébrant la victoire qu'il avait remportée sur ce serpent au dard empoisonné.

Le refrain de cet hymne était :

Lance tes flèches, Apollon !

Cette chanson courut les rues et les carrefours de Delphes. Les orgues de Barbarie s'en emparèrent, et longtemps ce refrain :

Lance tes flèches, Apollon !

déchira le tympan des bons citadins. Les gamins, en allant à l'école, vociféraient ces paroles, et, à force de les répéter sur tous les tons, ils avaient fini par désespérer les Delphiens et par leur irriter les nerfs de la façon la plus odieuse. Mais les compatriotes d'Apollon étaient moins à plaindre que d'autres.

Cette mélodie, par elle-même, était empreinte de ce cachet suave et harmonieux que le génie imprime à toutes ses œuvres; elle ne lassait que parce qu'elle retentissait à tous propos dans les lieux publics. Pour nous, qui dira jamais ce que nous avons dû souffrir durant trois années, alors que nous étions poursuivis par cette ignoble clameur, cadencée sur je ne sais quelle odieuse et malsaine mélopée : — « Cinq sous, cinq sous ! »

Le duel dans lequel succomba Python acheva d'établir notre héros dans l'estime publique. Si l'on admire le génie chez l'homme, on prise le courage avant toute autre vertu chez lui. Les femmes surtout se laissent subjuguer bien plus par une action valeureuse, que par une belle production de l'esprit. Leur faiblesse les jette au devant de la force. Elles s'estiment heureuses et fières de s'appuyer sur le bras d'un ami qui au besoin saura les faire respecter et écarter les odieux poursuivants. Elles tremblent et se félicitent en même temps de ce que, sur un signe, l'ami qui les recherche courra exposer sa vie aussi bien pour leur rapporter une fleur cueillie au bord d'un précipice, que pour soutenir, l'épée à la main, l'éclat de leurs yeux, la fraîcheur sans pareille de leur teint, la pureté de leur âme. On sut gré à Apollon d'avoir puni le calomniateur de sa mère; on l'aima de ce qu'il s'était montré bon fils et bon frère. On le loua de sa conduite franche et valeureuse, laquelle excita l'admiration générale. La ville de Delphes songea dès cet instant à s'attacher dans la personne d'Apollon un artiste éminent et un généreux citoyen.

XIV

UN MAIRE, UN CONSEIL MUNICIPAL ET UN CHEF D'ORCHESTRE DANS L'ANTIQUITÉ

L'hôtel du Conservatoire de musique et de déclamation à Delphes.
— La magnificence de cet établissement. — Ouverture des
cours. — Les solennités delphiniennes. — Histoire d'un chef
d'orchestre qui prenait du tabac et qui portait des lunettes.
— Les malices d'un basson et les facéties d'un trombonne.
— Deux pains à cacheter produisent un incendie. — La peur
est plus grande que le mal. — M. Musard a copié M. Apollon.
— La salle Vivienne et les salles du Parnasse et de l'Hélicon. — Les virtuoses d'Apollon sont choisies parmi les
plus jeunes et les plus jolies filles. — La musique sert de
passe-port à la beauté.

La ville de Delphes trouva aisément l'occasion d'offrir
une place convenable au maëstro Apollon. Ce dernier n'aspirait qu'au moment où, affranchi à jamais des entraves
d'une vie précaire, il se verrait arriver à une position stable
et à l'abri des chances incertaines de la fortune et des caprices des écoliers. Ce n'est pas une existence que de courir
le cachet du matin au soir. Durant l'hiver, les maëstros

ramassent quelques écus. Au printemps, sous le prétexte
d'aller à la campagne, mais par un simple motif de sordide
économie, les disciples suspendent leurs leçons. Alors, le
professeur est réduit à chercher sa nourriture, comme l'oiseau des champs, aux branches des pommiers et aux bords
des claires fontaines. A cet exercice on gagne à peine de quoi
manger et de quoi faire remettre des talons à ses bottes éculées. On n'est qu'un cuistre et on est traité comme tel.
Aussi Apollon ouvrit-il aisément l'oreille aux propositions
que lui fit, par l'organe de M. le maire, la ville de Delphes,

Le conseil municipal était appelé à délibérer sur la création d'un Conservatoire de musique et de déclamation. Faute
d'un bon directeur à placer à la tête de cet établissement, on
en avait ajourné la fondation. Apollon était l'homme qui
convenait le mieux. M. le maire présenta de nouveau à
l'approbation du conseil municipal le projet d'un Conservatoire de musique et de déclamation à fonder dans la ville de
Delphes.

Les plans et les devis sont acceptés : les fonds sont votés
et le maëstro Apollon est nommé, à l'unanimité, — *Directeur du Conservatoire de musique et de déclamation, à
Delphes.*—Il est logé, chauffé, éclairé, et ses appointements
sont arrêtés au chiffre de douze mille francs par an.

La ville de Delphes construit un édifice magnifique (*le
Temple de Delphe*) pour loger les élèves et le directeur du
Conservatoire. Des salles d'étude, de concert, de théâtre,
s'élèvent avec une rapidité qui tient de l'enchantement. Des
portiques ornés de colonnades en marbre, en porphyre,
rehaussés d'or et d'argent ; des galeries habilement éclairées
et garnies de tableaux précieux, de statues merveilleuses,
d'objets d'art et de meubles de la plus haute antiquité, for-

ment un musée auquel rien de semblable ne peut être com-
paré dans l'univers. Cet hôtel, ou plutôt ce palais, excite
l'admiration générale, tant par l'exquise élégance de son
architecture que par la richesse de ses détails.

Apollon alla s'y loger, et après avoir fait subir un examen
aux jeunes gens des deux sexes qui sollicitaient la faveur
de suivre ses cours, il choisit les plus dignes et se consacra
à enseigner aux uns la musique vocale, aux autres la musique instrumentale, à ceux-là l'harmonie, à ceux-ci la déclamation tragique et comique.

Notre maëstro ne tarda pas à justifier la confiance que lui
avait témoignée le conseil municipal, en l'appelant à la direction du Conservatoire de musique et de déclamation. Il
déploya comme administrateur et comme professeur une rare
intelligence, une exactitude irréprochable, et un talent
incontestable. A la fin de l'année, il voulut que la ville de
Delphes jugeât par elle-même des progrès de ses élèves. Il
fit paraître ses écoliers sur un théâtre. Les uns jouèrent des
comédies, les autres des tragédies. Ceux-ci firent exécuter
des cantates qu'ils avaient composées, ceux-là jouèrent des
airs variés et des concertos sur leurs instruments de prédi-
lection.

Ces exercices publics obtinrent l'approbation unanime.
Les élèves firent merveille. La ville, par l'organe de M. le
maire, distribua des couronnes. L'intérêt et la curiosité
furent également satisfaits. Tout l'honneur en revint à notre
maëstro. Depuis lors, ces épreuves artistiques se renouve-
lèrent devant un public nombreux et enchanté de tout ce
qu'il voyait et de tout ce qu'il entendait. Des points les plus
éloignés de l'Asie, de l'Afrique, de l'Europe, les célébrités
artistiques et littéraires, les sommités dans la finance,

l'armée, la science, la magistrature et le sacerdoce accoururent, à l'envi, assister aux solennités delphiniennes qui revenaient chaque année au mois de juin (1). A cette époque, la société des concerts exécutait la fameuse symphonie héroïque, vulgairement appelée le *Nome Pythien*, et le Péan dont le refrain était : — *Lance tes flèches, Apollon.*

Avec de tels éléments de publicité, la renommée d'Apollon ne tarda pas à retentir dans l'univers entier. Il n'était bruit que de ses ouvrages et que de l'admirable exécution de son orchestre; néanmoins il se trama quelques intrigues pour le déposséder de sa place.

Un premier violon, chef d'orchestre du Grand-Opéra de Delphes, tenta d'escalader le fauteuil de la direction du Conservatoire. Ce premier violon n'avait produit dans sa jeunesse que des duos et des trios détestables. Il jouait de son instrument d'une façon passable, et, pour le dire en bref, ce monsieur n'était qu'un artiste médiocre.

En outre, la place de directeur du Conservatoire exigeait des connaissances, de l'habileté, de l'éducation, des études administratives et littéraires, une autorité personnelle qui manquaient à ce musicien.

L'ambition ne recule devant aucune difficulté. Elle ne fait que s'irriter des obstacles et sa jalousie s'accroît de son insuffisance.

Ce chef d'orchestre trouvait commode de renverser Apollon et de s'établir majestueusement sur ses ruines.

Or, voici la trame qu'il avait ourdie et dans laquelle il se flattait d'envelopper notre cher **maestro.**

(1) *Delphinies*, fête que les Eginètes célébraient en l'honneur d'Apollon de Delphes. Le mois où cette fête tombait, et qui répondait au mois de juin, s'appelait Delphinius.

Le gouvernement, qui présidait aux destinées de la ville de Delphes, on ne sait par quelle aberration de l'esprit humain, prisait, au dessus de tous autres, les artistes étrangers. Il suffisait qu'un virtuose se persentât porteur d'un nom dont la dernière syllabe se terminait en *ky*, en *err*, en *ck*, pour qu'il fût assuré d'un généreux et magnifique appui.

Hélas! hélas! les choses ne se passent-elles pas de nos jours d'une façon analogue? Ne sommes-nous pas inondés par un déluge de chanteurs, d'instrumentistes, qui fond sur nous, du nord et du midi, du couchant et du levant? Ne voyons-nous pas prospérer ces *étrangers*, tandis que nos compatriotes dépérissent de misère et de désespoir, faute d'une décente protection? Quelle rage nous dévore d'aller chercher sur des bords lointains des hommes que nous couvrons de gloire et de capitaux, tandis que nous négligeons nos propres compatriotes d'un génie et d'un cœur moins équivoques que ceux d'un artiste ignorant en nos mœurs, en nos sympathies et en notre langue.

Le chef d'orchestre susdit réunit les virtuoses étrangers qui pullulaient à Delphes, et qu'Apollon avait écartés à dessein des classes du Conservatoire. Il monta la tête à ces messieurs, forma une cabale puissante, intéressa quelques salons, circonvint des pairs du royaume et des députés mécontents, et alla chez M. le directeur des Beaux-Arts, en accusant Apollon de partialité, de mauvaises mœurs et de concussion.

M. le directeur des Beaux-Arts ne manquait pas d'esprit. Cependant il hésitait. On lui donna à entendre que l'on possédait des lettres qui pouvaient compromettre sa probité.

La crainte d'une indiscrétion publique lui fit promettre la destitution du sieur Apollon.

Enivrés de leur prochain triomphe, notre ambitieux et sa cabale laissent percer leur joie et commettent quelques écarts de parole.

Apollon est instruit du danger qui le menace.

Pour détourner l'orage, il fait insérer le *fait-Delphes* suivant dans le journal du soir :

« On annonce que M. H., chef d'orchestre au grand-opéra, va remplacer le maëstro Apollon dans la direction du Conservatoire de musique et de déclamation. »

Dès le lendemain, un article, dont nous allons citer les principaux passages, paraissait dans le journal le plus répandu de la ville :

« On lit dans le *Journal du soir* que M. Apollon est à la veille d'être remplacé par M. H., chef d'orchestre du Grand-Opéra.

« Nous croyons cette nouvelle sans fondement ; mais, si elle reposait sur quelque certitude, il nous suffirait d'examiner les titres et la valeur de M. H... pour prévenir une odieuse iniquité, une stupide et grossière intrigue.

« Le mérite du sieur Apollon est incontestable. Delphes, la Grèce, le monde entier retentissent de sa gloire et des succès de ses élèves. Que se passe-t-il donc à la direction des Beaux-Arts ? que signifient ces sourdes menées, ces conspirations d'eunuques, cet arbitraire qui tient à la fois du satrape de Perse et du despote égyptien ? M. le ministre de l'intérieur sortira de sa torpeur, aux révélations qui retentiront à la tribune nationale.

« En attendant, de quoi s'agit-il aujourd'hui ? De sup-

11

planter notre grand Apollon, pour satisfaire la médiocrité jalouse de M. H...

« Il y a vingt-cinq ans, M. H... possédait sur le violon d'un talent estimable.

« A l'orchestre, il est mou, distrait, et il cultive deux défauts qui s'opposeront constamment à ce qu'il devienne jamais un bon chef d'orchestre, et cependant il exerce depuis trente ans :

« Ce virtuose prend du tabac et porte des lunettes.

« Exemple : M. H... est assis à son pupitre, d'où il domine l'orchestre du théâtre; la scène est ouverte; les chœurs se répandent sur les abords de la rampe; — les hommes chantent : Courons ! — les filles : Dansons ! — les garçons : Aimons ! — les femmes : Pleurons ! — les vieillards : Buvons ! — les voleurs : Cherchons ! etc. Pendant ce temps, M. H... veut prendre une prise de tabac.

« Le chœur continue de chanter, l'orchestre poursuit ses accompagnements. Le chef pose son violon, décroche ses lunettes dont les branches sont empêtrées dans sa perruque; puis il place son archet près du trou du souffleur. — Il cherche sa tabatière dans la poche de son habit, et il ne la trouve, après de nombreux tâtonnements, que dans son gilet. — Il ouvre alors sa tabatière, puise du tabac, présente la prise à son nez, la renifle bruyamment. — (*Hatchi ! hatchi !* sapristi, le tabac est sec et tombe dans le gosier.— Toux, éternûment.) M. H... continue ses exercices; il pince ses narines, ferme sa tabatière, la remet dans sa poche, reprend son violon, ramasse son archet, court après ses lunettes dont il essuie les verres, et soudain bat le premier temps de la mesure, lorsque les symphonistes en sont au dernier.

« C'est bien autre chose lorsqu'il s'agit d'un ballet. La tabatière et les lunettes causent à leur propriétaire d'étranges distractions, et le pauvre danseur, perdant de vue l'archet qui marquait chaque temps, s'épuise dans d'horribles convulsions à rattraper une mesure dont il est à une lieue.

« Nous terminerons cet article, ajoutait le journaliste anonyme, derrière lequel se cachait Apollon, par le récit d'une anecdote qui a bien réjoui l'orchestre du Grand-Opéra et dans laquelle M. H... joue le rôle le plus bouffon.

« Le compétiteur d'Apollon, le sieur H... est gros mangeur et intrépide buveur. Jadis il faisait sa sieste à l'orchestre pendant les entr'actes. Tandis que le rideau cachait momentanément la scène, notre maëstro se laissait aller au sommeil du juste. Des rêves dorés le berçaient mollement de leurs images enchanteresses, et ce n'était qu'en maugréant, et les yeux à demi ouverts, qu'il reprenait son violon au lever du rideau.

« Les instrumentistes s'amusaient beaucoup du sommeil de leur digne chef. Un trombonne aussi malicieux qu'une clarinette, et qui sortait d'un régiment de dragons, s'avisa un soir de coudre la poche de son chef d'orchestre, durant son sommeil. A son réveil, M. H. veut prendre du tabac. La poche est fermée.

« O fureur ! ô vengeance !

« — Quel est l'auteur de cette odieuse facétie ?

« Personne ne dit mot ; mais, huit jours après, un faux frère avait vendu le trop aimable trombonne.

« Le trombonne fut chassé impitoyablement. Un basson, cousin germain du trombonne, jura de venger son intéressant parent.

« M. H... persistait à dormir pendant les entr'actes, mal-

gré la plaisanterie de la poche cousue, tant cette habitude
lui était délicieuse.

« Un soir, tandis qu'il était livré au sommeil le plus
profond, et que la plupart des instrumentistes étaient allés
se chauffer au foyer, — notre basson, le cousin germain
du trombonne expulsé, s'empare des lunettes du chef
d'orchestre endormi, étend sur les verres une légère couche
de vermillon, — replace les lunettes à l'endroit où il les
avait prises, et gagne le foyer sans avoir été aperçu de personne.

« Au coup de sonnette, les instrumentistes sont assis à
leurs pupitres.

« Les trois coups sont frappés par le régisseur.

« La toile se lève.

« Le chef d'orchestre, réveillé en sursaut, se jette sur ses
lunettes; et, à peine les a-t-il fixées sur son nez, que les
cris : *Au feu! au feu!* arrivent à son oreille.

« Il... s'agite sur son fauteuil, se tourne et se retourne de
tous côtés. — Et comme ses verres sont teints de vermillon,
il voit le feu partout.

« — Au feu! au feu! s'écrie-t-il avec la rage du désespoir.

« — Qu'arrive-t-il? lui crie-t-on de toutes parts.

« — Vous ne voyez donc pas! la salle du théâtre est en
feu. Arrêtez, messieurs les chanteurs. — Les pompiers!
les pompiers! monsieur le régisseur, faites évacuer la salle.

« Et, tandis qu'il se démène comme un furieux, — le
tour qui lui a été joué est divulgué; — chacun à l'orchestre
se livre aux plus folles hilarités. — La représentation est
suspendue. — Le parterre, qui n'est pas dans le secret de la
farce, s'impatiente et demande la tête du chef d'orchestre.

« H... appelle les pompiers, escalade le théâtre ; et c'est dans les coulisses seulement, alors que, dans un accès de désespoir, il a arraché ses lunettes, qu'il apprend sa mésaventure. Furieux et confus, il se sauve du théâtre et demeure chez lui pendant une semaine.

« En son absence, l'artiste qui le remplaça imprima à l'orchestre une verve, une mesure, une précision que l'on n'observait plus depuis bien des années au théâtre de l'Opéra.

« Et c'est au profit de ce monsieur que l'on voudrait renverser l'illustre Apollon !

« Après les révélations que nous venons de faire, nous défions la direction des Beaux-Arts de commettre une iniquité aussi monstrueuse que celle dont il est fait mention dans le *Journal du soir*. »

Ainsi que nos lecteurs l'ont déjà pressenti, ce feuilleton dans lequel Apollon parodiait son malencontreux rival, obtint un succès prodigieux. M. le directeur des Beaux-Arts écrivait de sa plus belle écriture et de son style le plus louangeur une aimable lettre à Apollon, dans laquelle il démentait en termes formels les bruits de destitution. Apollon répondit une lettre charmante, et exprima sa reconnaissance et son amitié à son trop bienveillant directeur.

Ces deux messieurs se détestèrent depuis ce jour-là cordialement.

M. H... continua de diriger l'orchestre du théâtre ; — mais il fut bien malheureux dans ses vieux jours.

A l'orchestre, il ne prisait plus, et ne s'endormait jamais.

La mine qu'il faisait était atroce. Jugez des grimaces que commet un visage humain, lorsque ce visage appartient

11.

à un individu qui lutte contre le sommeil et les appétits de son nez sollicitant pendant six heures une misérable prise de tabac!

Apollon voulait populariser la musique et la faire pénétrer dans les masses. Cet art est essentiellement civilisateur : il adoucit les mœurs, ennoblit les cœurs, et excite les plus généreuses émotions. Aussi ne recula-t-il devant aucun sacrifice et entra-t-il dans une voie aussi neuve que hardie.

Il eut l'idée d'organiser des concerts en plein vent durant la belle saison, alors que la société élégante désertait les salles de théâtre et de concert, pour aller respirer l'air embaumé du soir sous les ombrages touffus des allées verdoyantes. Il n'eut pas de peine à former une société par actions, et il alla avec son orchestre et ses chanteurs ambulants donner des concerts sur les monts Parnasse, Hélicon, Piérius, et sur les bords fleuris de l'Hippocrène et du Permesse.

Nous remarquons en passant que, de nos jours, MM. Masson de Puitneuf, Musard, Mohr, Jullien, Valentino, Dufresne ont renouvelé la tentative musicale d'Apollon, au Jardin-Turc, aux Champs-Élysées, à la salle Saint-Honoré, à l'hôtel Laffitte et à la salle Vivienne. Ces messieurs se posaient en hommes de génie qui avaient inventé les concerts en plein vent. Pauvres sires! ils n'étaient que les pâles copistes d'Apollon. Ils exhumaient, dans leur fécondité, une idée qui avait été ensevelie, il y avait cinq mille ans, avec le Conservatoire de Delphes et son directeur.

Et si vous comparez avec nous la composition merveilleuse qu'Apollon donna à son orchestre et à ses chœurs chantants, dansants et déclamants, avec celle que M. Musard donna à sa troupe de musiciens, vous comprendrez que ce dernier, malgré ses réclames, est bien au dessous du maëstro de Delphes. Vous mépriserez ses trompettes romaines, ses coups de fouet, ses explosions de pistolets, de canons, de cloches et de chaises brisées en cadence. Vous verrez que ce vacarme musical n'a abouti qu'à faire danser des polkas plus ou moins effarées, sur l'estrade liliputienne de la rue Neuve-Vivienne.

Nous le répétons, c'est surtout dans la composition de sa troupe ambulante qu'il faut admirer le tact, l'habileté, l'intelligence d'Apollon. A ces détails on juge du génie d'un artiste.

La musique, s'était-il dit, est de tous les beaux-arts celui qui s'adresse le plus facilement à l'esprit et au cœur. Il suffit d'avoir des oreilles pour recueillir les sons. Il ne s'agit pas, pour le vulgaire, d'en apprécier le plus ou le moins de pureté et de science. Chacun se l'assimile selon son tempérament, et se livre à la mélodie en suivant sa douleur ou sa joie. Il y puise la consolation ou l'ivresse. Il chante son triomphe, il pleure sa chute. L'amour sourit dans cette gamme brillante pour cette tendre amie. Il gémit dans ces notes vagues et plaintives pour cet amant trahi.

En un mot, la musique parle à tous les sens ; elle remue les fibres les plus délicates de notre organisme sensuel et intellectuel.

Alors, avait ajouté Apollon, pour agir puissamment sur mes auditeurs, pour en finir victorieusement avec eux, je dois appeler à mon aide des instruments merveilleux qui verseront goutte à goutte, ou à torrents irrésistibles, la mélodie suave et enivrante à leurs âmes charmées. La

femme, avec l'élégance de ses formes, les regards enchanteurs de ses yeux, la grâce exquise de sa taille, fascinera mon
auditoire et lui fera goûter, avec les émotions de la musique,
les sensations ineffables de la beauté.

Apollon pensait avec raison qu'une mélodie chantée,
qu'une pièce de vers récitée, que des accords tirés d'un instrument offraient des charmes infinis, lorsqu'ils sortaient
des lèvres roses et souriantes d'une jolie personne, ou que
la corde soupirait sous ses doigts harmonieux. Quel effet
Apollon ne devait-il pas produire, s'il paraissait sur la
scène à la tête d'un chœur de jeunes et belles filles, aux cheveux follement tressés, aux yeux étincelants des espérances
juvéniles, aux bras de déesse, au port divin! Ajoutez à ces
avantages les toilettes fraîches et gracieuses, les manteaux
de pourpre semés d'étoiles d'or, balayant les dalles du
parvis, les tuniques éclatantes et drapées avec autant d'art
que de coquetterie; les cothurnes majestueux laissant à découvert l'extrémité blanche et polie d'un pied de nymphe,
et enroulant autour de la jambe nue les lacets argentés de
leurs agrafes d'or, et vous aurez une idée assez complète de
ce que devait être, dans la pensée de maëstro Apollon, l'image
d'un chœur chantant, dansant et déclamant aux solennités
de l'été et de l'automne.

A cet effet, il réunit neuf jeunes filles, aussi belles qu'aimables, qu'il choisit parmi les meilleures écolières du Conservatoire. Des unes, il fit des musiciennes excellentes; des
autres, des comédiennes consommées, et, à la tête de cette
troupe, il parcourut les provinces. Cette compagnie obtint
un succès colossal.

Apollon fit des recettes énormes. Ces demoiselles, de leur
côté, touchaient de beaux appointements, et dépensaient

leur vie avec la plus douce insouciance. Elles affectaient les
goûts d'une indépendance capricieuse. Elles pensaient
qu'une allure franche et vive favorisait le talent. Les
flammes de l'amour entretenaient le feu sacré dans l'âme
poétique de ces enchanteresses, tandis que la rigidité du
foyer domestique, les préoccupations du pot-au-feu étei-
gnaient toute généreuse inspiration et transformaient en
cuisinières ces femmes avides d'acclamations, palpitantes
de verve et frémissantes d'ivresse. Pareilles aux fleurs embaumées et aux oiseaux mélodieux, dont elles partageaient
lés vives couleurs, l'inconstance et les accents cadencés,
elles brûlaient de livrer à la foule les parfums de leurs
lèvres, l'éclat de leurs sourires, les gammes harmonieuses
de leur divin gosier.

Parmi la jeunesse dorée, il était du bel air d'accompagner
ces dames à la promenade, au théâtre. Les *lions* (puisque
ce nom est consacré sur le boulevard des Italiens) se roulaient à leurs pieds, inondaient leurs genoux de leur cri-
nière postiche, en leur offrant des pierreries et des colliers
de perles. Plus d'un fils de famille, à peine échappé des
bancs du collége, ainsi que notre moderne Sosthène Ducan-
tal, accompagnait de ville en ville ces trop séduisantes
Zéphyrines.

A la sortie des concerts, ces dames se jetaient dans d'élégants coupés et volaient au café de Delphes, où elles sou-
paient en compagnie des princes plus ou moins moscovites,
des ambassadeurs quelque peu espagnols, des généraux
élevés entre le comptoir et la caserne des républiques
transatlantiques, des petits Turcs, pachas de trois à six
queues, et des fils de l'opulente Albion quelque peu grands
seigneurs. On buvait, on chantait, on cassait des verres à

faire envie à nos lorettes les plus échevelées, à nos rats les plus rongeurs du corps de ballet du Grand-Opéra.

Le directeur de ces dames s'inquiétait peu de leur conduite privée. Il suffisait qu'elles se rendissent exactement au théâtre et qu'elles s'acquittassent de leur emploi avec zèle pour qu'il se montrât satisfait. Des artistes ne pouvaient pas avoir la rigidité d'une vestale. En outre le sieur Apollon ne menait-il pas une vie semée de semblables hasards. Son cœur était faible. Ses amours du lendemain lui faisaient oublier ses amours de la veille. Puis, à l'exemple de nos professeurs de musique et de déclamation au Conservatoire de Paris, il n'avait qu'une ambition, celle de prélever, sur ses écolières encore novices dans l'art de plaire et d'aimer, les *droits du seigneur*. Ces demoiselles étaient préparées à ce sacrifice, ou plutôt à cette redevance. Dès leurs premières leçons de chant, ne leur apprenait-on pas la célèbre romance :

Ah ! vous avez des droits superbes.

Le professeur ne devait-il pas se faire un point d'honneur de traduire en action à ses fraîches et naïves Agnès cette ingénieuse allégorie musicale et littéraire : et lorsqu'il avait enseigné la valeur réelle de cette praséologie galante à ces jeunes premières, il abandonnait sans regret au public les parfums et les roses qu'il avait respirés.

L'histoire nous a conservé les noms de ces charmantes filles ; et il nous est impossible de ne pas arrêter un instant notre attention sur elles. La mythologie les avait divinisées, et les désignait sous les noms de *neuf muses* ou des *neuf sœurs*.

1. Clio, muse de *l'histoire*.

2. Euterpe, muse de la *musique*.

3. Thalie, muse de la *comédie*.

4. Melpomène, muse de la *tragédie*.

5. Therpsichore, muse de la *danse*.

6. Erato, muse de la *poésie lyrique*.

7. Polymnie, muse de la *mémoire*.

8. Uranie, muse de l'*astronomie*.

9. Calliope, muse de l'*éloquence*.

L'art antique s'est immortalisé dans la reproduction de ces déesses. Nos musées se sont enrichis de leurs admirables figures, aux attitudes calmes et chastes, aux draperies harmonieuses, aux célestes méditations.

Nous ne chercherons dans ces nymphes que d'aimables artistes. Si nous arrachons de leur piédestal épique ces gracieuses déesses, nous pensons ne les profaner en aucune façon. Nous les aimons, nous les admirons comme les plus séduisantes des mortelles. Le récit que nous allons entreprendre de leurs actions prouvera notre sincérité.

XV

Mademoiselle Clio jouait de la guitare et de la trompette. Elle était remarquablement belle par l'élégance de sa taille et la majesté de sa démarche. Le galbe de ses bras effaçait tout ce qu'on pouvait admirer de plus parfait en ce genre. Elle avait des cheveux de la teinte des nuées au soleil couchant. C'étaient des reflets d'une chaleur et d'un

ton admirables. Son teint brillait d'une blancheur éblouissante.

La Clio, comme beaucoup de filles de théâtre, achetait
aux revendeuses à la toilette ses parures et ses bijoux. Elle
payait fort cher, mais elle trouvait chez ces marchandes des
facilités pour s'acquitter de ses dettes.

En industrielles bien avisées qu'elles étaient, ces femmes
faisaient des avances en fournitures d'étoffes, de châles et
de pierreries aux demoiselles artistes. Elles attendaient,
pour présenter leurs mémoires, l'époque favorable où, par
un caprice du sort, leurs clientes recevaient quelque argent.
Le plus souvent, elles se contentaient de petits bons de
vingt-cinq francs, payables à la fin de chaque mois. De cette
façon elles rentraient insensiblement dans leurs déboursés,
sans causer beaucoup de gêne à leurs pratiques, qu'elles
choisissaient parmi les plus jeunes et les plus belles.

Une madame Lucine, ex-sage-femme patentée par la
faculté de médecine, et qui, dans sa jeunesse, avait fait toutes
sortes de métiers, finissait ses vieux jours en tenant une
boutique de marchande à la toilette. Cette matrone comptait Clio au nombre de ses clientes. Sa boutique était le
rendez-vous des plus jolies femmes de la ville de Delphes.
Selon leur prospérité ou leur déconfiture, ces dames venaient
faire des achats ou revendre à bas prix leurs belles toilettes
de la veille. En outre, on causait des événements du jour,
et pour ces dames les questions intéressantes roulaient sur
les assassinats, les empoisonnements, le départ ou l'arrivée
des fils de famille et des nobles étrangers.

Une de ces dames, nommée madame Vénus de Paphos,
fréquentait la boutique de la femme Lucine. Cette Vénus de
Paphos était admirablement belle. Rien n'égalait sa taille

12

enchanteresse, la perfection de ses charmes, la grâce divine de son corps. Pour tout dire, en un mot, Vénus était la plus belle et la plus charmante des filles.

Elle avait suivi la fortune d'un grand nombre d'adorateurs et dévoré des millions en toilettes, en équipages et en festins. Mais elle avait autant de caprice que de beauté. A cette heure, elle était de passage à Delphes, où elle était arrivée pour assister aux concerts du maëstro Apollon et aux représentations des demoiselles Thalie et Melpomène, que nous allons rejoindre bientôt.

Madame Vénus de Paphos étalait à Delphes un luxe merveilleux. Elle écrasait avec ses diamants, ses dentelles et ses cachemires, les femmes des banquiers et des ambassadeurs les plus riches. L'aristocratie féminine de la finance, de la robe et de l'épée crevait de dépit.

Madame Vénus traînait à sa suite un petit fat, assez joli garçon, nommé Adonis.

M. Adonis, grand paresseux et intrépide flâneur de sa nature, trouvait fort doux de vivre sans rien faire. Il payait l'hospitalité qu'il recevait de madame Vénus avec de beaux semblants d'amitié.

La Clio rencontra plusieurs fois Vénus et Adonis dans la boutique de la femme Lucine. Adonis la trouva belle et lui tint un langage passionné.

La pauvrette écouta ses discours. Le bel Adonis eut le talent de lui dévorer une partie de ses économies, de lui faire engager sa garde-robe, son argenterie et ses bijoux au mont-de-piété.

Ce misérable eut bientôt dissipé le pauvre bien de cette bonne fille. Sa tendresse se refroidit d'autant. Un beau jour il cessa ses visites. Sa victime tomba malade.

Cet accident tint mademoiselle Clio éloignée de la scène. Durant cette indisposition, le maëstro Apollon, en galant homme qu'il était, lui laissa toucher ses appointements sans lui faire subir la moindre retenue.

Mademoiselle Euterpe se faisait remarquer par la régularité de ses mœurs. C'était une blonde séraphique d'une extrême fraîcheur. Elle jouait du hautbois et de la flûte. Sa jeunesse avait été des plus précaires.

La mère d'Euterpe vendait sur le carreau des Halles, à Delphes, de la friture aux ouvriers. La petite Euterpe vint au monde entre un sac de pommes de terre et une jarre de farine délayée dans du lait. A six ans, sa mère l'envoyait, en compagnie de l'une de ses petites camarades, nommée Flore, sur les boulevards. Là, ces deux fillettes, avec les bas sur les talons, la robe trouée, offraient aux passants des bouquets de fleurs. C'était pour les beaux jours. En hiver, les fleurs étaient remplacées par des allumettes chimiques allemandes.

Le métier était rude pour ces pauvres innocentes. Mal nourries, mal vêtues, la chaleur de l'été les dévorait et hâlait leur visage frais et vermeil. Dans la mauvaise saison, la pluie les faisait grelotter sous leur mauvaise jupe d'indienne, le froid gerçait leurs lèvres et déchirait leurs mains et leurs pieds d'affreuses engelures.

Et, malgé ces souffrances, elles allaient en chantant, ces pauvres petites, jolies et souriantes, sous le regard du bon Dieu. Elles ne craignaient qu'une chose, c'était de rencontrer des gamins qui se ruaient impitoyablement sur elles et leur volaient leurs gros sous. Alors elles rentraient au logis en pleurant. Leurs mères les souffletaient et les couchaient sans leur donner à souper.

Euterpe et Flore grandirent à ce triste métier. A quinze ans, elles ouvraient des huîtres et vendaient des cerneaux. Elles gagnaient davantage et pouvaient mettre quelque monnaie dans leur poche.

Un matin, Euterpe est appelée dans une maison pour ouvrir une douzaine d'huîtres.

Le portier lui dit de monter au *cintième* au dessus de l'entre-sol. Notre écaillère arrive tout essoufflée et frappe à une porte surmontée d'une sculpture en forme de bas-relief.

Le locataire ouvre. Euterpe est introduite dans un atelier de peinture. L'artiste, le maître de céans, est un beau jeune homme aux cheveux longs et mal peignés, et vêtu d'une veste déchirée à vingt endroits. Il donne à déjeûner à l'un de ses camarades.

Nos artistes examinent l'écaillère. Elle est trouvée fort jolie. Sa gentillesse lui vaut mille compliments, et l'amphytrion lui propose de faire son portrait. Euterpe accepte et revient, dès le lendemain, donner sa première séance.

Notre peintre est frappé de la beauté d'Euterpe, qu'il a tout le loisir d'examiner en détail.

Il s'extasie sur la perfection de son visage et de sa taille. Alors, abandonnant la plaisanterie, il engage fortement Euterpe à quitter la profession d'écaillère et à embrasser celle de *modèle*.

L'artiste lui vante sa beauté, affaiblit ses scrupules, exalte l'honnêteté et la discrétion de messieurs ses confrères. Il exagère les bénéfices qu'elle retirera de ses séances : il se moque de ses huîtres, de ses cerneaux et finit par l'ébranler.

Une fille qui sort du carreau des Halles et qui a été élevée dans la rue n'est pas difficile : tout est métier pour elle ; elle évite le mal par instinct ; elle veut vivre et voilà tout.

La vie, pour elle, c'est un morceau de pain, un grabat.

Euterpe se résigna donc à poser dans les ateliers de peinture et de sculpture, et abandonna son amie Flore.

Cette dernière finit par épouser un monsieur Zéphir. Avec ses économies, le ménage Flore et Zéphir ouvrit une boutique de jardinier fleuriste et fit d'excellentes affaires.

Euterpe se fatigua bien vite du métier de modèle. En courant les ateliers, elle rencontra un rapin qui lui enseigna à jouer du hautbois. La musique lui ouvrait une voie nouvelle. Tout en éveillant chez elle des instincts poétiques, elle lui montrait un avenir moins sombre. Elle travailla sans relâche et se trouva, dans peu de temps, en état de se présenter devant le maëstro Apollon.

Euterpe ne cacha rien de son passé au directeur du Conservatoire. Celui-ci ne vit qu'une femme jeune, belle et impatiente d'en finir avec une existence aventureuse et marquée de réprobation. Il s'intéressa à son infortune, et ne balança pas à l'admettre dans les classes du Conservatoire.

Euterpe justifia la bonne opinion que le maëstro avait conçue d'elle. Ses progrès et son intelligence musicale la placèrent au premier rang des instrumentistes, et quoiqu'elle fût née sur le carreau des Halles, qu'elle eût posé pour les peintres, nul n'osa attaquer sa conduite, et elle descendit chez les morts en odeur d'une chaste et sainte fille.

La prima donna de la troupe se nommait mademoiselle Erato ; elle chantait à merveille et jouait du violon d'une façon fort satisfaisante pour une femme.

C'était une excellente fille, d'une humeur vive et enjouée,

12.

d'un cœur charitable, d'une gracieuseté exquise, contente de tout, vivant au jour le jour et faisant grande dépense de toilettes et d'amis.

Elle avait plus d'éclat et de beauté à la scène qu'à la ville. Ses traits un peu forts apparaissaient au théâtre avec toute la pureté de la ligne antique. La carnation brillante de ses épaules, de sa nuque et de ses bras forçait l'admiration même chez les femmes. Ses cheveux, d'un noir d'ébène, qu'elle avait l'attention de couronner de myrtes et de roses, se déroulaient en tresses ondoyantes jusqu'à la cheville de ses pieds lorsqu'elle les dénouait.

Avec le goût de la toilette, mademoiselle Erato avait celui des bijoux et des beaux ameublements. La première, elle fit disposer un petit salon à manger, qu'elle n'utilisait pas, en un boudoir ravissant. La tenture était en satin chamois, couleur qui s'harmonisait avec le teint et la chevelure de notre piquante brune. Les panneaux étaient rehaussés de baguettes dorées.

On y admirait un délicieux portrait au pastel d'un rococo délirant, exécuté par quelque Antonin Moine de cette époque.

Le peintre avait représenté mademoiselle Erato, assise sur un banc de gazon, couronnée de myrtes et de roses, les bras nus, la poitrine dégagée à la mode de Diane de Poitiers. D'une main elle tenait un violon, de l'autre un archet. Autour d'elle, voltigeait un petit amour, aux ailes diaprées, à l'arc d'ivoire, au flambeau pétillant. Des tourterelles se becquetaient aux pieds de la belle et immortalisaient ainsi le souvenir de ses douces inclinations.

Son talent sur le violon lui fit gagner beaucoup d'argent. Elle était appelée dans les premières maisons de

Delphes pour *accompagner* les jeunes personnes qui se livraient à l'étude de la musique. Les mères préféraient voir assise près de leurs filles plutôt une femme qu'un jeune homme, qui aurait employé l'heure de sa leçon à débiter à son écolière des fadaises sur le monde et le théâtre.

Ce fut Erato qui la première chanta cette délicieuse cavatine, appelée *Philélei*, dont le refrain était :

Levez-vous, charmant soleil.

Cette cavatine demeura populaire en Grèce, et on la chantait encore au temps de l'invasion romaine.

Un charmante petite fille qui était en apprentissage dans la grande rue de Delphes, chez la lingère la mieux achalandée de la ville, quitta un beau matin sa boutique, son fil et ses aiguilles, et courut sonner à la porte du sieur Apollon. Notre maëstro, charmé de la grâce et de la gentillesse de cette jeune enfant, qui se présentait à lui avec une confiance et une modestie touchantes, l'accueillit avec bonté et lui dit, en la faisant asseoir :

— Que me voulez-vous? mon enfant; comment vous nommez-vous?

— Monsieur!... pardon!... excuse!... Mais, vous voyez... je vous dirai... mon nom. Je m'appelle Thalie, et je suis lingère.

— Vous êtes lingère?... C'est bien!... Après?...

— Après!... Je m'ennuie à la boutique... monsieur!

— Et vous voudriez la quitter?

— Dam, je n'ai pas l'esprit à la couture. Les reprises me désolent, les ourlets me crispent...; il faut que ça change... ou je me périrai.

— Que voudriez-vous faire?

— Je voudrais jouer la comédie.

— Qui vous a conseillé d'embrasser cette carrière, ma belle petite amie?

— Personne, monsieur Apollon. C'est une voix qui me crie au fond du cœur : — Petite, laisse-là tes chiffons et va apprendre à jouer la comédie.

— Y a-t-il longtemps?

— Depuis que je me connais, monsieur. Tenez, lorsque je vais chez la pratique, si j'ai le malheur de rencontrer sur mon chemin ou des danseurs de corde, ou des chanteurs, ou des joueurs de pantomimes, je m'arrête à les regarder, et je ne pense plus à la pratique, ni à mon ouvrage. On dit que vous prenez des demoiselles en pension. Monsieur, retirez-moi chez vous. Je suis pauvre aujourd'hui. Je deviendrai riche un jour, car j'ai bonne volonté, santé et jeunesse, et je vous paierai plus tard.

— Et vos parents?...

— Mes parents, fit-elle en rougissant et en baissant les yeux, je ne les connais pas, monsieur.

La conversation se poursuivit encore quelque temps entre la lingère et le maëstro. Ce dernier finit par l'agréer pour pensionnaire au Conservatoire, classe de déclamation.

Sa vocation n'était pas douteuse; aussi Thalie fit-elle des progrès surprenants. Elle devint l'un des premiers sujets de la troupe d'Apollon. Ses débuts à la scène furent des plus remarquables. Elle ravit l'auditoire par la finesse de son jeu, la verve de son élocution mordante et comique; l'aisance de ses mouvements et par son intelligence consommée de la scène.

Elle s'habillait avec un goût exquis, et se grimait avec un art et une vérité incomparables.

Toute la ville courait à ses représentations ; *elle faisait recette.*

Les directeurs des théâtres de la banlieue et de la province assiégeaient sa porte pour la décider à venir donner quelques représentations chez eux. Son engagement s'y opposait formellement, et elle ne se faisait pas un jeu de violer ses engagements (au théâtre, entendons-nous).

Thalie était la Virginie Déjazet de la troupe d'Apollon. Elle jouait le vaudeville et la petite comédie. Au besoin, elle dansait et elle chantait ; elle disait les chansonnettes avec un entrain et une vérité admirables.

Quant à son physique, c'était une petite femme, mignonne, faite au tour, avec une taille de guêpe, des épaules charmantes, des cheveux noirs, des yeux bleus et un nez retroussé. Sa jambe était d'une finesse et d'une pureté incontestable. Il en était de ses pieds comme de ses mains, ils valaient ceux d'une reine.

Quant à son caractère, il était d'une égalité et d'une bienveillance parfaites. C'était la plus charmante fille de la terre. Elle ne perdait aucun de ses amis et en acquérait tous les jours de nouveaux. Elle aimait le bal masqué et les soupers avec fureur, et cependant elle avait assez d'économie pour placer à la caisse d'épargnes.

Au lieu de choyer un petit chien, elle se plaisait aux grimaces d'un singe qu'un Brésilien lui avait donné. On médisait d'elle. Le *Charivari* la représentait escortée de ce singe, comme pour l'accuser d'être grimacière à la scène.

Un feuilletoniste, Linocérius, la surnommait *déesse des festins et des orgies,* et la montrait plongée dans les excès de la table, parce qu'il n'avait pu toucher son cœur. Ces calomnies ne trouveront pas d'échos chez nous, et nous n'en priserons pas moins la Thalie pour la meilleure et la plus spirituelle des filles.

A l'époque de l'arrivée d'Apollon à Delphes, un gros homme et une grosse femme tenaient dans le faubourg de la ville un hôtel garni de chétive apparence.

On entrait dans la maison par une petite porte qui s'ouvrait sur une allée noire et fétide. A droite et à gauche de la porte, deux étroites boutiques offraient aux passants leurs marchandises. Dans l'une, la grosse femme débitait de l'eau-de-vie et du vin; dans l'autre, le gros homme pétrissait de la galette pour les gamins et des colifichets pour les serins. Le comptoir de la marchande de vins était assiégé par des soldats dont la caserne s'élevait à quelques pas de l'hôtel garni. Celui du marchand de galette n'était fréquenté que par les moutards, les bonnes d'enfants et les femmes de ménage. Des servantes sans places, des hommes aux ressources précaires habitaient l'hôtel garni.

Le couple Melpomène vivottait. Il avait trois petites filles, trois anges de beauté. Elles furent élevées entre le comptoir du marchand de vins et le four du pâtissier. L'aînée de ces enfants, tandis que son père, à la tombée du jour, allait lire les journaux et boire un petit verre à l'estaminet en fumant sa pipe, gardait la boutique, coupait la galette et devisait avec les commères du quartier.

La mère Melpomène avait dans ses beaux jours connu des *Messieurs*. De temps à autre, elle allait visiter un de ces anciens amis, lequel, par un caprice du sort, avait fini par s'établir richement aux dépens d'un ministre. Elle parla de sa fille aînée. Il fut décidé qu'on l'enverrait au Conservatoire; quant aux deux plus jeunes, on les fit étudier à l'Académie de danse.

La jeune Melpomène entra au Conservatoire, et devint en peu d'années un artiste célèbre.

Elle brillait dans la tragédie, à côté de Thalie, qui illustrait la scène comique. Sa diction était d'une pureté et d'une intonation irréprochables. La noblesse de ses poses, la chaleur de sa déclamation l'avaient fait considérer comme la première tragédienne de son temps.

Elle était aussi belle que mademoiselle Grisi, et elle avait dans la voix, dans le regard et dans le geste une grâce et une sensibilité exquises.

Elle voyait peu de monde et ne fréquentait que l'aristocratie surannée de la ville de Delphes. On lui reprochait sa morgue, ses grands airs, et sa sotte susceptibilité.

Elle vivait mal avec ses camarades. Celles-ci se moquaient des grands airs qu'elle affichait. La Melpomène faisait la fière parce qu'elle avait du talent. On l'avait bien vue coupant la galette et buvant avec la pratique. Quand elle elle allait rendre visite à sa maman, n'entrait-elle pas dans la boutique, où elle mangeait des marrons et buvait un verre de cidre !

— N'y a pas de honte, lui disait Thalie, de sortir d'une boutique et d'un faubourg ; mais faut pas jouer la reine hors du théâtre. Madame la comtesse Melpomène !... Thalie a été lingère et on s'en glorifie. A bas les fausses marquises !

La Melpomène se fâchait tout rouge et demeurait à bouder dans son coin : elle se consolait bientôt de ces petits désagréments avec les princes de l'Asie, de l'Amérique, du Nord et du Midi, qui, eux aussi, aspiraient à des titres et à des généalogies fabuleuses, eux qui avaient vendu des foulards et des chaînes de sûreté sur les boulevards.

XVI

La fable avait fait de Polymnie la muse ou la déesse de
la mémoire. L'erreur des mythologistes qui ont brodé sur
cette donnée provient des fonctions que la demoiselle Polymnie remplissait dans la troupe du maëstro Apollon.

C'était une femme d'un esprit médiocre. Elle fit des conquêtes non seulement par l'élégance de sa taille, la gentil-

lesse de son visage, mais encore par le goût exquis qui présidait à sa toilette. Elle s'habillait toujours de blanc et semait sa noire chevelure de feuillage, de fleurs, de perles et de pierreries.

Elle remplissait l'office du souffleur, qui aide la mémoire en défaut des comédiens. En outre, elle copiait les rôles des acteurs et les parties de musique. Elle vivait obscure, mais elle était amusante à écouter lorsqu'elle débitait ses cancans charitables sur ses chères camarades. Sa position lui permettait d'épier les allées et les venues des flâneurs de coulisse, de recueillir les propos des coiffeurs et des habilleuses, et en faisait ainsi la *Gazette* du théâtre.

Nous regrettons que Polymnie n'ait pas écrit ses mémoires. Dans ces confidences nous aurions recueilli plus d'un détail précieux qui aurait éclairé l'obscurité des annales du Conservatoire de Delphes, et montré sous leur véritable jour et dans leur déshabillé ces héros et ces héroïnes que la crédulité des siècles écoulés a placés sur un piédestal divin.

Pour jeter quelque variété dans ses concerts, Apollon avait eu l'heureuse idée d'intercaler entre les divers morceaux de musique et de comédie des pas de danse à la mode, tels que les boléros, les cachuchas, les tyroliennes et les polkas, que nous applaudissons sur les scènes de l'Opéra et de la salle Vivienne.

La danseuse Terpsychore exécutait ces pas, tantôt en s'accompagnant avec un tambour de basque, tantôt avec des castagnettes ou des crotales en argent. Elle éclipsait ses camarades par la grâce, la chaleur et l'entrain de sa pantomime. Elle électrisait l'orchestre et les loges, lorsqu'elle bondissait sur la scène avec la légèreté d'une bacchante, ou

13

lorsque, par le mouvement de ses hanches, elle imitait les danses si vantées des bayadères indiennes, aux longs cils et au teint cuivré. Elle avait les yeux d'une gazelle, une chevelure abondante et noire, un teint aussi chaud que celui des vierges de la campagne romaine. Une jambe d'une pureté exquise, des chevilles et un cou-de-pied nets, secs et aussi parfaits de race que ceux des plus heureux types corinthiens, ajoutaient à ses charmes.

La danse de Terpsychore était d'un goût naturel et gracieux. Elle dansait ainsi que doit danser une femme qui est faite pour marcher et non pour voler.

Le dix-huitième siècle a inventé la *danse en l'air*, si je peux m'exprimer ainsi. De là, l'école aux sauts de carpe, aux entrechats immodérés ; école qui ne danse qu'avec les jambes. Terpsychore dansait la danse à terre ; c'est à dire qu'au lieu de s'étudier à s'élever le plus haut possible en sautant en l'air, elle rasait le sol, et, par les attitudes de son corps, de ses bras et de sa tête, et par la variété des poses et des pas, elle exécutait ces danses gracieuses et imagées qui seules ont un caractère vrai et intéressant.

En outre, l'antiquité aimait de préférence les danses gaies et bouffonnes aux danses sérieuses. Terpsychore excellait dans l'un et l'autre genre, et son répertoire était des plus variés.

Dans le pas de l'*Anthéme*, elle était ravissante de grâce et de fraîcheur. Ce pas était populaire en Grèce et ressemblait à celui de la Tyrolienne dans *Guillaume-Tell* :

> Toi que l'oiseau ne suivrait pas
> Sur nos accords règle tes pas.

Ainsi, tandis que Terpsychore dansait et figurait, dans

ses poses, une jeune fille qui cueille des fleurs dans un jardin et en tresse des couronnes et des bouquets, le chœur
chantait :

> Où sont les roses,
> Où sont les violettes,
> Où est le beau persil.

Terpsychore était admirable de pudeur et de naïveté
dans la danse de l'*Innocence*.

Lacédémone s'appropria plus tard cette danse. Des jeunes
filles l'exécutaient devant l'autel de Diane, en prenant des
attitudes douces et modestes, et en figurant des pas lents et
graves.

Hélène s'exerçait à cette danse lorsque Pâris la vit, en
devint amoureux et l'enleva.

La *Cordace* et *Léda* se rapprochaient beaucoup, par la
désinvolture de leurs poses, des danses de la Chaumière des
étudiants. Terpsychore s'en acquittait avec un esprit et un
laisser-aller des plus entraînants.

Quant aux *Dicélies*, à l'*Apocinos*, à la *Calathisme*, à la
Calabrisme, aux *Endymadies*, à la *Mactrisme*, à la *Cicinnis*,
toutes danses bouffonnes et grivoises, Terpsychore les dansait le dimanche, pour le plus grand divertissement des
spectateurs qui occupaient le parterre ce jour-là.

Elle avait obtenu un grand succès dans les ballets inti-
tulés *Carpée* et *Cyclopie*.

Le sujet du ballet la *Carpée* était celui-ci :

Un soldat revenait de la guerre ; il déposait ses armes,
embrassait sa vieille mère et sa fiancée, et préparait sa
charrue.

— Scène semi-pastorale et guerrière. — Tandis qu'il

laboure son champ, et que sa fiancée va préparer son voile
de mariée, un guerrier se précipite sur lui. Le soldat
laboureur se jette sur ses armes. Les deux champions en
viennent aux mains. La victoire couronne les efforts de
l'assaillant, qui enchaîne le cultivateur et emmène ses
bœufs. La fiancée revient, et, à la vue des blessures qui
sillonnent le corps de son amant, elle expire de désespoir à
ses pieds.

Terpsychore était chargée du rôle de la jeune fille. Elle
le mimait et le dansait avec autant de verve et d'ingénuité
que de sensibilité et de grâce.

Dans le ballet la *Cyclopie*, un vieux laideron, borgne et
buveur, poursuit une jeune fille. Le père et la mère de la
bergère veulent la marier à ce hideux personnage, dont les
défauts s'éclipsent devant la richesse. La jeune fille a donné
son cœur à un jeune berger. Les deux amants font au
vieil amoureux les plus mauvais tours du monde, de façon
à le désespérer dans sa recherche. A la fin, la *jeunesse*
épouse la *beauté*.

De ce ballet est venu le proverbe, *danser la Cyclopie*, pour
dire qu'un individu est le jouet d'un autre.

Nous pourrions entretenir nos lecteurs de la *Gymnopodie*,
de l'*Emmélie*, de l'*Ithymbe*, de la *Chionéade*, des *Trois Bacchiques*. Le caractère de la première était grave ; celui de la
seconde gai et celui de la troisième se composait de l'élément noble et joyeux. Il nous suffira de dire que Terpsychore se montrait avec une égale supériorité dans ces
divers ballets. Le succès qu'elle obtint fut consacré par le
goût public, qui adopta ces danses et les rendit populaires
et nationales.

Pour en finir d'un trait avec cette aimable fille, nous

ajouterons qu'elle aimait le plaisir avant toute autre chose. La charité remplissait son âme. Elle ne pécha jamais par orgueil et ne se livra à aucun des caprices monstrueux qui font de nos danseuses modernes les plus insupportables créatures de la terre.

Aux jours de fête, elle montait prier les dieux dans les temples consacrés. Sa toilette était simple et modeste. La danseuse s'agenouillait humblement dans un coin de l'enceinte divine, et priait avec une ferveur touchante, au lieu d'aller insolemment, comme le font de nos jours certaines baladines, étaler sur des prie-Dieu en velours, au milieu de l'église de Notre-Dame de Lorette, leur dévotion d'apparat.

La Terpsychore s'attacha quelque temps à Strymon, dout elle eut Rhésus, et au capitaine Mars, qui la rendit mère de Biston. Lorsqu'elle mourut, elle laissa la mémoire de la plus obligeante et de la plus gracieuse des filles de l'Opéra.

Le maëstro Apollon aimait beaucoup la huitième de ces demoiselles, nommée Uranie.

Mademoiselle Uranie s'occupait un peu de tout. Douée d'une exquise sensibilité, d'un grand amour pour la rêverie, la solitude et le romanesque, elle se livra à des études sérieuses qui ne firent qu'enflammer son imagination et la jeter dans les spéculations d'un monde surnaturel.

Elle joua de bonne heure dans les drames les rôles de madame Dorval.

Plus tard, quand Apollon ouvrait ses concerts dans les jardins publics, Uranie disait la bonne aventure et tirait les cartes aux esprits crédules. Elle donnait ses consultations dans un kiosque écarté et qui était d'une richesse de décoration magnifique. Sa toilette ajoutait à l'éclat majestueux

13.

de son visage et de sa taille. Elle ceignait sa tête d'une couronne d'or, ornée d'étoiles en relief, et s'habillait d'une robe couleur azur du ciel, semée des signes du Zodiaque, qui lui avait été offerte, comme un présent inestimable, par un astrologue chaldéen.

La crédulité du bon public ne manqua pas à la mysté-rieuse Uranie : elle avait le bon esprit de prédire le bien, et chacun se retirait satisfait de ses horoscopes.

Cette industrie, passez-moi le mot, a été exploitée assez longtemps parmi nous. Le souvenir de la magicienne et du magicien des jardins Beaujon et Tivoli vit encore. Ne voyez-vous pas ces graves personnages avec leurs bonnets pointus, leurs robes sombres et semées de caractères ca-balistiques, la main armée de la baguette divinatoire, exploitant sous les sombres allées des tilleuls et des or-meaux, la curiosité fiévreuse d'un mari inquiet, d'une femme trahie, tandis que la plèbe insouciante admirait les gerbes étincelantes des fusées épanouies en l'air, ou se fai-saient descendre sur ces hideuses charpentes baptisées du nom encore plus odieux de *Montagnes russes?*

Malgré ses étourderies avec Apollon, la demoiselle Uranie mena en apparence une conduite régulière. Elle se refusa aux douceurs du mariage. Elle a été imitée, en ce point, assure-t-on, par mademoiselle Lenormand, de discrète mé-moire; mais cette dernière était fort laide, tandis que l'Uranie était fort jolie femme.

Un jeune lion de l'époque, nommé Actéon, s'éprit des charmes de cette belle. Ce monsieur avait la passion de la chasse, et il consacra une partie de sa fortune à entretenir des équipages magnifiques et une meute aussi vaillante qu'habile. Il poursuivit donc Uranie de sa tendresse.

Chaque jour c'étaient des colliers, des bracelets, des robes et une quantité fabuleuse de gibier, que le valet de pied du sieur Actéon déposait chez la portière de Mlle Uranie.

Cette estimable portière glissait dans son pot-au-feu un canard sauvage, un faisan, ou sautait en civet un lièvre néméen. Chez Uranie, on ne se doutait pas de ces infidélités qui, au dire de la portière, ne l'indemnisaient que faiblement des peines et des embarras que lui causaient les visites, les lettres et les cadeaux de ce bon monsieur Actéon.

Uranie repoussa constamment les offres de ce poursuivant, et finit, avec ses froideurs, par le dégoûter dans sa recherche.

Pour se venger de l'indifférente, Actéon donna le nom d'Uranie à l'une de ses chiennes.

Proh pudor !

C'est ainsi que de nos jours nous voyons la jeunesse chevaline et canine de nos aristocraties baptiser ses chevaux et ses chiens des noms des artistes célèbres.

Ainsi les journaux retentissent, à l'époque des courses et des chasses, des succès remportés par les juments Déjazet, Taglioni, Essler; par les chevaux Talma, Odry; par les chiennes Esther, Grisi, etc.

Ceci m'a toujours semblé odieux. Quoi! vous jetez à l'écurie et au chenil, avec l'image adorée d'une femme jeune et belle, pleine d'esprit et de talent, avec le souvenir d'un artiste honorable et honoré, les noms de leur père et mère!

Messeigneurs! c'est de mauvais goût que de baptiser un quadrupède avec le nom d'un chrétien.

Les noms de famille sont aussi sacrés pour eux que pour vous. Que diriez-vous donc, si l'on vous empruntait de vos noms pour en décorer les chiens, les chats et les ânes?

Au surplus, puisque la passion de la chasse et des meutes n'est pas morte chez vous, nous espérons vous être infiniment agréable, en vous donnant la liste des chiens d'Actéon. Nous vous prions de croire que nous avons employé beaucoup de temps et de recherches à dresser cette liste, éparse dans vingt auteurs différents. Nous sommes récompensés de nos peines en vous offrant un travail utile, un recueil qui vous permet de baptiser de noms convenables et célèbres une meute composée de cinquante-six chiens.

Nous pourrons aussi vous soumettre dans l'occasion les noms des chevaux illustres de l'antiquité.

Tels sont les noms que portaient les chiens qui composaient la meute si vantée du chasseur Actéon :

1. Uranie; — 2. Ladon; — 3. Borax; — 4. Cyllo; — 5. Draco; — 6. Orcas; — 7. Hyléus; — 8. Labros (vorace); — 9. Ocythoüs; — 10. Acon; — 11. Arcas; — 12. Banus; — 13. Cyprius; — 14. Lampus; — 15. Ménélée; — 16. Aréthuse; — 17. Amarinthus; — 18. Mélanée (noir); — 19. Leucon (blanc); — 20. Cisséta; — 21. Agré (chasse); — 22. Dromius; — 23. Molosse; — 24. Alcé (force); — 25. Zéphyrus; — 26. Stilé; — 27. Thus (léger à la course); 28. Cyllopotès; — 29. Laéna; — 30. Dioxipus; — 31. Stilbon; — 32. Lœlaps (tourbillon); — 33. Aura; — 34. Canaché (bruit); — 35. Lachné; — 36. Syrus; — 37. Napé (chien loup); 38. Echidna; — 39. Dromas (course); — 40. Argos; — 41. Charops (furieux); — 42. Argus; — 43. Théron (d'un aspect terrible); — 44. Lyncacité; — 45. Orestrophus (nourri dans les montagnes); — 46. Echnobas; — 47. Dorcée (à la vue perçante); — 48. Théridamas (dompteur d'animaux féroces); — 49. Melampe; — 50. Eudromus (qui court bien); — 51. Lacaena; — 52. Mélan-

chète; — 53. Harpale (ravisseur); 54. Ichnobate (qui marche sur les traces); — 55. Nebrophonos (faon, meurtre); — 56. Lacon (le meilleur des chiens d'Actéon).

La demoiselle Calliope était l'une des plus intéressantes sociétaires du maëstro Apollon. Ses talents, sa beauté lui créèrent une célébrité méritée et la mirent en rapport avec les personnages les plus distingués de son époque.

Elle excellait dans les douces causeries et semait ses discours de charmantes pensées qui trahissaient une âme pleine de sensibilité, de tact et d'élégance. Parfois, lorsqu'elle se sentait animée par la conversation, elle se laissait aller à son imagination dont les capricieuses allures s'imprégnaient d'une poésie fraîche et suave. Le cercle qui recueillait ses paroles était émerveillé de cette facilité, de cet enjouement qui dénotaient autant d'indulgence que d'expérience du cœur humain.

Les hommes d'État, les graves magistrats, les chefs de la finance et de l'armée lui rendaient leurs hommages, et plus d'une femme titrée se montrait jalouse de la bonne société qui se pressait dans ses salons.

C'est qu'aussi cette fille, aux grâces de l'esprit, unissait la bienveillance du cœur. Elle savait mieux que femme du monde qu'elle était vouée à une sorte de dédain, dont elle ne se relèverait jamais, par suite de sa profession. Au lieu de s'affliger des préjugés qui parquaient une actrice dans une société bizarre, elle s'étudiait à éviter les ronces qui bordaient sa route et à cueillir les roses des sentiers fleuris dans lesquels elle s'égarait avec les amis de son choix. Elle se crut dispensée d'imiter la sage réserve de sa mystique camarade Uranie. Elle vécut selon les penchants d'une âme sensible. Elle a trouvé dans le ciel, il faut l'espérer pour son salut, l'indulgence qu'elle a excitée sur la terre.

Elle jouait de la trompette à clefs et du trombonne. Vous avez déjà dû remarquer que la plupart de ces dames connaissaient plusieurs instruments dont elles jouaient alternativement. La composition de l'orchestre d'Apollon l'exigeait ainsi, et quand vous rencontrerez dans les fêtes foraines des saltimbanques ambulants, vous verrez que les dames et les filles de ces messieurs passeront avec la plus grande facilité de la grosse caisse à la clarinette, des cymballes au cornet à piston, de la corde raide au violon. C'est ainsi qu'avec de l'industrie, on pourvoit aux vides que l'absence de certains instrumentistes laisserait dans l'orchestre.

En outre, mademoiselle Calliope possédait quelque teinture d'orthographe et de lecture. Une telle instruction en avait fait le bas-bleu de la troupe. Elle rédigeait les affiches des concerts et les réclames que l'administration du théâtre envoyait chaque soir aux journaux. Ses camarades en avaient fait leur secrétaire intime. Plusieurs de ces dames ne savaient pas écrire. Calliope tenait la plume pour elles et rédigeait leurs billets doux. Sa discrétion lui valut l'estime et la confiance de ces demoiselles. C'est en peu de mots formuler le plus bel éloge que l'on puisse faire d'une comédienne.

Sa réputation de beauté n'était pas usurpée. D'une taille élégante et majestueuse d'un visage pâle et sévère, Calliope commandait l'admiration.

Nous renvoyons nos lecteurs aux statues que l'antiquité nous a laissées d'elle.

Son portrait s'est retrouvé dans les peintures d'Herculanum. Elle est représentée vêtue d'une tunique verte, d'un

manteau blanc et la tête ornée d'une couronne de lierre.
Elle tient à la main un cahier de musique et une trompette.

Elle vécut clandestinement plusieurs années avec le banquier Jupiter, et cette liaison donna naissance à plusieurs
petits garçons qui, plus tard, sous le nom de Corybantes,
devinrent des fakirs fameux. Il y a dans l'histoire de ces
hommes une pensée mystérieuse et sinistre, une image horrible et obscène qui nous pousse à nous en écarter. Achéloüs succéda à Jupiter et rendit Calliope mère des Sirènes.

Nous nous occuperons bientôt de ces aimables filles.

Orphée, le dompteur d'animaux sauvages, le musicien
ambulant, l'architecte romantique, lui devrait, dit-on,
la vie.

Calliope joua un rôle important dans une intrigue amoureuse que nous ne pouvons négliger de rapporter, tant cet
événement causa de rumeur dans l'antiquité. Mais avant d'y
arriver, nous sommes obligé d'épuiser tout ce qui se rat-
tache aux sociétaires du théâtre de Delphes.

On comprend aisément les succès qu'Apollon obtint, en
donnant des concerts composés de virtuoses aussi jolies,
aussi gracieuses que l'étaient celles qu'il emmenait à sa suite.
Il faisait exécuter des quadrilles, chanter des romances, .
jouer des scènes de tragédie et de comédie par Melpomène
et Thalie.

Cette dernière avait mis à la mode les chansonnettes, et
elle les disait avec l'esprit et la verve qui caractérisent
mademoiselle Virginie Déjazet.

La Terpsycore dansait des cacuchas. Elle abandonna ces
pas espagnols du jour où le besoin de se livrer à une danse
nouvelle se fit sentir dans la bonne compagnie.

A Delphes, il n'était question que des valses aux allures passionnées, auxquelles se livraient les étudiants en médecine, à la Grande Chaumière du mont Pélion. Les dames et les demoiselles du bel air voulurent imiter les carabins et les carabines. Cette danse se glissa dans les salons sous le nom sauvage de polka, et Terpsichore, pour répondre au goût des spectateurs, aborda, sur la scène, des polkas plus ou moins civilisées.

Le public s'identifia avec ces aimables femmes. Il les entoura de ses sympathies et de son admiration pendant tout le temps qu'elles ornèrent la scène de leurs charmes et de leurs talents. A leur mort, les habitants de Delphes et de la Grèce voulurent perpétuer le souvenir de ces adorables femmes. Ils les divinisèrent et les invoquèrent sous le nom des neuf muses.

Heureuses filles ! heureuse nation ! Au lieu de condamner ces prêtresses de l'amour et de la poésie aux flammes éternelles d'un enfer impitoyable, le génie reconnaissant des Grecs leur dressa des statues et les plaça dans l'Olympe à côté de leurs grands dieux. L'encens et les prières des mortels qui embrasaient leurs autels vénérés montèrent jusqu'à elles dans ce séjour divin.

Quant au maëstro Apollon, nous l'avons déjà dit, il gagna beaucoup d'argent sans jamais avoir reçu de subvention du ministère de l'intérieur, et cet argent il l'employa à embellir le grand établissement de Delphes, à fonder des prix et des bourses pour les élèves nécessiteux.

Il établit sa maison sur un pied magnifique. L'or, l'argent, le marbre et le porphyre décoraient ses appartements. Il avait des salles de bains et des jardins délicieux. Des statues et des tableaux des meilleurs maîtres ornaient ses

galeries. Un domestique nombreux contribuait à rendre
plus faciles et plus douces les habitudes de cette vie prin-
cière. Ses dîners et ses soirées étaient avidement recherchés. Le talent du cuisinier était aussi distingué que celui
des artistes qui faisaient l'ornement de ces réunions. Une
fois par semaine Apollon conviait une nombreuse société
dans ses salons. Les maîtres étrangers, ainsi que les plus
fameux de Delphes, s'y faisaient entendre. Là, se préparaient, se consolidaient les réputations.

Apollon paya son tribut aux fantaisies de la jeunesse
dorée de son siècle. Il eut ses écuries, ses chevaux de course
et ses coureurs.

Nous savons encore, à l'heure qu'il est, les noms de ses
quatre meilleurs coursiers. Ces animaux s'appelaient : Eoüs,
Pyroïs, Lampos et Plégon.

Il ne les garda pas longtemps, car il fut effrayé de la dépense qu'entraînait dans une maison, même bien conduite,
l'entretien d'une écurie. La bête coûtait plus cher que
l'homme. Il sacrifia la bête au bien-être de l'homme.

Apollon, sans vouloir critiquer la conduite des membres
du Jokey-club, ses amis, car il respectait les goûts et les
passions d'autrui, avait compris que ces chevaux de course,
que ces luttes dispendieuses dans l'hippodrome, loin de
concourir à l'amélioration de la race chevaline, devenaient
une cause de ruine plus rapide. C'étaient des tours de passe-
passe. Au plus adroit entraîneur la victoire. Le cheval y
entrait pour peu de chose. Les propriétaires découragés négligeaient leurs écuries, et le gouvernement s'épuisait en
efforts stériles pour relever la race des anciens chevaux. Mais
il secondait une mode, un caprice; il favorisait les loisirs
de quelques gentilshommes désœuvrés, tandis qu'il négli-

geait l'agriculture, l'élève des chevaux pour le trait et la poste.

Apollon disait alors :

— Laissez faire, laissez passer : la mode changera. Aux chevaux succéderont les éléphants et les chameaux. Il y aura des courses pour ces intéressants quadrupèdes. Le cheval sera négligé, et ce sera tant mieux. A la faveur de cette nouvelle distraction, nous aurons dans peu d'années d'excelents chevaux, la remonte et les propriétaires aidants.

XVII

M. VULCAIN DIRECTEUR DES FORGES ET FONDERIES DE LEMNOS

La fille du pirate. — Deux orphelins en nourrice. — La petite
fille s'envole. — Le petit garçon pleure son départ. — Le
contrebandier Mercure. — Le père Anchise et le pieux Enée.
— La beauté de madame Vénus. — Ses portraits et ses
statues. — Le veuvage d'une jolie femme. — Un rendez-
vous au bal de l'Opéra. — Les infortunes d'un provincial
enrhumé auquel on a volé son foulard. — Le domino noir et
le sieur Vulcain. — Le commencement d'une aventure à la
suite d'un bal masqué.

Le nom de mademoiselle Calliope fut mêlé, avons-nous
dit plus haut, à une aventure qui mérite d'être rapportée.
Nous allons aborder ce sujet.

Il s'agit de madame Vénus de Paphos et du sieur Adonis,
dit le Bel : il a été déjà question, dans la notice de mademoiselle Clio, de ces deux intéressants personnages. Mais
avant d'introduire sur la scène ces nouveaux acteurs, il
importe d'apprendre au lecteur une partie des faits et gestes

qui avaient illustré les premières années de la dame et du monsieur.

Le nom de Vénus réveille dans nos esprits les souvenirs les plus charmants, et évoque l'image d'une beauté parfaite. Toute l'antiquité s'accorde à désigner Vénus comme la femme la mieux accomplie en grâces, en attraits, qui ait jamais paru sur la terre.

Elle était la fille d'un écumeur de mer nommé Cœlus. La pauvre créature naquit sur un petit brick au milieu des pirates qui infestaient la Méditerranée, et fut abandonnée sur le rivage avec sa mère (1). Ces deux femmes vivaient dans une caverne située au fond d'une anse déserte que les pirates fréquentaient. La petite Vénus passa son enfance parmi ces brigands et assista à des scènes de pillage, de meurtre, d'incendies et d'abominables orgies.

Dans un village voisin, une femme Thétis, mariée à un fermier le sieur Pélée, élevait un petit garçon, nommé Vulcain. Cet enfant devait le jour aux époux Jupiter. Il était né avec une constitution délicate et une jambe plus courte que l'autre. Les médecins avaient engagé ses père et mère à le placer dans une campagne voisine de la mer, en prescrivant à ce pauvre enfant, si mal partagé de la nature, de fréquents bains d'eau salée.

Le petit Vulcain allait jouer sur le rivage avec la petite Vénus. Les deux orphelins (l'indifférence de leur famille ne leur donnait que trop de titres à cette épithète intéressante) s'aimaient et se recherchaient.

Ils ramassaient de beaux coquillages, creusaient le sable,

(1) Hésiode avait dit : « De l'écume de la mer et du sang de Cœlus naquit, aux environs de Cythère, Vénus, la plus belle des déesses. »

traçaient des petits jardins, dessinaient des rivières et construisaient des maisonnettes, qu'un caprice du vent ou des flots détruisait coup sur coup.

Malgré sa laideur et son infirmité, Vulcain était d'une humeur joyeuse et d'un esprit inventif. Il s'amusait à façonner pour sa belle petite amie des agrafes, des colliers, des bracelets, des bagues, des broches et des aiguilles destinées à orner et à fixer la blonde chevelure de Vénus. Déjà perçait chez cet enfant une aptitude merveilleuse pour l'art de l'orfévrerie et de la forge. Il préludait aux travaux admirables qui plus tard ont immortalisé son nom.

C'eût été un tableau digne du pinceau d'un artiste ingénieux que de retracer la blanche Vénus avec ses cheveux ondoyants sur son joli col, ses yeux caressants, ses petites mains et ses petits pieds roses, assise à côté du Vulcain au visage noir, au nez épaté, aux lèvres épaisses, aux yeux ardents, et qui s'industriait à charmer sa chère compagne par ses attentions délicates et à la protéger contre les gamins du village (1), où il rentrait le soir auprès de sa mère.

Une vive amitié unit dès lors ces deux enfants.

Vénus appelait Vulcain — mon petit mari — et Vulcain appelait Vénus — ma petite femme. — Mais Vénus n'était plus une petite fille. Chaque jour elle perdait le goût des puérilités de l'enfance. Son cœur et son esprit étaient plongés dans un trouble extrême. Elle perdait l'appétit et le sommeil; de vagues instincts la sollicitaient ailleurs. La vie des pirates la désespérait.

---

(1) La fable nous apprend que Vulcain était fils de Jupiter et de Junon. Cette déesse, honteuse d'avoir donné le jour à un fils si mal bâti, le précipita dans la mer, où il demeura neuf ans caché dans une grotte profonde.

Notre explication n'est-elle pas des plus rationnelles?

14.

Bref, un beau matin elle s'échappa dans l'intérieur des terres avec un jeune contrebandier, nommé Mercure, que nous retrouverons bientôt.

Le pauvre Vulcain pleura longtemps l'absence de sa jeune amie, dans l'ignorance où il se trouva du sort qui lui avait été réservé. Il conserva pour Vénus le plus touchant souvenir. Vénus, hélas! l'oublia bien vite.

A seize ans, Vénus était admirablement belle. Réduite à elle seule, sachant à peine tenir une aiguille et un dé, exposée à tous les dangers qui menaçaient une jeune et pauvre fille aussi inexpérimentée que paresseuse, Vénus eut bientôt pris une fâcheuse direction. Une fois engagée dans la mauvaise voie, il est bien difficile à une femme d'en sortir.

Au commencement on écoute les penchants de son cœur, on croit à la sincérité des amitiés et partant à leur durée. Plus tard, la nécessité vous fait une loi de certains rapprochements qui, dans le principe, auraient alarmé la conscience.

L'insouciance vous traîne en laisse, et vous allez devant vous sans jeter vos regards en arrière, comme un voyageur aventureux qui parcourt une contrée inconnue : aujourd'hui s'arrêtant dans une hôtellerie abondamment pourvue, demain bivouaquant sous une tente déchirée par le vent et la pluie, et pleine d'une misère poignante.

Vénus mena une existence aventureuse. Mais sa beauté la rendit si célèbre, que ses contemporains eux-mêmes l'amnistièrent de ses imprudences, pour ne garder d'elle que le souvenir d'une femme incomparable en attraits et en amabilité.

Vénus triompha du cœur des grands et des petits. Elle avait subjugué les capitaines les plus illustres, comme les propriétaires les plus opulents. Ses parures en diamants auraient fait la richesse d'une province. Elle avait des propriétés à Paphos, à Cythère, à Idalie et à Amathonte. Elle possédait un château et des terres considérables au pied du mont Liban. Cette terre rapportait à elle seule quatre-vingt mille francs de rente. Les fermiers exploitaient l'olivier, la vigne, le figuier et le blé. De nombreux troupeaux ajoutaient à la richesse de ce domaine le produit de leurs fines toisons.

On ne s'entretenait que de la beauté de madame Vénus. Son image brillait aussi bien à la devanture des marchands d'estampes, que dans les plus riches salons. On faisait alors pour elle ce que l'on fait de nos jours pour les comédiennes en renom. La sculpture, la peinture, l'aquarelle, la lithographie, l'aquatinte reproduisaient les traits de cette adorable femme, de cent façons diverses, et dans des toilettes ravissantes de grâce et de fraîcheur. Les artistes poétisaient sa naissance et représentaient Vénus sortant du sein des mers, portée sur une conque marine, et tordant sa blonde chevelure imprégnée de l'écume des flots.

Le fameux Apelles, dit Ausone, avait peint Vénus au moment où elle apparaissait sur la cime des flots à l'univers charmé.

Praxitèle avait modelé deux statues de Vénus.

La première était habillée et avait été acquise par les habitants de l'île de Cos. La seconde ne portait pas de ceinture. Les Cnidiens l'achetèrent. Ils la refusèrent au roi Nicomède, qui leur en offrait des sommes considérables.

Un étranger, un Anglais, sans aucun doute, tomba éperdûment amoureux de cette statue et la demanda en mariage.

Vous savez la Vénus de Milo, d'Arles, de Médicis, etc.

A cette heure encore, nous ne pouvons pas fouiller le sol antique du vieux monde païen, sans rencontrer quelque admirable statue de cette femme, type d'une beauté parfaite.

Néanmoins, il nous sera permis de nous réjouir avec nos lecteurs de MM. les antiquaires qui, dès qu'un terrassier déterre une figure de femme, la baptisent invariablement du nom de Vénus.

Et, de grâce, messieurs, vous nous faites cette histoire depuis des siècles. Toujours des Vénus !

C'est par trop monotone.

Tâchez donc de varier votre répertoire. Seriez-vous logés, chauffés, éclairés, appointés grassement aux frais du budget, pour répéter continuellement la même chose?

S'il en était ainsi, votre place serait mieux choisie au Jardin des Plantes, entre les singes et les perroquets, qu'à la bibliothèque de la rue Richelieu.

Les magasins de nouveautés et de lingeries donnaient le nom de *Vénus* aux étoffes et aux formes de chapeaux qu'ils voulaient mettre à la mode.

Ainsi, l'histoire nous a conservé le souvenir d'une écharpe que les lingères illustrèrent du titre de *ceinture de Vénus*. Homère a poétisé cette écharpe et en a fait une espèce de boîte de Pandore, quant aux qualités de l'amour et de la beauté.

N'avons-nous pas eu le bleu Marie-Louise, — les crêpes Rachel, — les pantalons, Fleur de Marie, — et l'admirable couleur Caca-Dauphin, — le suprême de l'adulation !

Aucun genre de célébrité ne manqua donc à la belle Vénus.

Elle se maria d'abord au sieur Mercure, qui s'était enrichi en faisant la contrebande. Elle l'avait rencontré chez le pirate Cœlus. Un petit garçon nommé Cupidon naquit de cet hymen.

Plus tard ce Mercure, chevalier d'industrie, fit de mauvaises affaires, et de chute en chute, finit par entrer, en qualité de valet de chambre, au service du banquier Jupiter.

Vénus obtint le divorce.

Un prince troyen, nommé Anchise, succéda au sieur Mercure. De ce mariage est issu le fameux Enée, de larmoyante mémoire.

A vingt-cinq ans, Vénus était veuve du sieur Anchise. Elle avait perdu, à la suite de fausses spéculations, la fortune de son dernier mari.

Il fallait donc songer à l'avenir, en réparant les désastres du passé, et en se ménageant dans le présent une position opulente.

Notre veuve n'avait à cette heure pour toute fortune que sa beauté.

C'était déjà beaucoup. Mais les temps fabuleux où l'on avait vu des rois épouser des bergères étaient bien loin, et si Vénus n'aspirait pas à l'union d'une tête couronnée, elle ambitionnait un mari riche, ou du moins un mari sur le chemin d'une fortune immanquable, tel qu'un notaire, un agent de change, un commissaire-priseur, etc.

Les jours s'écoulaient, et Vénus avait beau se montrer au théâtre, au Cirque, aux bains, à la promenade, elle ne recueillait que les hommages d'un nombre infini de jeunes gens fort gentils de leur personne, fort épris de ses charmes; mais, hélas! plus en fonds de tendresse que de capitaux.

Notre belle se désespérait : ses dernières ressources allaient s'épuiser, lorsqu'elle lut, à propos d'une fourniture d'armes blanches très importante, et qu'on allait livrer au gouvernement, le nom de M. Vulcain dans un article de journal.

Ce nom de Vulcain lui rappelle le compagnon de son enfance. Elle revoit dans ses souvenirs les jeux sur la grève, les présents et les caresses de son ancien camarade. Elle entend à son oreille les noms si doux qu'ils se donnaient jadis de : *mon petit mari, ma petite femme.*

Est-ce bien de ce pauvre orphelin, boiteux et sans fortune, qu'il s'agit lorsque le journal annonce l'arrivée de M. Vulcain, *directeur des mines de l'Etna, fabricant d'armes et de bijoux dans l'île de Lemnos ?*

Ce monsieur doit être fort riche, puisqu'il exploite des industries argentées et dorées sur tranche.

Comme maître de forges, il doit donner la main aux ingénieurs, et l'on sait la fortune que se bâtissent MM. les ingénieurs dans un siècle qui rêve de chemins de fer, de mines de houille et de canaux.

Si c'était le camarade d'enfance de la petite Vénus, si c'était Vulcain le boiteux ! Si c'était lui, les angoisses de Vénus toucheraient à leur fin ; elle arriverait au but de ses désirs : elle obtiendrait un mari digne en tous points de son estime et fait pour calmer ses anxiétés.

Aussitôt, notre jolie veuve s'assied à son secrétaire, ouvre son buvard et choisit une feuille de papier à lettre, satinée, parfumée, et ornée d'une vignette représentant deux tourterelles qui se becquettent.

Elle prend sa plume et écrit le billet suivant de sa plus belle écriture :

« Monsieur, une personne qui s'intéresse vivement à vous

aurait à vous communiquer des choses aussi agréables qu'importantes.

« Veuillez vous trouver samedi prochain au bal de
l'Opéra. A deux heures du matin vous vous placerez sous
la pendule du foyer. Un domino, tenant à la main un bouquet de roses blanches, s'approchera de vous, et vous ap-
prendra que la mémoire du cœur survit aux absences les
plus longues et aux liens les plus sacrés. »

Notre fabricant d'armes, M. Vulcain, qui arrive de sa
province, est enchanté, transporté à la lecture de ce billet.
Il ne dort, ni ne mange, dans l'attente de ce délicieux événement. Les réclames qu'il avait lues dans les journaux, au
sujet des bals masqués de l'Opéra, lui avaient échauffé la
tête et monté l'imagination. Il lui prenait de rêver de débardeurs pétulants, de bergères innocentes, de marquises
frivoles, de dominos mystérieux. Mais toutes ces belles
images s'envolaient, hélas! avec son dernier sommeil.

A cette heure ses rêves se changent en des réalités; les
images prennent un corps et une figure; il devient le héros
d'une intrigue. Son nom, sa fortune, sa personne doivent
avoir fait naître quelque passion romanesque. Il va savoir
le mot de cette énigme.

A la fin arrive le samedi, le jour fixé pour son rendez-
vous au bal de l'Opéra.

Dès huit heures, notre Vulcain est en toilette. Les portes
du bal ne s'ouvrent qu'à minuit.

Il a fait couper et parfumer sa chevelure de nègre. Le
coiffeur lui a taillé ses favoris à la dernière mode. Des
bottes vernies chaussent ses gros pieds, et des gants paille
craquent sous le jeu de ses robustes doigts.

Si le bon goût n'a pas présidé à la parure du sieur Vulcain, du moins sur tout son individu brillent les indices d'une opulence sérieuse. Une chaîne en or, une magnifique montre, une superbe tabatière de même métal, des boutons et une épingle en diamants ornent notre industriel. Il se pavane dans le passage de l'Opéra et fume des cigares à 50 centimes en attendant l'ouverture tant désirée des portes du théâtre.

Notre provincial, tout entier à la satisfaction que lui cause son luxe resplendissant, n'a pas remarqué qu'il sert de point de mire à des individus aux manières suspectes et aux regards scrutateurs.

Minuit sonne. Il franchit l'escalier du théâtre. La foule le porte dans le parterre.

Vulcain est ébloui par l'éclat des lustres ; il est enivré par les symphonies de l'orchestre ; il est ravi du coup d'œil de la salle et des masques.

Deux postillons de Longjumeau s'avancent vers lui.

— Bonjour, Bibi, lui crient-ils.

— Bonne nuit, messieurs. Laissez donc les basques de mon habit !

Les postillons se sont évanouis, et avec eux la tabatière et le foulard du sieur Vulcain ont pris la fuite.

— Il faut que je gagne le foyer, la presse est trop grande, se dit-il à lui-même.

A cet instant, Vulcain est entouré par trois débardeurs. Le coude de l'un de ces messieurs s'enfonce dans son estomac.

— Vous m'étouffez ! s'écrie-t-il, en portant la tête en arrière.

— Amuse-toi et ne te plains pas, lui répond une voix de

femme, et les trois débardeurs s'éclipsent en emportant la chaîne, l'épingle, et la montre de l'opulent maître de forges.

M. Vulcain a pénétré dans le foyer. Il a gagné l'horloge et s'est campé en faction à la place indiquée par l'auteur anonyme de son rendez-vous. La chaleur qui règne dans cette salle égale celle des plaines de l'Arabie au mois de juillet.

Notre industriel étouffe dans ses habits taillés à la dernière mode.

Il veut essuyer son front inondé de sueur. Hélas! son mouchoir à disparu.

— Diable! s'écrie-t-il, j'ai perdu mon mouchoir.

Vulcain s'impatiente de ne pas voir arriver le domino qui l'a provoqué à venir au bal. Il va consulter sa montre.

— Sapristi, on m'a volé ma montre! se dit-il; la compagnie est fort mêlée ici. Si je mangeais une orange pour me désaltérer.

A ces mots, il gagne le buffet.

— Madame, une orange, demande-t-il à la dame du comptoir.

— Choisissez, monsieur.

— Combien, vous dois-je?

— Deux francs cinquante, monsieur.

— Deux francs cinquante! mais c'est exorbitant; à Lemnos, elles coûtent deux liards.

— Autres sont les prix dans la capitale, monsieur.

— C'est différent... mais ma bourse!... Disparue... Ah ça! ce bal masqué est donc une Forêt-Noire? J'en ferai mon compliment à M. le préfet de police Hercule... Enfin... ma position sociale me met au dessus de ces désagréments...

15

Regagnons l'horloge... J'ai envie d'éternuer... Je me suis
enrhumé du cerveau... Saperlotte!... et pas de foulard...
Mon nez me démange d'une horrible façon... Il faut en
prendre son parti... Mon mystérieux domino ne tardera
pas à se montrer......

Vulcain se tait.

Le domino demandé paraît.

— Ah! c'est vous! s'écrie Vulcain.

Le domino pousse un petit cri, en prenant la main du
sieur Vulcain.

Vénus a reconnu son ami d'enfance.

— Gentil domino, vous tremblez, reprend Vulcain.

— Non, monsieur.

— Vous intimiderais-je?

— Oh! non, monsieur.

— Alors... vous me cherchiez...

— Oui... oui... sortons. Monsieur, de grâce... une
imprudence... N'abusez pas de ma faiblesse.... ma place
n'est pas ici...

— Je vous suivrai partout, madame.

— C'est bien.

— Où allons-nous?

— Nous allons... Que vous importe, monsieur.

— Mais, madame, encore dois-je savoir...

— Silence; on nous épie, venez...

A ces mots, le domino au bouquet de roses blanches
entraîne M. Vulcain et descend l'escalier du théâtre avec la
vitesse d'une gazelle poursuivie.

Vulcain est tout essoufflé de cette course. Il est inondé
de sueur, et tout son individu offre l'image d'un fleuve
rococo au sortir de son aquatique palais.

Un valet de pied jette une pelisse sur les épaules du domino.

Vulcain est interdit.

Un élégant coupé stationne devant la porte de l'Opéra.

Le Domino s'y blottit et fait signe à Vulcain de s'asseoir à côté de lui.

Vulcain obéit. Il est pourpre comme un homard, d'anxiété, de malaise et de joie.

Le valet de pied présente sa tête à la portière.

— A l'hôtel, lui dit le domino.

— A l'hôtel ! crie le valet de pied au cocher.

— A l'hôtel ! répète Vulcain. Oh ! madame, tant de bonheur...

— Oh !... monsieur... silence... un moment... tout vous sera expliqué.

— A l'hôtel ?

— Oui, à l'hôtel.

Et soudain le coupé s'élance loin du perron du théâtre avec la rapidité de l'éclair.

XVIII

MADAME VÉNUS, DE PAPHOS

La sortie du bal masqué. — Un tête-à-tête dans un carrosse.
— Une jolie femme mystifie un ami trop curieux. — Le danger des questions. — Un garçon qui a peur d'un mari. — La
recette pour sauter en bas d'une voiture. — L'entrée de
M. Vulcain dans l'hôtel de madame Vénus. — Un boudoir
comme on en voit tant. — Une beauté comme on n'en voit
plus. — Un début embarrassant. — L'entretien présente de
l'intérêt. — Une reconnaissance. — La misère du poète
Homère. — Un mariage à la suite d'un bal masqué.

Nous avons laissé le sieur Vulcain, à sa sortie du bal
masqué de l'Opéra, installé dans le coupé de madame Vénus.
Notre provincial ignore encore le nom de la dame à laquelle
il a l'honneur de tenir compagnie à une heure aussi avancée de la nuit.

L'équipage élégant, traîné par deux excellents coursiers
d'Arabie, parcourt la ville avec la légèreté de l'oiseau. La
dame au domino noir et au bouquet de roses blanches garde
son masque et n'ouvre pas la bouche.

Le sieur Vulcain commence à se remettre du malaise dans

lequel l'avait plongé l'extrême chaleur qui régnait dans la salle de l'Opéra. A cette heure, une émotion bien douce dans sa source, mais pleine d'un fiévreux transport, agite insensiblement son cœur et son esprit. Il va toucher au moment désiré avec tant d'impatience, où il pourra contempler les traits de cette mystérieuse compagne à laquelle il a su inspirer un intérêt si vif. Mille imaginations plus charmantes, les unes que les autres, traversent son cerveau. Hier encore ne traînait-il pas, dans ses établissements de Lemnos, une vie semée de travaux lucratifs et honorables, il est vrai, mais abreuvée d'ennuis, de monotonie et d'isolement. Il ne recevait dans son salon, en sa qualité de célibataire, que des hommes ; s'il rencontrait des femmes dans ses usines, à la promenade ou aux temples, ses yeux étaient attristés par les appas pétulants et grossiers des épouses de ses contre-maîtres, et du brigadier de gendarmerie.

Les dames de MM. les Cyclopes venaient d'être remplacées par tout ce que la Grèce renfermait alors de femmes élégantes, gracieuses et aimables. Et lorsqu'au bal, dans l'attente de son rendez-vous, Vulcain avait vu défiler ce cortége de belles, au sourire enchanteur, à la taille ravissante, aux poses exquises, aux lèvres mélodieuses, notre héros s'était dit qu'il s'estimerait bien heureux de trouver parmi cette réunion de femmes une âme qui comprît son âme et sa richesse, et qui consentît à s'unir à lui par les liens sacrés d'un sérieux hyménée.

Ses vœux étaient exaucés. Une femme l'avait distingué, une femme l'avait enlevé.

Après bien des hésitations, Vulcain se hasarde à prononcer quelques mots, car le silence de son domino le plonge dans d'étranges rêveries.

15.

— Madame, dit-il, me sera-t-il bientôt permis de connaître l'aimable personne à laquelle je suis redevable d'une
attention aussi romanesque que...

— Achevez, monsieur.

— Que charmante, madame.

— Hélas! monsieur, cette aventure aura bien vite perdu
sa couleur romanesque, quand vous saurez...

— Quand je saurai...

— Vous êtes bien curieux, monsieur...

— Me ferez-vous un crime de la curiosité qui me pousse
à découvrir les traits et le nom d'une femme jeune... jolie...
adorable...

— Et si j'étais vieille, monsieur...

— Oh! madame.

Ici Vulcain frissonna de la tête aux pieds à l'idée d'une
odieuse mystification, et s'éloigna quelque peu du domino.

— Et si j'étais laide, monsieur!

— Oh! madame!

Un frisson plus aigu que le premier fit trembler, à ces
mots, Vulcain dans tout son corps.

— Et si je n'étais rien moins qu'adorable...

— Encore... madame!

En ce moment le sieur Vulcain abaisse la glace, et se met
en devoir d'ouvrir la portière et de se jeter hors du carrosse.

Vénus devine son projet; elle se propose de le punir de
cette mauvaise pensée.

— Une femme s'autorise parfois, reprend-elle, de son
âge, de la médiocrité de sa figure, de son isolement dans le
monde pour se commettre dans des intrigues qu'une jeune
fille, pleine de fraîcheur et de charmes, n'a pas même la
peine d'éviter.

— Vous me confondez, s'écrie Vulcain de l'air le plus consterné, madame...

— Monsieur, prenez garde!... Vous voulez sauter à terre... vous êtes naturellement peu solide sur vos jambes.

— C'en est trop! et je vais...

— Votre indiscrétion ne mérite-t-elle pas ce châtiment?

— Je vous remercie de vos bonnes intentions, madame...

Et, pour changer de discours :

— Votre voiture est excellente, madame...

— C'est un cadeau de mon mari, monsieur.

— Votre mari! s'écrie Vulcain, mais c'est affreux, madame. Arrêtez, cocher, j'ai une lettre à jeter à la poste.

— Rassurez-vous, monsieur, mon mari est mort.

— Que ne le disiez-vous plus tôt, madame ; je respire... Vos chevaux brûlent le pavé...

— Il y a trois mois que mon second mari les a achetés...

— Votre second mari! mais, madame, vous abusez étrangement de ma position. Arrêtez, cocher, j'ai une lettre à jeter à la poste.

— Hélas! monsieur, mon second mari est mort.

— Mort et enterré, madame?

— Mort et enterré, monsieur.

— Avec une jambe de chaque côté?

— Avec une jambe de chaque côté.

— Vous êtes veuve de deux maris, madame?

— Hélas! oui.

— C'est effrayant!

— Vous dites..., monsieur?

— Saperlotte! vous trouvez la chose encourageante?... Où suis-je tombé?... Votre cocher va nous verser.

— Ce cocher, vous pouvez vous y fier. Il est d'une adresse sans exemple. — Il m'a été donné...

— Par votre troisième mari, peut-être, fit Vulcain avec un effroyable mouvement de stupeur.

— Rassurez-vous... je suis veuve..., et je n'ai pas encore songé à me remarier. C'est madame l'ambassadrice de Perse qui m'a cédé ce cocher...

— Je tombe à vos genoux, belle dame, et vous supplie de me pardonner.

— Vous êtes tout pardonné, monsieur; mais, à l'avenir, montrez-vous moins défiant.

— La défiance est la mère de la sûreté.

— Encore! Apprenez, monsieur, que la défiance est la mère de la sottise...

— Vous avez bien de l'esprit, madame.

— Si c'est pour vous plaire, monsieur.

— Ah! belle dame...

— Et la lettre que vous vouliez jeter à la poste?

— J'ai parlé d'une lettre... madame?

— Oui, vous avez dit que vous aviez une lettre à jeter à la poste.

— C'est possible. Je l'ai oubliée. Suite de mon cauchemar.

A cet instant la porte d'un hôtel coquet et élégant roula sur ses gonds. Le coupé s'élança dans la cour et s'arrêta devant un perron protégé par une marquise fermée par de tapisseries somptueuses.

Le marchepied de la portière s'abaisse. Le sieur Vulcain se précipite hors du coupé, aide le domino à descendre et lui offre son bras.

Notre couple pénètre dans le vestibule et traverse plusieurs salons.

Une douce lumière règne dans les appartements. A la faveur de cette clarté, Vulcain admire la magnificence et le bon goût des meubles, des décorations et des tapis. L'air qu'on respire est tiède et embaumé des parfums les plus suaves.

Notre héros est émerveillé de tout ce qu'il voit. C'est un conte des *Mille et une Nuits* qui se réalise; c'est une aventure créée par la baguette d'une fée et dans laquelle il joue le rôle principal.

Sa mystérieuse compagne a quitté son bras, et s'est dirigée vers une petite porte, dissimulée adroitement dans les panneaux des boiseries qui décorent une magnifique salle à danser.

Le sieur Vulcain a suivi des regards son guide inconnu, dans une douce anxiété.

Notre domino disparaît, en lui disant d'une voix émue :

— C'est ici. Veuillez me suivre, monsieur.

A cette voix chérie, Vulcain s'est précipité vers la petite porte, et il est entré dans un boudoir du meilleur goût et de la plus adorable coquetterie.

Les murs sont couverts de tentures en velours bleu de ciel, ornées de crépines et de glands en or. Les panneaux sont d'un blanc mat, historiés de filets en or et d'arabesques d'une finesse exquise. Au plafond est suspendue une lampe d'albâtre, en forme de vase en usage dans les sacrifices des dieux, et le parquet est caché par un tapis de Pergame d'un moelleux des plus confortables.

Le sieur Vulcain en croit à peine ses yeux. Il se demande s'il n'est pas sous le charme d'un rêve. Le domino s'arrête et paraît se complaire à jouir de son trouble et de son extase. Puis, dans un mouvement aussi rapide qu'imprévu, la dame détache la boucle qui attache son domino à sa taille, jette son masque et apparaît aux yeux de Vulcain dans la toilette la plus exquise par sa simplicité : de blanches et légères draperies.

Qui peindra le ravissement, l'émotion de Vulcain à la vue de cette femme aussi admirable dans la beauté de son visage que dans l'élégance de sa taille! Voyez-vous Vénus, avec ses longs cheveux blonds, ses yeux bleus, sa lèvre ravissante, ses bras divins, qui contemple Vulcain avec un tendre abandon, et avec ce chaste et suave embarras d'une femme qui trouve sa beauté trop éclatante dans ce tête-à-tête si chaste et si discret.

Vulcain ne parle pas; il est frappé d'immobilité. Une pâleur subite a couvert son visage. On sent qu'il cherche à maîtriser son émotion.

Vénus savoure son triomphe, lorsque Vulcain, en se précipitant à ses pieds et en saisissant sa main, s'écrie :

— Madame ne prolongez pas plus longtemps mon supplice... Vous êtes si belle! Nulle mortelle ne saurait vous égaler. Vous descendez de l'Empyrée... Remontez vers votre patrie divine; les dieux, vos frères, doivent s'alarmer de votre absence.

— Je n'habite pas les cieux, monsieur; ainsi que vous je suis attachée à cette terre; et je m'applaudis de ma condition de simple mortelle, puisque dans l'ardeur de son amour et dans sa poétique modestie, un galant homme m'a divinisée... Relevez-vous... asseyez-vous sur cette causeuse... là... près de moi... monsieur Vulcain, regardez-moi bien...

— Vous ne sauriez me dicter un ordre plus charmant, madame...

— Trève de compliments. Vous ne me reconnaissez
pas...

— Oh!... attendez... ces yeux.., ces cheveux... Ce n'est
pas possible...

— L'infidèle... il a pu oublier...

— Parlez... madame... parlez!... Ses traits me rap-
pellent... Il y a si longtemps... Parlez... prenez pitié de
ma perplexité, s'écrie Vulcain, en passant sa main sur son
front.

— Vous ne vous souvenez donc plus, cher ami, de la
petite Vénus?...

— Vénus, murmure Vulcain en se levant, d'une voix
tremblante, Vénus... mon amie d'enfance... Oui... oui...
ce sont ses traits... je la reconnais... mon cœur va briser
ma poitrine... La joie... le trouble... pardonnez... madame... des pleurs obscurcissent mes yeux.

Et en disant ces mots, le bon Vulcain, sous le poids de
cette émotion soudaine, verse quelques larmes qui témoignent de la candeur et de la sensibilité de son âme.

— Il est à moi, murmura Vénus.

— Calmez-vous reprend-elle d'une voix caressante. Mon
ami, le destin nous rapproche; jouissons de ce charmant
retour.

Vulcain obéit à Vénus, en dévorant de ses regards charmés et attristés sa première et sa seule amie sur la terre; il
laisse tomber ces mots d'une lèvre incertaine et émue :

— Je ne mourrai donc pas sans vous avoir revue...
mon amie... Oh! que vous êtes belle!... Croyez-le bien, je
ne vous avais pas oubliée. La pensée de mon cœur était
toute pour vous. Soyez bénie pour le bien que vous me
faites en m'appelant auprès de vous. Laissez-moi vous

regarder, vous entendre, vous admirer... Quelle perfection, quelle grâce :

Et, soudain, par un de ces revirements imprévus de l'âme :

— Vous êtes trop belle, oh ! pourquoi m'avoir tiré de mon ignorance ? Votre retour ravive la blessure de mon cœur. Adieu, dès cet instant j'ai perdu le repos de mes jours.

— Ami, étouffez ces regrets. Vous dites que je suis belle, je veux vous croire. Je me félicite de cette beauté, puisqu'elle doit faire votre bonheur et votre orgueil. Ne parlez plus d'absence. Ami, ne trouvez-vous pas que l'heure est arrivée où les rigueurs du destin doivent toucher à leur fin ? Ne nous a-t-il pas trop longtemps poursuivis de ses coups ? Ne s'est-il pas assez écoulé de nuits et de jours, abreuvés d'angoisses et de douleurs, depuis l'instant de notre séparation ? Livrez-vous à l'espoir d'un avenir plus doux. Réjouissez-vous ! Votre ancienne, votre seule amie ne vous dit-elle pas : — Ami, les jours mauvais se sont éclipsés. Le bonheur nous sourit. Aimons-nous comme nous nous aimions aux premières années de notre enfance.

— Mon amie, je sens à votre voix tout mon être palpiter de joie et d'espérance. Ma vie vous appartient, mon cœur, vous l'avez toujours possédé.

— Votre dévoûment et votre amitié ne m'ont pas manqué, mon ami. Je le savais. Je m'applaudis d'avoir piqué votre curiosité en vous attirant au bal.

— Mais comment avez-vous découvert ma présence dans cette ville ?

— Comment ?... Mon ami, que de choses nous avons à nous raconter ! J'ai vu votre nom dans le *Moniteur*.

— Vous lisez le *Moniteur?*

— Que voulez-vous? c'est une de mes faiblesses. Le *Moniteur* ne publie pas de roman dans son feuilleton.

— Mais il publie les séances des chambres dans leur officielle intégralité.

— Ces luttes parlementaires m'intéressent plus que l'intrigue d'un roman. La vie circule dans ces colonnes; les haines, les amitiés se combattent ou se rapprochent au grand jour. C'est l'histoire de la mère patrie. Mais que nous importe ce débat à cette heure?

— Par quel caprice m'avez-vous convié à ce bal de l'Opéra?

— Vous ne devinez pas, mon ami.

— Oui, la curiosité d'une femme jolie, oisive.:.

— Oh! mon ami...

— Mais, nous sommes séparés depuis des années. Comme vous, j'aurais pu me marier, je pouvais être enchaîné...

— Non, non.

— Et pourquoi non?... Votre conduite ne me dictait-elle pas la mienne?

— Une femme obéit à une destinée toute autre. Son sexe, sa faiblesse... Vous, Vulcain, je vous attendais toujours...

— Vous m'attendiez?

— Oui; et je savais que vous ne vous marieriez jamais. Vous m'aimiez toujours?

— Toujours, reprit Vulcain ivre d'amour.

— Expliquez-moi par quels événements vous êtes arrivé à la position que vous occupez?

— Et vous même? mon amie.

— Mon histoire est bien simple, mon ami, répondit sans le moindre embarras notre jolie veuve, qui, en femme

16

bien avisée, était préparée depuis longtemps à cette question. Les pirates qui m'avaient élevée, songeaient à m'entraîner dans leurs périlleuses expéditions. J'avais quinze ans. Mercure, un commis voyageur, m'épousa. Je suivis mon mari. Cet homme a mal tourné. Nous avons divorcé. Le prince Anchise m'a offert sa main. J'ai perdu ce mari, après deux années de mariage. L'existence que je mène est des plus retirées. Dans ma position, une veuve... le monde est si méchant ! Vous savez tout à présent.

— Votre départ m'affligea douloureusement. Votre souvenir m'a coûté bien des larmes, mon amie, dit à son tour Vulcain. Je quittai notre village et je parvins à gagner l'île de Lemnos. Vous savez mon goût et mon aptitude pour la fonte, la forge, et le travail des métaux. Lemnos possédait une fonderie importante, exploitée par une société en commandite, dit *Compagnie des Cyclopes*. J'entrai dans cette usine, et je ne tardai pas à me faire distinguer par mon habileté. Les encouragements que je reçus excitèrent mon ardeur. Je perfectionnai les armes de nos guerriers, les bijoux de nos belles. Bref, la première société des Cyclopes en commandite expirait au terme de son acte. Elle fut dissoute. J'obtins d'être placé à la tête de la nouvelle société. Dès lors j'ai prospéré. La majeure partie des terres de Lemnos m'appartient. J'ai acquis des mines de fer et de houille considérables. En un mot, la fortune dont je jouis équivaut à quelques millions. Si je quittais demain les affaires, mes revenus atteindraient le chiffre de deux cent mille francs de rente.

— Deux cent mille francs, s'écrie Vénus, c'est la fortune d'un prince !

— Dites d'un industriel honnête, travailleur, économe

Par mes relations avec les ingénieurs, j'ai mené à bien de grandes affaires. Vous savez l'engoûment du gouvernement et des chambres pour les ingénieurs. Ils ont remplacé les avocats. On leur donne la science infuse. Ces messieurs se prennent pour des phénix, parce qu'ils sont sortis de l'École polytechnique. Les banquiers sont émerveillés de leurs chiffres et de leurs x. Pour moi, je me suis servi de leur crédit : je n'ai trouvé chez ces messieurs qu'un entêtement colossal et qu'un talent admirable à dresser des devis fort modestes, et qui une fois exécutés s'élèvent à des sommes énormes. Le règne de ces messieurs passera, et nous aurons à leur place... peu nous importe à cette heure. J'ai préparé un mélange de soufre et de salpêtre qui doit, un jour, changer l'art de la guerre. Je n'en ai parlé encore qu'au banquier Jupiter, et nous sommes sur le point de former une société anonyme pour l'exploitation de la *foudre*. Cette foudre s'enflamme, écrase, tue tout ce qu'elle frappe. Je me suis appliqué non seulement à livrer de bons matériaux pour nos arsenaux et nos chantiers, mais encore j'ai su imprimer à notre industrie un cachet artistique qui marque notre goût et notre habileté. Le premier, j'ai construit un hôtel dans lequel les charpentes en bois ont été remplacées par des colonnes en fonte. Ce procédé a imprimé à cet édifice une élégance et une solidité inconnues jusqu'alors (1).

Les armes que j'ai fabriquées pour le vaillant Achille ont mis le sceau à ma réputation. Un certain poète, un pauvre diable, a chanté dans ses rapsodies, avec la gloire

(1) Vulcain, dit la Fable, se bâtit dans le ciel un palais tout d'airain.

d'Achille, l'excellence et la beauté de ses armes (1). Mon nom brille dans ses vers. Je veux parler d'un monsieur Homère, écrivain de riche imagination, de grande érudition, mais d'une humeur vagabonde et mélancolique. Son nom passera à la postérité la plus reculée. Ce sera, je pense, le seul fruit qu'il retirera de son génie. Mais je trouve qu'il est affligeant et honteux pour notre siècle de songer que ce grand poète, méconnu de ses concitoyens, rejeté du sein de l'Académie, en est réduit, pour vivre, à courir la ville et les champs, en tenant en laisse un vieux caniche qui sert de guide à sa cécité, et à chanter ses poésies, pour recueillir l'obole de la charité publique.

— En effet, interrompit Vénus, j'ai lu des fragments de ses poèmes. Mon ami, ne pourriez-vous pas......

— Je vous devine, répondit Vulcain. J'ai voulu recueillir Homère, il a repoussé toutes mes offres. Ces poètes sont d'une nature si fière ! Je n'ai pas insisté; j'ai craint le ridicule. Un bourgeois, un négociant qui patronne un homme de lettres, cela sent trop son ambitieux et son révolutionnaire. Notre aristocratie d'épée et de robe nous accablerait de ses quolibets. D'ailleurs, Homère m'a répondu qu'il était bien touché de mon offre. « J'ai chanté, a-t-il ajouté, la gloire de ma patrie; elle seule a le droit de se montrer reconnaissante et généreuse devant mon infortune. Elle me néglige pour s'extasier devant des médiocrités remuantes. Je mangerai le pain de la misère. Le ciel me soutiendra dans cette rude épreuve; mais sachez-le bien,

(1) Voyez le récit d'Homère dans l'*Illiade*, au sujet de la visite que Thétis fait à Vulcain dans le but de lui demander des armes pour Achille.

quand les dieux m'auront rappelé dans leur sein, il adviendra que ma présence ne gênant plus les ambitions mesquines et stériles, on rendra hommage à ma mémoire, et les villes qui me repoussent à cette heure se disputeront l'honneur de m'avoir donné le jour. » En achevant ce discours, Homère prit le chemin de la campagne. L'harmonieux aveugle, son bâton à la main et précédé de son chien, son seul ami sur la terre, gravit lentement la colline. Le soleil empourprait l'horizon de ses derniers feux. Le vieillard s'agenouilla, éleva les mains vers les cieux. Lorsqu'il eut fini de prier, il reprit son chemin. Il passa devant le château d'un grand seigneur. Les chiens de garde faillirent à le dévorer. Le seigneur était en joie et en festin. La nuit venait. Un pâtre, qui rentrait dans sa bergerie, rencontra l'aveugle. Le pauvre berger offrit sa demeure au pauvre voyageur. Et le plus grand poète de la Grèce, auquel son génie aurait dû préparer une hospitalité chez les rois et les grands de la terre, abrita sa misère et sa vieillesse sous le toit délabré d'un berger, qui ne voyait dans son hôte qu'un frère encore plus misérable que lui. Ces images m'attristent, mon amie, laissez-moi revenir vers vous. — Vous êtes libre?

— Oui, mon ami.

— Je vous offre mon cœur et ma fortune; consentez-vous à devenir ma femme?

— Oui, mon ami.

— Pour quelle époque fixez-vous notre union?

— Dans trois semaines.

— Que votre volonté soit faite!

En achevant ces mots, Vulcain pressa la main que Vénus lui tendait avec la grâce et l'amitié les plus touchantes.

16.

Le jour avait paru depuis longtemps. Nos deux amis entendirent gratter discrètement à la porte.

Un valet de pied se présenta.

— Le capitaine Mars, dit-il respectueusement, fait demander à madame s'il aura l'honneur de l'accompagner à la promenade.

— Le capitaine Mars ! murmura Vulcain.

— C'est bien, dit Vénus, qu'on attende ma réponse.

— Le capitaine Mars ! reprend Vulcain tout ému d'étonnement.

— Vous êtes jaloux déjà? C'est mal. Le capitaine Mars...

— Mais un capitaine est parfois...

— Ennuyeux.

— Au contraire.

— Un ami qui m'offrait son bras... Écoutez... (Ici Vénus sonna le valet de pied.) Qu'on dise à M. le capitaine que je m'absente pour trois mois. Je pars ce soir pour Lemnos.

— Vous êtes aussi bonne que belle !

— Ne vous y fiez pas. Je n'aime pas les jaloux... Nous partons ce soir...

— A ce soir donc, ô ma belle amie !

Vénus et Vulcain s'embarquèrent pour Lemnos dès le soir même.

Le capitaine Mars prenait passage sur le même navire, sous l'obscure livrée d'un marchand de brebis.

Il suivait Vénus, qu'il aimait, hélas ! et il se proposait de se venger de ses dédains. Le peu confiant Vulcain n'avait pas rougi vainement au nom du capitaine Mars.

XIX

M. PLUTON, ENTREPRENEUR DES POMPES FUNÈBRES

Une nouvelle mariée en province. — Ce à quoi rêvent les femmes
incomprises. — La bonhomie du sieur Vulcain et la coquetterie de madame Vulcain. — Une course à la campagne. —
Le capitaine Mars joue le rôle d'amoureux sur les grandes
routes. — Le commissaire de police tranche les filets dits *de
Vulcain*. — Retour de Vénus à Delphes. — Le martyr du
capitaine Mars. — Les succès du bel Adonis. — Duel du
capitaine Mars et du jeune Adonis. — Un commissaire de
police qui arrive trop tard. — Madame Proserpine Pluton. —
Une scène de jalousie. — La muse Calliope chez madame Vénus.
— Les mystères de Delphes. — Mariage de Vénus et d'Adonis.

La traversée fut heureuse; Vénus et Vulcain débarquè-
rent à Lemnos. Huit jours étaient à peine écoulés, que nos
deux amis enchaînaient leurs destinées par un mariage en
bonne forme.

Vulcain était au comble de ses vœux. Une épouse adorable entrait dans sa maison : elle en devenait l'orgueil,
l'amour et la joie.

Vénus n'était pas moins charmée de ce dénoûment : peu-

dant trois mois elle se montra satisfaite de sa nouvelle
condition ; elle s'appliquait à rendre en amitié et en égards
ce qu'elle recevait en tendresse, en prévenances, en dévoûment de son mari Vulcain.

Mais l'humeur d'une jeune et jolie femme est coquette et
changeante. Pour peu qu'elle soit portée de sa nature à la
dissipation, elle néglige les détails importants de son intérieur et se livre à des préoccupations d'une frivolité dange-
reuse. Le calme et la solitude du foyer domestique inspirent
des idées noires. La tête travaille et court la compagne.
On soupire au souvenir des promenades semées de brillants
cavaliers ; on regrette les spectacles, les concerts et les bals,
qui nécessitent de brillants atours.

Lemnos était un séjour fort triste. Nulle occasion de
toilettes, de plaisirs ne venait rompre l'uniformité de cette
vie toute de travail et d'économie. M. Vulcain s'occupait,
du matin au soir, de ses affaires. Lorsqu'il rentrait chez lui,
il portait les traces de ses durs travaux : ses mains étaient
noires, son visage était brûlé ; une grande fatigue courbait
son corps.

Madame Vulcain-Vénus se réjouissait médiocrement de
ce désordre et de cette lassitude. Elle écoutait avec indifférence le relevé des opérations commerciales de son mari.

Elle se désolait de se coucher à neuf heures et de posséder un époux qui se levait à cinq heures du matin ; elle
qui jadis ne se livrait au sommeil qu'au jour et ne se levait
guère avant trois heures de l'après-midi.

Alors c'étaient des doléances interminables, des reproches, des larmes, des attaques de nerfs. Elle énumérait les
plaisirs qui avaient charmé son existence avant son union
avec Vulcain : elle passait en revue les bals, les concerts,

les spectacles où elle avait brillé de tout l'éclat de ses toilettes et de sa beauté ; et elle finissait par se répandre en
regrets sur les privations de tout genre dont elle était acca-
blée.

Le bon Vulcain s'apitoyait sur le sort de son amie.
Il lui inspirait du courage et de la résolution : il lui montrait dans un avenir prochain leur départ de Lemnos et leur
établissement à Delphes. Vénus se consolait tant bien que
mal et recommençait le lendemain ses éternelles lamenta-
tions.

Un militaire, illustré par de nombreux faits d'armes,
nommé le capitaine Mars, avait connu Vénus avant son mariage avec ce bourgeois de Vulcain. M..Mars s'était flatté
d'épouser madame Vénus. Il croyait que sa tournure élégante
et guerrière, que sa physionomie héroïque avaient subjugué
cette beauté. qui lui accordait le galant privilége de l'accompagner à la promenade. Quel fut son désappointement,
en apprenant l'hyménée de la coquette veuve et de ce bon
M. Vulcain !

Le capitaine Mars avait juré de se venger, et, pour ac-
complir ce projet, il avait suivi, incognito, les nouveaux
mariés à Lemnos.

La femme de chambre de madame Vulcain était la créature du capitaine Mars. Cette fille le tenait au courant de
ce qui se passait dans le ménage des époux Vulcain. Notre
capitaine apprit bientôt les ennuis qui dévoraient la dame.
A cette nouvelle, il se décide à sortir de sa retraite. Le moment d'agir est venu.

Madame Vénus devait aller ce jour-là, en compagnie de
sa femme de chambre, assister au mesurage des olives que
l'on avait récoltées sur l'une des propriétés de monsieur

Vulcain, propriété située à une lieue du village qu'elle habitait.

Le capitaine se porte sur la route que madame Vulcain va parcourir. Celle-ci ne tarde pas à paraître. M. Mars se présente à ses yeux et la salue avec une exquise courtoisie.

Grande fut la surprise de Vénus. Après les premiers compliments, le capitaine Mars, en véritable guerrier qu'il était, aborda de front le motif qui l'avait porté à la rencontre de madame Vulcain. Il se posa en chevalier généreux et loyal, qui venait offrir l'expérience de son amitié et de son dévoûment à une femme belle, intéressante et qui se consumait de désespoir dans les déceptions et la solitude d'une vie triviale et stérile.

Vénus n'avait jamais aimé le capitaine Mars. Les allures soldatesques de ce guerrier, sa chevelure et sa barbe taillées selon l'ordonnance, le teint enpourpré de ses joues, son col en crinoline, et son habit boutonné jusqu'au menton, lui déplaisaient souverainement. Sa conversation, semée de paroles pétulantes et de gestes impérieux, lui offrait quelque chose d'odieux. Bref, elle n'avait guère rêvé d'aimables aides de camp dans son sommeil de jeune fille, et en cela, elle formait une exception à la règle générale. Néanmoins, dans cette occasion, Vénus témoigna de la reconnaissance et de l'amitié au capitaine Mars, et sans trop se rendre compte de ce qu'elle allait hasarder, elle lui répondit qu'elle agréait ses offres de service.

— J'ai besoin, ajoute-t-elle, de me rendre à Delphes pour des affaires de famille. Mon mari est trop occupé dans ce moment pour m'accompagner. Je compte sur vous, mon cher capitaine; vous me servirez de cavalier dans ce voyage.

Mais nous arrivons à la ferme. Capitaine, agréez l'hospitalité que je vous offre et venez partager notre frugale collation.

Mars accepte cette aimable invitation. On entre dans la ferme, et tandis que Mars et Vénus devisent à table de leur prochain voyage, survient le sieur Vulcain.

Vulcain ne se montre pas. Il ordonne à ses gens de fermer à clef la salle à manger, et, dans sa fureur, il envoie chercher le commissaire de police.

Comme nous avons hâte de partir pour Delphes avec Vénus, nous supprimons les détails oiseux ; il nous suffira de dire que Vulcain se sépara de Vénus, car il avait compris, dans son gros bon sens, que son existence ne convenait en aucune façon à sa coquette moitié.

De retour à Delphes, notre belle fugitive abandonna le nom de madame Vulcain et reprit celui de madame Vénus.

Elle mena une existence des plus distinguées et son train de maison éclipsa celui des plus magnifiques citadines. Le capitaine Mars ne cessait de fréquenter ses salons, et il se flattait du doux espoir de l'épouser. Vénus traitait ce guerrier avec tous les ménagements que lui commandaient son exquise politesse et la violence d'un caractère à qui tout cédait au régiment. Mais notre capitaine n'avançait pas dans les bonnes grâces de la dame. Celle-ci écartait avec adresse les propositions de mariage, et cette indifférence vexait beaucoup son adorateur. La jalousie la plus furieuse commençait à troubler son cœur et ses esprits.

Un petit drôle, Adonis, dit *le Bel*, se montrait, depuis quelque temps, fort assidu auprès de madame Vénus. Ce monsieur était un fat de la pire espèce. Il ne manquait ni d'esprit, ni de tournure. Dès l'âge de vingt-trois ans, il avait dévoré bêtement son patrimoine. Au lieu de travailler et de réparer honorablement sa fortune, il passait son temps à jouer le rôle de *chevalier d'amour*. Vénus le recevait avec plaisir.

Les visites d'Adonis n'échappèrent pas à la jalouse inquiétude du capitaine Mars. Dans son dépit, notre guerrier se permet de solliciter une explication et de faire des remontrances à Vénus. Madame lui rit au nez, en lui montrant la porte.

Sur ces entrefaites, survient le jeune Adonis. Mon capitaine le toise des pieds à la tête, et lui jette un défi.

Adonis, d'un caractère dont la prudence frise la pusillanimité, a l'air de ne pas comprendre M. Mars, et court saluer madame Vénus. M. Mars quitte le salon et va attendre Adonis dans la rue, en arpentant, en furieux, le trottoir.

Au moment où le petit drôle franchit le seuil de l'hôtel, mon capitaine, devant la foule assemblée, l'apostrophe violemment et lui donne un soufflet.

Adonis est obligé de demander réparation à son agresseur.

Un rendez-vous est pris pour le lendemain.

Les adversaires se rendent sur le terrain.

Adonis tremble de tous ses membres. Le courage n'est pas son fort. Le commerce des dames l'a rendu lâche et peureux. Le capitaine Mars est rayonnant d'ardeur et de confiance. Les témoins d'Adonis veulent arranger l'affaire. Le capitaine et ses témoins sont intraitables.

Une sueur froide baigne le front d'Adonis. Il est prêt à se trouver mal. Un expédient lui reste. Il a écrit une lettre anonyme au commissaire de police pour le prévenir qu'un duel doit avoir lieu. Le commissaire de police n'arrive pas.

Le capitaine Mars, dans la crainte de quelque trahison. est impatient d'en venir aux mains.

Le terrain est mesuré;

Adonis pâlit comme un pendu.

Les armes sont examinées;

Adonis verdit comme un noyé.

Les champions croisent le fer;

Adonis jaunit comme un fiévreux.

Dès la première passe, le petit Adonis s'enferre dans l'épée de son adversaire.

Les combattants s'arrêtent. Le commissaire de police survient. Il est trop tard. Le capitaine Mars a déjà pris la fuite.

Adonis est transporté chez lui : sa vie est en danger.

Le chirurgien arrive. Il panse la blessure d'Adonis et ne dissimule pas le danger que court le malade.

Après six semaines de traitement, notre impotent a quitté son lit. Il ne lui reste plus de cette fâcheuse rencontre qu'une cicatrice au bras et qu'une excessive pâleur sur le visage.

Madame Vénus l'accable de soins et de tendresse. Adonis accueille ces prévenances avec cet air de suffisance qui semble à peine reconnaître ce qu'on fait de bien pour lui. Tout n'est-il pas dû à ce maître fat? Il faut l'entendre proclamer son audace et attribuer sa défaite à une attaque déloyale. Ses exigences ne connaissent plus de bornes, et la triste Vénus ne sait qu'inventer pour distraire cet intéressant malade. Aujourd'hui elle lui envoie une montre magnifique et des boutons en diamants du plus grand prix. La veille,

17

elle avait donné l'ordre à son tapissier de meubler somptueusement l'appartement de M. Adonis, qui jusqu'alors
n'avait logé que dans des hôtels garnis.

Quelques jours plus tard, elle avait fait emplète d'un
élégant cabriolet et d'un cheval délicieux, le tout orné d'un
groom à la taille svelte, aux jambes fines, au visage d'ange
bouffi dont elle avait gratifié son Arthur.

La pauvre dame était tout heureuse de s'occuper de son
ami, mais elle ne voyait pas, dans l'aveuglement de sa tendresse, que plus elle donnait, plus l'affection de ce maître
fat se refroidissait. Trop d'amitié fatigue, trop d'attention
délivre d'une reconnaissance importune les natures perverses.

Le bel Adonis, accablé de preuves d'un attachement si
marqué, se livre à son inconstance et à sa perfidie. Il occupe les loisirs que lui fait sa convalescence à se pavaner à
son balcon et à lorgner, depuis le rez-de-chaussée jusqu'aux
mansardes, les dames, les demoiselles et les grisettes qu'il
a pour voisines. Le danger qu'il a couru dans son duel, la
pâleur souffreteuse de son front, sa bravoure présumée doivent le rendre intéressant auprès des femmes (1), si faciles
à tromper par de beaux semblants d'héroïsme et d'amour.

Notre bel Adonis occupait au premier étage un appartement dont les croisées étaient situées en face d'un hôtel

---

(1) La fable avait dit : « Mars, jaloux de la préférence accordée par
Vénus à Adonis, se changea en sanglier. Adonis provoqua l'animal qui
se jeta sur lui et le mit en pièces. » Cette allégorie est transparente. Le
sanglier, c'est le capitaine Mars qui blesse en duel Adonis. S'il le tue,
les mythologistes le font ressusciter et nous racontent l'aventure de
Proserpine et de Vénus. Et comme de Pluton ils ont fait le dieu des
enfers, ils font descendre Adonis aux enfers pour le placer auprès de
Proserpine. Cette mort prétendue, c'est la blessure. L'empire des morts,
c'est l'entreprise des pompes funèbres.

somptueux, habité par M. Pluton, *entrepreneur et directeur des pompes funèbres.* Tout en fumant des cigares à son balcon, en se drapant dans une splendide robe de chambre, Adonis avait remarqué madame Proserpine, épouse du sieur Pluton. Cette dame était belle, brune, jeune et d'un esprit romanesque.

De son côté, madame Pluton a dévisagé Adonis. Sa beauté, sa figure maladive l'ont émue. Une femme s'intéresse toujours aux gens qui souffrent.

Bref, un jour Adonis salue de son balcon madame Pluton. La dame lui rend son salut.

Adonis est transporté de joie. Il s'habille à la hâte, et profitant de l'absence du sieur Pluton, qui monte la garde à la mairie du deuxième arrondissement, il court rendre une visite, après son dîner, à madame Proserpine.

Vénus se confiait dans la reconnaissance d'Adonis. Elle venait d'apprendre la mort de Vulcain, et elle n'attendait que le complet rétablissement d'Adonis pour l'épouser.

Mais, ô triste retour des choses d'ici bas, elle a vu Adonis entrer chez madame Pluton.

O douleur, ô désespoir! qu'est-il allé faire dans cette maison? Une infernale jalousie a bouleversé le cœur de Vénus.

En quittant madame Pluton, Adonis va rendre ses devoirs à Vénus. Cette rencontre amène des récriminations. Notre fat oppose un démenti impudent aux reproches de Vénus. Celle-ci court chez madame Proserpine-Pluton et l'accable de ses plaintes.

En femme bien apprise, madame Pluton ne se déconcerte pas. Elle sonne ses gens et fait jeter à la porte cette femme, cette folle qu'elle ne connaît ni de Deucalion ni de Pyrrha.

Cet éclat amène une rupture entre **Vénus** et **Adonis**.

Semblable à la trop sensible Calypso, de larmoyante mémoire, Vénus ne pouvait se consoler de l'absence d'Adonis. Elle s'était flattée de son retour. Les jours s'écoulaient, Adonis ne reparaissait pas. Ne sachant par quel moyen ramener l'ingrat dans son salon, Vénus a recours à un tiers.

Elle connaît la muse Calliope. Elle lui a été utile dans mainte occasion. Calliope est obligeante et spirituelle; l'affaire s'arrangera dans ses mains, d'autant mieux que le bel Adonis lui a toujours témoigné une grande déférence et une vive amitié.

La triste Vénus écrit à Calliope, et la supplie de se rendre sur-le-champ auprès d'elle.

Calliope jette son tartan sur ses épaules, lace ses brodequins et arrive chez Vénus.

A sa vue, Vénus pousse des cris lamentables, s'arrache les cheveux et verse un torrent de larmes.

— Ma petite, s'écrie-t-elle, lorsque son premier désespoir s'est un peu calmé, je suis bien malheureuse !

— Qu'est-il donc arrivé, chère dame?

— Apprends mon triste sort : j'étais sur le point d'épouser Adonis, lorsque cet infidèle a été détourné de ce mariage par une dame quelconque, une grande brune, tu sais, ce séchon, la femme au croque-mort Pluton. Elle lui a conseillé de se marier avec une jeune nymphe nommée Eucharis, pour ménager et couvrir leur coupable liaison. Depuis ce jour fatal je n'ai plus revu Adonis. Donne-moi un conseil pour sortir de peine. A propos, as-tu besoin de te rafraîchir?

— Ce n'est pas de refus.

— Que désires-tu? De la limonade, du sirop d'orange, de cerises?...

— Faites-moi donner un verre de rhum et des cigarettes!

— Du rhum! Des cigarettes!

— Oui; vous paraissez étonnée?

— En effet. (A un valet qui entre.) Portez des verres, un plateau, du rhum et des cigares.

— Vous n'êtes pas au courant du monde et de la littérature. Votre séjour à Lemnos vous a reculée. Les liqueurs fortes et le tabac, voilà le suprême du genre.

— Comment, à cette heure, les femmes boivent du rhum et fument du tabac, du véritable tabac de la Havane?

— De caporal.

— De caporal!

— Nous copions les allures du tambour-major qui courtise ma cuisinière.

— Nous en scrions réduite à jouer le rôle de vivandière!

— C'est cela. Ainsi le veut la mode.

— Quelle chose étrange que la mode!

— Ma chère Vénus, depuis six mois, les élégants de Delphes ont mis à la mode les *Tapis francs de la Cité*. On trinque avec les bandits. On tire agréablement la savatte et le chausson; faut aller voir l'ogresse et la goualeuse.

— Quelle horreur!

— Vous n'avez pas lu les *Mystères de Delphes?*

— Non, ma chère Calliope.

— Vous sentez la province d'une lieue. Les *Mystères de Delphes*, une complainte en dix volumes.

— Dix volumes!

— Ni plus, ni moins, ma chère Vénus. L'assassinat s'y montre sous toutes ses faces. Les notaires y sont mal menés. Les seuls personnages vertueux sont les commissaires de police.

17.

— Cela flattera notre ami Hercule.

— Vous comprenez que, pour atteindre au diapason de cette littérature, une femme est obligée de fumer et de boire.

— Mais, s'écrie Vénus, je ne lirai jamais ces romans ; j'ai horreur des larmes et du sang. Je n'aime rien tant que ces petits livres remplis de bergers qui chantent sur leurs chalumeaux les rigueurs ou les bontés de leurs belles. J'adore les bergères aux tendres tourterelles, aux houlettes fleuries, aux robes à grands falbalas et aux pieds nus. Je m'intéresse aux amours, aux luttes de ces aimables pasteurs. Cette littérature inspire des goûts simples et champêtres. Les fleurs de nos parterres, les fruits de nos vergers ornent leurs tables.

— Et le lait de leurs brebis, s'écrie Calliope, remplit leurs tasses.

— Le lait ne vaut-il pas mieux que le rhum ?

— Tout dépend de l'estomac des individus.

— Le parfum des roses n'est-il pas plus agréable, ma chère Calliope, que l'odeur de la pipe ?

— Tout dépend de l'odorat des individus. Nos élégants vous répondront : — Madame, les bergeries sont rococo. Les pâtres sont des manants, et nous nous soucions fort peu des robustes appas des pastourelles. Vous fulminez contre nos cigares ? Nos grands pères, qui avaient poétisé les bergers et les bergères, prisaient immensément.

— Quel est le plus agréable, du priseur ou du fumeur ?

— Je dois avouer que les priseurs exhalent une détestable odeur ; c'est ce qui m'avait fait prendre feu mon époux, M. Vulcain, en abomination !

— Les fumeurs n'ont pas cet inconvénient. Vous fumerez bientôt ! Votre rhum est délicieux.

— C'est un cadeau du capitaine Mars.

— A la santé de ce généreux invalide! Je donne mon estime à ce guerrier.

— Mais tu oublies Adonis, ma petite.

—- Croyez-moi, Adonis reviendra. Il vous épousera. Il obéit à un caprice de malade.

— Si tu disais vrai?

— Je cours chez Adonis et je lui ferai de la morale. Adieu.

— Adieu, ma petite. J'atttends ton retour avec la plus vive impatience.

— Je vole. A propos, ma chère, tu serais bien aimable de me mettre de côté un flacon de cette divine liqueur, présent de M. le capitaine.

— J'en garnirai ta cave. Mais hâte-toi...

— Je reviens dans une heure.

Calliope court chez le sieur Adonis. Elle aborde franchement le sujet qui provoque sa visite.

—Mon ami, dit-elle, vous allez vous marier, et il faut que ce soit la voix publique qui m'annonce cet heureux événement.

— Moi, répond Adonis, je ne songe guère à me marier. La voix publique est plus au courant de mes projets que je ne le suis moi-même. Me ferez-vous connaître le nom de la dame?...

— On parle d'une demoiselle Eucharis.

— Eucharis!... Une petite pensionnaire qui en est encore à chanter des romances sur le soleil de la Bretagne. (Il est joli le soleil de la Bretagne) et à jouer des quadrilles. Ah!... ma chère!...

— Ne mécanisez donc pas ainsi le soleil de la Bretagne. Qu'est-ce qu'il vous a fait ce soleil?

— Ce qu'il m'a fait? Il a detrôné le beau, le vrai soleil de la Provence; il a inspiré de triviales chansons qui résonnent aussi bien dans la rue que dans les salons. C'est une mystification. Le soleil n'existe pas en Bretagne. Il est du bel air de se poser à cette heure en fidèle et vaillant Breton. Cette province accapare toutes les vertus morales et pittoresques des autres contrées. Le rocher de Saint-Malo veut détrôner le phare d'Héro et de Léandre. Quelle folie! Mais revenons à l'objet de votre visite. Je vous déclare qu'Eucharis ne sera jamais la femme d'Adonis.

— C'est ce que j'ai répondu.

— Vous avez bien fait.

— Si l'on m'avait parlé de votre union avec madame Vénus!...

— Ne prononcez pas ce nom.

— Pour quel motif le taire? Madame Vénus est une femme adorable, riche, elle vous aime...

— Elle m'a traité avec une jalousie... elle s'est conduite avec une petitesse...

— Lui ferez-vous un crime de son amitié? Votre absence la désole.

— Ah! elle me regrette.

— Elle vous pleure.

— J'en étais sûr. Pauvre femme!

— Revenez vers elle. Devenez son époux.

— J'y consens. A une condition.

— Laquelle?

— Un échange de bons procédés; des devoirs de politesse m'ont conduit chez madame Pluton, j'entends continuer ces visites.

— Qu'à cela ne tienne. Vénus souscrit à tout.

— S'il en est ainsi, elle peut faire publier nos bans.

A ces derniers mots, Calliope quitte Adonis et vient annoncer le succès de son message à Vénus.

Grande fut la joie de cette excellente femme. Elle épousa Adonis; cette union fut des plus fortunées. Adonis fréquenta, comme par le passé, le salon de madame Pluton. Vénus s'y montrait quelquefois pour obéir à son époux, et elle avait fini par se convaincre que sa jalousie ne reposait sur aucun fondement. C'est ainsi que nous expliquons le différend survenu entre Vénus et Proserpine, au sujet d'Adonis, différend que trancha la muse Calliope, sur l'ordre de Jupiter, en renvoyant les parties dos à dos. Nous pourrions approfondir davantage ce sujet, mais nous avons négligé quelques héros dont les aventures réclament notre attention. Ceux de nos lecteurs que cette courte citation n'aura pas complétement édifiés, recourront aux fabulistes.

XX

MARSYAS, FACTEUR D'INSTRUMENTS A VENT

Les instruments à cordes sont négligés pour les instruments à vent. — Réforme que tente Apollon. — Un sieur Marsyas invente la flûte. — Il court la province. — Rencontre de MM. Apollon et Marsyas. — Deux amis qui, après s'être embrassés, finissent par se fâcher. — Un concert dans lequel la flûte et la lyre entrent en concurrence. — Coup d'œil admirable de la salle de spectacle. — Variations en doubles coups de langue exécutées par Marsyas. — La grâce et l'élégance d'Apollon. — Désespoir de Marsyas. — Une réclame dans les journaux.

L'ordonnance qui préside à notre sujet nous ramène forcément au maëstro Apollon. Nos lecteurs ne doivent pas s'étonner de rencontrer cet illustre personnage sans cesse sur notre chemin. Apollon, comme Hercule, par l'importance de ses labeurs, a coudoyé les hommes les plus intéressants de son siècle, et lorsque nous racontons ses faits et gestes, nous mettons en lumière l'existence d'un grand nombre de ses contemporains. Son individualité poétique et pittoresque sert, pour ainsi dire, de lien aux diverses parties de cet ouvrage ; elle en forme l'unité.

Jusqu'à ce moment, nous n'avons montré du fils de Jupiter et de Latone que le côté frivole, si ce n'est à propos de la symphonie héroïque, le *nome Pythien*. Pour bien apprécier cette antique et merveilleuse physionomie, il nous reste à en étudier la face sérieuse et artistique.

En arrivant à Delphes, Apollon mena l'existence d'un pauvre musicien. La faim le talonnait. Son appétit s'accrut, pour ainsi dire, des privations qu'il avait subies. Le jeune artiste ne songea donc qu'à sortir de son obscurité et qu'à jouir d'une opulence aussi désirée qu'inattendue. Il usa de quelque charlatanisme, et les véritables amateurs de musique le virent avec peine donner des concerts en plein vent. On faisait remarquer que ces réunions flattaient plus les yeux que les oreilles. Des quadrilles et des valses procuraient de médiocres jouissances. La musique servait de prétexte aux flâneurs et aux coquettes.

Apollon parvint à ramasser une fortune convenable, et il consacra, dès lors, tout son temps à l'amélioration de son art.

Son plus beau titre à l'immortalité, c'est la persévérance qu'il mit à perfectionner les instruments à cordes et à les faire prévaloir sur les instruments à vent. Ainsi, à l'époque où après sa déconvenue chez le sieur Admète, et en dernier lieu dans la ville de Troie, en compagnie de son oncle, l'ingénieur Neptune, Apollon se livra exclusivement à la musique, les instruments à vent avaient détrôné les instruments à cordes.

Artistes, amateurs jouaient à l'envie des pipeaux, du hautbois, de la flûte, de la trompette, et négligeaient la

harpe, la lyre, le violon, la basse et l'alto. La flûte principalement était sous toutes les lèvres.

(C'est un peu l'histoire du cornet à piston et du piano,
à notre époque.)

Depuis les conseillers d'État jusqu'aux boutiquiers reti-
rés des affaires, bêtes et gens jouaient de la flûte. Cet instrument est de sa nature très ingrat, et n'atteint jamais,
malgré l'habileté du facteur qui l'a tourné, qu'une justesse
fort contestable. Il faut des Tulou, des Dorus pour le
rendre supportable et quelquefois agréable. C'est à cause
sans doute de son peu de justesse, que les Anglais, grands
musiciens, comme personne n'en doute, se livrent avec furie
à la culture de cet instrument.

Apollon, sans chercher à détruire les instruments à vent,
s'inquiétait de renforcer les orchestres, de ramener le goût
du public aux œuvres des grands maîtres, et, pour atteindre ce double but, il s'appliquait à relever les instruments
à cordes du discrédit dans lequel ils étaient tombés, et à
faire rentrer dans leur véritable place les instruments à vent.

Il employa toutes ses facultés à soutenir cette lutte, et
il en sortit vainqueur.

Les deux anecdotes suivantes, si diversement présentées,
si sottement interprétées, vont justifier nos assertions, et
montrer les qualités et les défauts d'Apollon dans toute
leur nudité.

A cette époque florissait à Célène, en Phrygie, un célèbre facteur d'instruments à vent, nommé Marsyas, fils
d'Hyagnis. Il excellait surtout dans la fabrication des
flûtes, qu'il avait inventées. Cet habile ouvrier avait conçu
et réalisé l'heureuse idée de rassembler en un seul corps
d'instrument les différents sons qui se trouvaient, avant

sa découverte, partagés entre les divers tuyaux du chalumeau. Il joignait encore, selon Diodore de Sicile, à beaucoup de persévérance et d'industrie, un esprit de conduite admirable.

Durant les loisirs que lui laissait sa fabrique, il mettait en musique les hymnes consacrés aux dieux. Il avait une dévotion particulière pour le culte de Cybèle. A l'époque des foires les plus fréquentées, Marsyas quittait Célène et allait de ville en ville vendre ses instruments à vent et sa musique. Dans un de ces derniers voyages, il arriva dans la ville de Nyse, où il fit la rencontre du maëstro Apollon. Ce dernier s'était arrêté à Nyse pour y donner un concert. En flânant sur la place publique, il aperçut Marsyas qui déballait ses marchandises.

Apollon connaissait depuis longtemps cet habile ouvrier.

Il l'aborde et entre en conversation avec lui.

Après les premières paroles échangées sur la pluie et le beau temps, Apollon ne manque pas d'adresser quelques questions à Marsyas sur la prospérité de son industrie. Marsyas répond au maëstro, puis il s'étend sur sa fabrique d'instruments à vent, et finit par faire part à son interlocuteur de sa nouvelle découverte.

— J'ai inventé, dit-il, un instrument d'un seul corps, en bois de buis, percé dans sa longueur de sept trous. Le premier de ces trous, un peu plus large que les six derniers, sert d'embouchure. Le joueur le place sur sa lèvre inférieure. Les autres trous sont bouchés alternativement par trois doigts de la main droite et trois doigts de la main gauche. En combinant les *bouchés* et les *levés*, j'obtiens deux octaves et demie, et je passe dans tous les tons majeurs et mineurs.

18

— Pas possible ! s'écrie Apollon.

— Si vraiment : vous comprenez que ma flûte remplace avantageusement le chalumeau.

— C'est à ne pas y croire.

— Ma parole d'honneur.

— On vous entendra ?

— A l'instant, si vous le désirez.

— Nous prendrons un rendez-vous.

— Mon cher monsieur Apollon, j'espère que vous serez content et que vous me donnerez la fourniture des instruments à vent et principalement des flûtes, pour vos élèves du Conservatoire de Delphes.

— Je n'hésiterai pas un instant, si le résultat est tel que vous me l'annoncez.

— Je n'en dis pas assez, parole d'honneur ! divin maëstro. J'enfonce dès aujourd'hui tous vos instruments à corde avec ma flûte, pour la justesse et le moëlleux des sons.

— C'est ce qu'il faudra voir ! s'écrie Apollon.

— C'est ce qu'il faudrait entendre, dit un monsieur quelconque, qui s'était arrêté à l'étalage de Marsyas.

— Ce monsieur a raison, reprend Marsyas. Maëstro, vous donnez ce soir un concert !

— Eh bien ? réplique sèchement Apollon.

— Je vous porte un défi.

— Ah ! un défi ! et lequel ?

— Permettez-moi de jouer ce soir à votre concert un air varié de flûte.

— Après ?

— Après ? Vous jouerez, de votre côté, de la lyre, et les habitants de Nyse, acceptés pour juges, décideront auquel de nous deux la victoire devra être adjugée.

— Soit.

— Vous acceptez ?

— Oui.

— C'est bien.

— A une condition, pourtant.

— Et laquelle ? Le jour vous convient-il ?

— Oui.

— Le théâtre.

— Encore.

— Alors, qu'entendez-vous dire ? Voulez-vous d'autres juges ?

— Non. J'accepte cet aréopage et sa décision, qu'elle me soit favorable ou contraire.

— Qu'exigez-vous donc, divin maëstro ? Je suis prêt à souscrire à vos moindres désirs.

— Mais, vous ne savez pas...

— J'admire votre génie et je connais votre générosité.

— Souvent on s'engage témérairement...

— Parlez, seigneur.

— J'exige que le vaincu demeure à la merci du vainqueur.

— C'est entendu.

— A ce soir, maître Marsyas.

— A ce soir donc, seigneur Apollon.

Et, sur ces derniers mots, les deux interlocuteurs se séparent.

La nouvelle de cette lutte musicale se répand dans la ville. Les affiches du concert sont changées ; le prix des places est augmenté.

Il est facile d'apprécier la curiosité et l'intérêt que cet événement excite dans la ville. Les citadins se portent en foule au théâtre. Les billets sont enlevés. Les bureaux ne

s'ouvriront pas. Une stalle d'orchestre se vend 60 francs à
cinq heures du soir ; à huit heures, elle vaut 80 francs. Les
marchands de billets, malgré les ordonnances sévères de
M. le préfet de police, ont accaparé tous les coupons des
loges et des stalles. Ils font des affaires d'or, et se mettent
à agioter sur les billets comme les joueurs à la Bourse
jouent sur les fonds publics et les actions chimériques des
chemins de fer non classés, non étudiés.

A sept heures les portes du théâtre sont ouvertes au public. La salle est aussitôt envahie. Elle est trop petite pour
contenir l'affluence des spectateurs : on se niche dans les
couloirs, on va jusqu'à placer des banquettes sur la scène
et d'intrépides amateurs de musique s'y installent parmi
les instrumentistes. Le théâtre offre un coup d'œil magnifique. Il est resplendissant de toilettes brillantes, de fleurs
et de pierreries. Un intérêt immense préoccupe les spectateurs.

A huit heures, les exécutants ont cessé d'accorder leurs
instruments. Apollon est à son pupitre avec son bâton de
chef d'orchestre. Le silence s'établit dans la salle, et soudain les musiciens entament avec une précision et un ensemble admirables la cinquième partie de la symphonie
héroïque d'Apollon (le *Catachoreusis*). Cette ouverture est
accueillie par de grands applaudissements, mais elle ne
forme pas le fait capital de la séance, sur lequel les sympathies et les antipathies brûlent de se prononcer : l'auditoire
réserve son enthousiasme pour les solos de Marsyas et
d'Apollon.

Marsyas paraît : il salue l'assemblée avec cette gaucherie
qui vient d'une naissance commune et d'une éducation
grossière, et que le bon bourgeois prend pour de l'origi-

nalité, du génie chez un artiste. La salle demeure muette. Marsyas donne le *la* et prélude.

Aux accents inattendus de la flûte, une partie de l'auditoire s'émeut et salue Marsyas d'une salve d'applaudissements. On est émerveillé de cette invention. Un instrument aussi simple, aussi harmonieux que celui présenté par Marsyas pour remplacer un instrument ingrat et compliqué comme le chalumeau, n'est-ce pas une tentative admirable, sublime et digne des plus grands éloges !

Cet accueil est d'un favorable augure pour Marsyas. Il jette un regard mêlé de joie et d'orgueil sur Apollon et commence à jouer un air varié. Il a pris pour thème de ses variations son fameux air intitulé *Matroum*.

(Pausanias rapporte que de son vivant on jouait cet air de flûte attribué, selon la tradition, à Marsyas, lors de la fête de la mère des Dieux.)

L'introduction est faible. Elle est semée de points d'orgue interminables. Marsyas dit le thème avec beaucoup de simplicité. Les variations en triolets et en doubles croches sont écoutées avec plaisir et applaudies convenablement.

L'andante est trop long et fatigue l'attention.

Marsyas termine par une polonaise en doubles coups de langue.

Ici la plus grande partie de l'auditoire est émue, transportée, émerveillée. La grâce, l'agilité, la netteté dont Marsyas fait preuve enlèvent la salle. Il est rappelé par trois fois, après la chute du rideau, et par trois fois il est salué par une salve étourdissante de bravos. Les personnes d'un âge mûr portent Marsyas jusqu'aux nues. Les jeunes hommes et surtout la plupart des femmes demeurent interdites et dans l'hésitation. Le talent si correct de Marsyas n'est pas complet. Il laisse une corde du cœur à satisfaire. Il est froid, il manque d'âme. Il parle plus à la tête qu'il ne parle au cœur. On l'écoute avec plaisir, sans fatigue ; on sourit, on n'est pas attendri, on ne pleure pas. Les femmes ont compris instinctivement le caractère du talent de cet artiste. Le feu sacré ne brûle pas en lui.

Néanmoins Marsyas se retire, en emportant l'espoir d'une victoire prochaine.

Peu à peu la salle se remet de son émotion. Le silence se fait. Apollon paraît au pupitre.

Il salue avec grâce et promène sur l'assemblée un regard où se peignent tout à la fois sa modestie et sa confiance dans les sympathies de l'auditoire. Son aspect prévient en sa faveur. Sa toilette est des plus simples et du meilleur goût. On admire la grâce avec laquelle son manteau est drapé sur ses épaules nues. Ses cothurnes en velours bleu de ciel, semés d'étoiles en or, chaussent admirablement ses pieds. Sa chevelure est bouclée avec art et parfumée des plus pures essences.

Son front rayonne d'une noble majesté, celle du génie. Son œil humide et caressant va jusqu'au fond des loges réveiller le cœur assoupi des femmes, et remuer les fibres de leur exquise sensibilité. Il tient à la main une lyre en ivoire.

Un murmure flatteur répond à ses salutations ; et après avoir accordé son instrument, il entame le prélude de son air varié.

Le thème de cet air varié était celui d'une romance nommée *Nomion*, chanson d'amour composée par une chanteuse célèbre nommée Eriphanis. Cette romance a joui pendant des siècles d'une grande popularité en Grèce, et elle a été

imitée chez nous, il y a quelques années, au théâtre de
l'Opéra, dans la fameuse barcarole :

> Accours dans ma nacelle,
> Timide jouvencelle ;
> Du plaisir qui t'appelle
> Etc., etc.

A mesure qu'Apollon avance dans son morceau, l'auditoire se sent transporté d'enthousiasme. Il admire l'élégance du doigté, la justesse et la pureté des accords : il est
ému de ce style à la fois si large, si noble, si passionné. Il
oublie petit à petit Marsyas et sa flûte, et finit par combler de ses frénétiques applaudissements le célèbre maëstro
Apollon.

Le cœur des femmes vole au devant de ce bel et chaleureux artiste. Sa verve entraînante les fascine ; oh ! comme
elles s'abandonnent aux accords de sa lyre qui, tour à tour,
les électrise d'une héroïque ardeur, leur arrache de tendres
exclamations et des soupirs étouffés, les remplit de douleur
et d'ivresse, et verse dans tout leur être, avec des torrents
d'harmonie, l'amour avec tous ses feux et toutes ses caresses.

Ce n'est plus le prêtre de Cybèle qui leur fait entendre
un cantique plus ou moins habilement varié ; c'est un chaleureux artiste, doué d'une imagination brillante, d'une
âme passionnée, qui répand sur leurs fronts tous les trésors
de poésie amassés dans son âme.

Elles jettent sur le théâtre leurs bouquets et leurs couronnes de fleurs. Elles proclament Apollon vainqueur. Pas
un seul sifflet ne vient protester contre cette décision de
l'assemblée, et Marsyas honteux, désespéré, profite du

reste de la nuit pour emballer ses marchandises et s'éloigner d'une ville qui vient d'être le théâtre de sa défaite et celui de la gloire de son odieux rival.

Le lendemain, Apollon inséra une réclame dans les journaux. Cette réclame proclamait sa victoire et la chute de Marsyas.

Il se bornait à dire, quant au mérite musical de son adversaire, que Marsyas avait joué faux et qu'il écorchait les oreilles.

« On devrait, ajoutait-il, pour le punir, lui écorcher les oreilles à coups de sifflet et le détourner de jouer de la flûte. »

C'est ce qui a fait dire aux fabulistes qu'Apollon, indigné d'avoir été défié par Marsyas, l'avait attaché à un arbre et l'avait fait écorcher par un Scythe.

Des auteurs expliquent encore cette fable par le bruit désagréable que produisait en coulant le fleuve Marsyas, dans son cours parmi les plaines de la Phrygie.

Liceti est, selon nous, celui qui s'est le plus rapproché de la vérité, et nous nous félicitons d'être en parfait accord avec cet auteur.

Il explique la lutte de Marsyas et d'Apollon par la supériorité que prit la lyre sur la flûte.

Cette supériorité entraîna la ruine des joueurs de flûte.

Ce qui revient à notre première observation, qu'Apollon s'efforça de rendre aux instruments à cordes la suprématie qu'avaient injustement conquise sur eux les instruments à vent.

Mais l'histoire de Pan, du roi Midas et de son barbier, que nous allons raconter, viendra confirmer, d'une façon aussi bouffonne que péremptoire, notre opinion sur les succès d'Apollon dans cette lutte intéressante.

XXI

FIGARO A LA COUR DU ROI MIDAS

Les bergers de l'Arcadie. — Une contrée où l'on préfère l'innocence à la richesse. — Un pâtre amoureux d'une duchesse. —
La mélancolie de M. Pan; — Il invente la flûte à sept
tuyaux; — Apollon le conduit à la cour du roi Midas. — Un
prince qui s'occupe plus de musique que de politique. —
L'amitié du roi Midas pour M. Pan. — L'histoire des oreilles
d'âne et la complainte d'un barbier condamné à se taire.

Nous nous sommes engagé à rapporter la seconde aventure qui fournit l'occasion au maëstro Apollon de donner
un témoignage public de la préférence qu'il accordait aux
instruments à cordes sur les instruments à vent.

Le moment est venu de remplir cette promesse.

L'Arcadie formait jadis une province aussi fertile que
riante. Son ciel toujours serein, son soleil radieux, sa douce
température, la limpidité de ses cours d'eau, la fraîcheur de
ses prairies, la richesse de ses champs, de ses vergers et de
ses forêts en avaient fait le séjour le plus délicieux de la
terre. Les heureux habitants de cette contrée favorisée des

dieux ne songeaient qu'à jouir en paix des bienfaits dont
ils étaient si largement dotés. Pour eux, la politique, la
liberté de la presse et de la tribune, les expéditions lointaines, les guerres sanglantes et ruineuses étaient sans
charmes. A la Chambre des députés, aux orateurs du
forum, aux chicanes sur les promesses de la charte, ils préféraient le soin de leurs troupeaux, le miel de leurs abeilles,
les danses sur les tendres gazons, les fleurs des lauriers-
roses, et les joies de la famille.

Ils ne connaissent ni les jalousies sombres et vindicatives,
ni les coquetteries perfides et savantes. L'innocence de
leurs mœurs les protégeait contre les vices de la civilisation, laquelle amène inévitablement à sa suite les ambitions perverses, les besoins insatiables du luxe et de
l'envie.

Parmi ces pasteurs, un jeune homme nommé Pan se faisait remarquer par ses allures sauvages et mélancoliques.
Les mœurs sombres de ce berger contrastaient avec les
joyeuses et insouciantes habitudes de ses compagnons. Il
menait paître ses chèvres dans les solitudes escarpées ; et là,
au milieu du silence et de l'isolement des clairières perdues
dans le fond des forêts, il se livrait aux méditations d'un
esprit malade et chagrin.

Le pâturage qu'il fréquentait le plus souvent était situé
sur les bords du Ladon.

Le seigneur du lieu, M. Ladon, habitait une charmante
villa dont ce fleuve baignait les murailles.

M. Ladon était veuf, et possédait une fille de seize ans,
nommée Syrinx.

La beauté de mademoiselle Syrinx était déjà célèbre dans
la province. Le dimanche, lorsqu'elle montait aux temples

pour assister aux sacrifices et offrir son encens et ses prières
aux dieux, elle attirait l'admiration des fidèles par la noblesse de ses traits, la majesté de son visage, et le charme
exquis de ses yeux et de ses lèvres.

Pan qui, sous la livrée d'un humble berger, nourrissait
une ambition démesurée, tomba amoureux de mademoiselle
Syrinx Ladon. Dans la vivacité de sa passion, il ne mesura
pas la distance qui le séparait de la fille du seigneur de
l'endroit, et il poussa la folie jusqu'à la demander en mariage.

M. Ladon, avec la courtoisie qui caractérisait un gentilhomme, éconduisit poliment ce rustre, et lui conseilla de
prendre quelques grains d'ellébore.

L'amant en déconfiture tomba dans un profond désespoir. Il brisa, dès ce jour plus que jamais, avec la vie
facile et riante de ses compagnons, et s'enfonça dans les
forêts. Sa sauvagerie devint telle, qu'elle lui fit donner dans
le public des cornes et des pieds de bouc.

Si l'amour est ingénieux à surmonter les obstacles et à
inventer des plaisirs pour l'objet aimé, l'infortune n'est pas
moins fertile en expédients pour adoucir les chagrins et
jeter quelque baume sur la plaie qui saigne au cœur des
malheureux.

Ce pauvre Pan était organisé pour la musique. Il composait des complaintes, dans lesquelles il exprimait les
douleurs de son âme et les déceptions de son amour. Un
beau jour il eut l'idée de couper des roseaux sur les bords
du Ladon. Il réunit sept tuyaux qu'il lia ensemble avec de
la cire, et, de cet instrument, il tira des sons variés et presque mélodieux.

Cet instrument a gardé le souvenir de son inventeur. On

le connaît sous la désignation universellement répandue de
flûte de Pan.

Lorsque Pan eut bien déploré son martyre amoureux et
lorsqu'il se fut bien perfectionné sur sa flûte à sept tuyaux,
il abandonna la solitude des forêts et se montra parmi ses
compagnons. Chacun de plaindre sa constance et d'admirer
son invention et son talent sur cette nouvelle flûte. On en
parla beaucoup et sa réputation arriva jusqu'à Delphes.

Le directeur du Conservatoire, Apollon, s'occupait de
recruter en province des artistes distingués pour la scène et
l'orchestre. A cette nouvelle il monta en malle-poste et vint
trouver le berger Pan, en Arcadie, au milieu de ses chèvres.

Notre maëstro entendit jouer Pan. Il fut satisfait de la
manière de cet artiste improvisé. Certes, la méthode n'était
pas irréprochable, le style manquait de grâce et de pureté;
mais le jeu de ce maître révélait une mélodie nouvelle, un
rhythme séduisant et des motifs pleins d'originalité.

Apollon s'était engagé à se rendre dans cette partie de la
grande Phrygie que baigne le Pactole aux sables semés de
paillettes d'or, à la cour du roi Midas et à donner quelques
concerts. (Ovide.)

Son Altesse Sérénissime Midas jouissait d'une fortune
fabuleuse. Notre maëstro espérait récolter une ample mois-
son de lauriers et de piastres.

Il proposa donc à M. Pan de l'emmener avec lui. Pan,
que rien ne retenait en Arcadie, gonflé de son talent sur la
flûte à sept tuyaux, et décidé à se consoler du refus de
M. Ladon, jeta sa houlette aux orties, se défit tant bien
que mal de ses chèvres et partit en compagnie d'Apollon
pour la cour du roi Midas.

Durant le voyage, Apollon ne tarda pas à souffrir du mauvais caractère et de la vanité de son associé, et partant à se reprocher de l'avoir enrôlé sous sa bannière. Mais il était trop tard pour revenir sur ses pas et pour déchirer son traité. Il fit bonne contenance et débarqua à la cour de sa majesté phrygienne.

Le directeur de la musique du prince accueillit honorablement nos deux artistes, et l'intendant de la liste civile profita de leur présence pour organiser un concert au château.

Comme à son ordinaire, Apollon obtient un grand succès; Pan réussit médiocrement.

La jalousie de M. Pan s'éveille. Il se montre blessé du triomphe de son associé, et il l'accuse de charlatanisme et de dénigrement.

Un jour de réception des dames à la cour, il se laisse aller à sa mauvaise humeur. Il parle haut et accuse de mauvais goût et d'ignorance l'auditoire devant lequel il avait paru. Il lui reste encore à comprendre comment le suffrage de l'assemblée s'est arrêté sur tout autre que sur lui, Pan, car il n'a reçu que des témoignages assez faibles de satisfaction. Tout en discourant, la colère l'emporte sur la prudence, et il finit par se dire plus habile musicien que son heureux rival.

Soudain Apollon entre dans la galerie. Il devine à l'embarras de l'assemblée, aux regards irrités et au teint empourpré de M. Pan, qu'il était question de sa personne au moment de son arrivée. Un ami officieux, comme il s'en rencontre toujours, se hâte de l'instruire de ce qui vient d'être dit.

Irrité de l'impudence de son associé, il se jette avec

19

vivacité dans la conversation, et sa réponse est empreinte
de dédain et d'aigreur.

Pan riposte d'un ton assez grossier. La discussion
s'échauffe. Apollon, loin de reculer, accable son adversaire
de plaisanteries et le blesse dans son amour-propre.

Celui-ci, pour trancher le débat, propose un duel musical
dans lequel le roi Midas sera pris en personne pour juge.

Apollon accepte avec empressement ce défi, non pour
renverser les prétentions de M. Pan, prétentions qu'il sait
estimer à leur juste valeur, mais bien plutôt pour avoir le
prétexte de se faire entendre une seconde fois devant une
assemblée à laquelle il a déjà arraché de nombreux applaudissements.

La même scène qui a eu lieu chez les Nyséens, entre Apollon et Marsyas, se répète à la cour du roi Midas. Le dénoûment est différent : le roi Midas adjuge la victoire à M. Pan.

Le maëstro Apollon accepte cette décision avec un calme
respectueux qui dénote autant de tact que de bonne éducation. Il s'éloigne d'un air satisfait et se contente de dire,
en tirant sa révérence à Sa Majesté phrygienne, que, dans
sa disgrâce, il doit encore s'estimer heureux d'avoir joui de
l'honneur de paraître une seconde fois devant sa royale personne.

Le sieur Pan, gonflé de son succès, tranche du grand
musicien, remplit la galerie de son insolente personnalité,
et laisse tomber sur son rival un regard mêlé d'un sot orgueil
et d'une plate méchanceté.

Le roi Midas, de son côté, est tout content de lui-même.
Il se laisse dire les choses les plus flatteuses sur son goût
en fait de musique, et il va se coucher avec la certitude
qu'il est le meilleur virtuose de son royaume.

Il ne se doutait pas, ce pauvre roi, du réveil que lui préparait Apollon, cet artiste si respectueux en apparence !

Ce n'était pas chose très facile que de tirer une vengeance éclatante du roi Midas. Avec un duel on en finissait avec un drôle tel que Pan ; mais provoquer une tête couronnée demandait plus d'adresse que de violence, plus de prudence que d'audace, plus de calme que de bruit.

Il détourne ses yeux de son arc et de ses flèches, s'empare de sa plume et écrit un feuilleton dans lequel il rend compte de la séance mémorable qui fut témoin de sa défaite et de la victoire de Pan, grâce au jugement inqualifiable et sans appel du roi Midas.

Ce feuilleton parut le lendemain du concert, et il était terminé par une satire aussi ingénieuse que méchante.

Nous ne pouvons nous retenir de reproduire, mot pour mot, les dernières colonnes de ce feuilleton. Cette lecture montrera au lecteur que l'esprit de l'homme n'a guère changé et que les journalistes passés valaient les journalistes présents.

Extrait du *National* de Delphes :

" En résumé, le concert a été fort intéressant. Un personnage très haut placé a donné la préférence au talent du sieur Pan sur celui du maëstro Apollon. L'assemblée a-t-elle consacré cette décision ? Nous en doutons un peu ; car bon nombre d'auditeurs étaient loin de partager l'enthousiasme de quelques personnes pour cette méchante flûte à sept tuyaux.

" Quant à la valeur musicale des artistes, personne, que nous sachions, ne contestera le mérite éclatant du maëstro Apollon et ne voudra le comparer au talent de M. Pan, le joueur de guimbarde.

« Mon sieur Pan est meilleur musicien que M. Apollon, par ce seul motif que la flûte à sept tuyaux nous est plus agréable à entendre que la lyre aux neuf cordes.

« Le raisonnement est gentil. La conclusion est sans réplique.

« Nous nous inclinons devant ce jugement, nous ne le critiquerons en aucune espèce de façon, d'autant qu'on pourrait contester notre aptitude à bien apprécier les choses musicales, et nous n'avons eu garde d'oublier l'anecdote suivante, que l'on racontait hier pendant les entr'actes au foyer de l'Opéra.

« Jadis régnait en Béotie un prince qui n'avait de remarquable que des prétentions exagérées à tout connaître, à tout faire mieux que personne. Il ne louait jamais, il blâmait sans cesse.

« L'auguste personnage avait le visage criblé de marques de petite vérole. En outre, la nature l'avait gratifié d'une paire d'oreilles d'une telle longueur qu'il était contraint de les cacher. Elles semblaient plutôt devoir appartenir à un quadrupède qu'à un bipède, fût-il couronné. Aussi, Midas (Apollon avait osé conserver dans son feuilleton le nom de Sa Majesté phrygienne) portait-il constamment un bonnet de soie noire qui descendait sur son front et cachait discrètement ces monstrueuses oreilles. Nul œil humain ne les avait contemplées, et l'on supposait que le prince se couvrait le chef par suite de quelque affection cutanée.

« Ce n'était pas chose facile que de raser un visage qui ressemblait plus à un crible qu'aux joues d'une face humaine.

« Dans des circonstances pareilles, le barbier de Sa Majesté béotienne devait jouer un rôle considérable à la cour.

Ce personnage avait chaque jour ses entrées dans le cabinet du roi ; il accomplissait ses fonctions dans le tête-à-tête le plus secret. Sa dextérité lui avait valu l'estime et l'amitié du prince.

« Notre Figaro ne manquait pas d'ambition. Il possédait une fortune considérable et jouissait d'un immense crédit dans la ville. Les grandes dames lui confiaient leur chevelure, dans l'espoir d'être mises au courant des intrigues du palais ; les grands seigneurs lui abandonnaient leur menton afin de surprendre les projets de l'auguste potentat. Ce concours de chalands, aux paroles empressées, aux complaisances outrées, aux magnificences exagérées, tournait la tête à notre homme, et il se demandait chaque jour quand viendrait l'époque où Sa Majesté l'appellerait au conseil des ministres. Et notre artiste, c'est ainsi qu'il se qualifiait, n'était pas attaqué de folie en nourrissant une semblable ambition, car la confiance de son royal patron le comblait des marques les moins équivoques d'une haute faveur.

» Mais le terrain des cours souveraines est glissant ; l'humeur du maître est changeante, et, comme l'a dit plus tard un de nos meilleurs poètes, — la Fontaine, — dans son Épître aux Nymphes de Vaux :

> Lorsque sur cette mer on vogue à pleines voiles,
> Qu'on croit avoir pour soi les vents et les étoiles,
> Il est bien malaisé de régler ses désirs :
> Le plus sage s'endort sur la foi des zéphirs.

« Il arriva un beau matin que Sa Majesté avait passé une mauvaise nuit. L'opposition venait de renverser un ministère du meilleur esprit et du plus grand talent.

» Notre Figaro se précipite dans le cabinet de son royal

19.

client avec une mine égrillarde. Le prince est choqué de cette hilarité malséante. Son barbier aurait-il des accointances avec l'opposition? Dînerait-il de la royauté, souperait-il de la république? Voudrait-il, comme on le dit communément, ménager la chèvre et le chou? En ce cas, on saura le punir de sa gaîté intempestive et de sa trahison, car, selon une maxime qui n'est pas neuve : « Ceux qui ne sont pas avec nous sont contre nous. »

« De son côté, Figaro, qui attribue la mélancolie de Sa Majesté à quelque malaise d'estomac, à une fausse digestion (car le roi de la Béotie, ainsi que notre roi Louis XIV, avait un monstrueux appétit, et dévorait immodérément des cantalous et des pêches), Figaro redouble de gaîté, en déployant sa serviette et en préparant ses rasoirs.

« A cette recrudescence de joie inconsidérée, notre prince entre dans une colère telle, qu'il oublie la maladresse de sa main, son visage troué par la petite vérole : il saisit la savonnette et se met en devoir de se raser lui-même.

« A peine Sa Majesté a-t-elle appliqué le rasoir sur sa joue, qu'elle se fait une entaille affreuse. Notre prince crie comme un dindon auquel on tord le cou, et, dans sa furie, arrache son bonnet de soie noire.

« Oh! qui pourra jamais peindre l'attitude et la grimace que tinrent, en ce moment, les deux acteurs de ce drame bouffon.

« Le monarque, en se décoiffant imprudemment, a divulgué le secret qu'il avait si fort à cœur d'ensevelir avec lui. Il a mis au grand jour ses oreilles d'âne.

« Figaro est frappé de stupeur, il est atterré, désespéré. Une pâleur livide couvre sa face consternée. Il sent ses jambes fléchir, ses bras se détachent de ses épaules; il s'adosse à la muraille, pour ne pas se laisser choir, en fermant ses yeux et en tenant sa bouche grande ouverte.

« Le prince est blême de confusion et de rage. Il ne dit pas un mot. Il cache ses oreilles avec ses mains et, sans bouger de place, sans murmurer une syllabe, il porte ses yeux effarés, du fauteuil dans lequel il a jeté son bonnet de soie noire, sur son Figaro malencontreux.

« A la fin Sa Majesté, avec la rapidité d'un singe, se jette sur son bonnet, et, après l'avoir placé de travers sur son chef déshonoré, elle s'écrie d'une voix courroucée :

« — Sors d'ici, malheureux ! tu n'es plus à mon service. Je te chasse comme un indigne serviteur ; et n'oublie pas que tu n'es redevable de la liberté et de la vie qu'à mon extrême indulgence. Mais si jamais tu divulguais à personne la scène qui vient de se passer, tu serais empalé un quart d'heure après. Sors, et que je ne te rencontre jamais sur mon chemin !

« L'infortuné barbier s'esquive plus mort que vif, et en mettant le pied dans sa boutique, il tombe en pâmoison.

« Ses clients l'attendaient avec impatience. A la vue de son front décoloré et de ses lèvres violettes, chacun se demande ce qui s'est passé au palais entre le roi et Figaro. On l'interroge sur la santé du roi, et un quart d'heure après, une rumeur sourde, mais vivace et lugubre, circule dans la ville. Un grand événement se prépare au palais. Sa Majesté est à l'agonie. Son barbier pleure sa mort prochaine.

« Le soir, la ville se remit de cette alerte ; mais notre barbier, loin de sortir de sa léthargie, fut porté dans son lit.

« A la fin, il reprit quelque santé. Mais qui dira jamais son désespoir !

« Il ne sait à quel saint se vouer.

» Lorsque sa femme le questionne sur le motif qui l'em-pêche de retourner au palais, il ne peut répondre.

» Condition affreuse et sans exemple que celle de ce maître barbier. Il est obligé, condamné à se taire; il ne peut plus parler. Figaro est réduit au silence. Les supplices de Tan-tale et d'Ixion sont encore bien doux en comparaison du supplice qu'il endure. A la fin il va étouffer d'un discours rentré : les mots lui encombrent la gorge; ils s'efforcent de s'échapper du gosier et de se faire entendre. Les mâ-choires s'agitent d'elles-mêmes... On le presse de ques-tions... il va succomber... il ouvre la bouche... déjà une syllabe est murmurée... et la potence... et la barre du pal qui se dressent horribles et sanglantes, devant les yeux de ce martyr du ressentiment monarchique.

» Soudain, il s'élance hors de sa boutique comme un fou : il sort de la ville et s'arrête essoufflé dans la campagne, au bord de la rivière. Là, Figaro fait un trou dans le sable, y colle sa bouche, et s'écrie pendant trois grandes heures :
— *Midas, le roi Midas a des oreilles d'âne !*

» Pendant trois grandes heures, il répète, sans prendre haleine, ces paroles mal sonnantes pour Sa Majesté béo-tienne.

» Épuisé de fatigue, il ferme le trou, et rentre en ville avec le visage satisfait d'un homme qui vient d'être déchargé d'un fardeau sous le poids duquel il allait infailliblement succomber.

» De son côté, Midas avait changé de barbier, et s'il n'en était pas très satisfait, il se flatte que le drôle ignorait l'aventure de ses oreilles, aventure dont son prédécesseur ne trahirait jamais le secret.

» Sécurité trompeuse !

« Tandis que notre barbier s'égosillait à crier dans ce trou que le roi Midias était orné d'une paire d'oreilles d'âne, un des chef de l'opposition, vertueux par tempérament et par oisiveté, pêchait à la ligne sur les bords du fleuve. Des roseaux qui l'abritaient avaient caché sa présence à l'imprudent parleur. Notre homme entendit tout. Dès le soir même, il racontait à la chambre, dans la salle des Conférences, à qui voulait l'entendre, l'aventure dont il avait été le témoin involontaire.

« L'anecdote fit fortune, elle courut la ville.

« Dès lors, il demeura établi que le roi Midas avait des oreilles d'âne, et vous pouvez juger quels furent la rage et le désespoir de ce front couronné.

• Chacun est libre de tirer de cette histoire les conclusions qu'il lui conviendra d'y chercher.

« Honni soit qui mal y pense ! »

Tel était le feuilleton qu'Apollon avait écrit.

La malignité publique s'empara de cet apologue, et chacun se dit : *Midas, le roi Midas a des oreilles d'âne.* -- Ce dernier ne tarda pas à lire le feuilleton d'Apollon. Il en pâlit de rage et de confusion. Mais sa rage et sa confusion ne pouvaient rien contre ce maëstro, que protégeaient son talent, l'opinion publique et l'ambassadeur de la ville de Delphes.

Il fallut dévorer en secret son humiliation. Apollon nia qu'il fût l'auteur de l'article. Il s'en montra contrarié et fit le bonhomme. Il ne trompa personne. Chacun vit avec plaisir la vengeance qu'il avait su tirer du potentat phrygien.

XXII

Un bon fermier, qui possédait des propriétés considérables sur les bords du fleuve Achéloüs, perdit, un matin,
sa simplicité primitive, et, tout bouffi de sa fortune, voulut faire de son fils un monsieur, un avocat.

A cet effet, au lieu d'inspirer à son héritier le goût des
champs, et de l'envoyer à la charrue, au pré ou au bois,
notre homme le mit à l'école, et, plus tard, le fit partir
pour la ville de Delphes.

Ce jeune homme passa, tant bien que mal, son examen de bachelier ès-lettres, et prit, au mois de novembre, sa première inscription pour suivre le cours de droit romain et de code civil.

Notre étudiant avait plus d'ambition que d'esprit, plus de sottise que de jeunesse. Au lieu d'étudier, il ne chercha qu'à briller par ses dissipations.

Il commanda des cartes de visites. Lorsque le graveur lui rendit sa planche, le petit fat fut humilié du nom par trop bourgeois qu'il tenait de son père : — Auguste Cimon. — Il brisa la planche et courut chez un nouveau graveur. Là il fit dessiner une couronne de baron et donna, comme sien, le nom suivant : — Le baron Alexandre Achéloüs.

Notre jeune glorieux échangeait ainsi le nom peu retentissant de sa famille contre le nom sonore du fleuve qui baignait ses propriétés, et saupoudrait le tout du titre féodal de baron.

A cette heure, il pouvait se présenter dans les salons de la capitale et faire une entrée triomphale, lorsque le valet de pied avait jeté ces mots, en ouvrant la porte à deux battants :

« Monsieur le baron Alexandre Achéloüs. »

Le jeune Achéloüs, auquel nous ne disputerons pas ce nom, puisque nous voyons de nos jours tant de beaux et bons esprits, par une singulière manie, sacrifier le nom de leur famille au nom retentissant d'une ferme chétive, d'un cours d'eau ensablé, d'un rocher ruiné, le jeune Achéloüs étudiait médiocrement et se promettait néanmoins un brillant avenir.

La profession d'avocat menait à tout dans ce pays de libre discussion. La parole décidait de la paix ou de la guerre, du bien ou du mal. A la chambre des élus de la nation, les avocats à l'éloquence verbeuse devaient l'emporter sur les financiers, les militaires et les propriétaires, aux idées justes et saines, mais à la langue paresseuse. Aussi c'était pitié que d'entendre pérorer messieurs de la basoche sur les alliances étrangères, sur la conversion des rentes, etc, etc., eux qui la veille encore supputaient gravement au tribunal ce qu'une poule pouvait, en un jour, manger de foin dans un pré.

Dans le but d'acquérir une éloquence abondante et fleurie, Achéloüs suivit assidûment des cours de débit oratoire, d'éloquence parlée, de polkas et de mazurkas.

Il courait les théâtres et les concerts. De cette assiduité devait résulter des relations avec les artistes célèbres. Achéloüs rencontra mademoiselle Calliope, s'éprit de ses charmes et l'épousa, sans en avoir prévenu ses père et mère.

A la clôture des cours de droit romain et de code civil, Calliope eut une petite fille qui prit le nom de Parthénope.

La naissance d'une seconde fille, appelée Leucosie, signala la seconde année des études d'Achéloüs sur le code de procédure.

La thèse de notre jeune époux, à sa troisième et dernière année, fut couronnée par la naissance d'une troisième fille qui prit le nom de Ligée.

Le ménage Achéloüs tenait sa maison sur un bon pied. Sa dépense, déjà considérable, au lieu de diminuer, grossissait chaque jour. Le fermier Cimon, le père de notre héros, faisait payer à son fils une somme de six mille francs chaque année, par l'entremise de son banquier. Cette rente, de tout temps magnifique pour un étudiant en droit, devenait insuffisante. Achéloüs, dont la famille était connue à

Delphes, emprunta chez des usuriers, et par cette facilité, il se trouva bientôt orné d'une vingtaine de mille francs de dettes.

La patience des créanciers s'épuisa. On écrivit au père de ce prodigue. Le père Cimon comprit, dans son gros bon sens, qu'il avait commis une faute en éloignant son fils de sa maison et en lui inspirant les goûts d'un grand seigneur. Il redevint Gros-Jean comme devant, et prit le sage parti de faire rentrer dans la condition de ses père et mère un fils pauvre d'esprit, mais riche en sottise. Et sans s'arrêter aux prières, aux menaces que poussera le licencié en droit, il lui écrivit de venir le rejoindre, en lui annonçant que sa pension sera supprimée s'il persiste à demeurer à Delphes.

Cette lettre exaspère Achéloüs fils. Sa femme Calliope se lamente et parle de s'asphyxier avec ses trois filles. La caisse du ménage est vide ; la cuisinière réclame ses gages arriérés ; la nourrice menace d'abandonner la petite Ligée, qu'elle allaite, si on ne lui solde pas les trois derniers mois que l'on a négligé de régler. Les fournisseurs de tout genre et de tout état sont suspendus à la sonnette, du soir au matin et du matin au soir. Les usuriers, au lieu d'avancer des fonds, lâchent les gardes du commerce sur notre héros, en pleine déconfiture.

Que faire, que résoudre dans cette cruelle difficulté ? Achéloüs père est inexorable, et exige la rentrée au bercail de l'enfant prodigue. Celui-ci, après bien des hésitations et des épreuves infructueuses, se décide à monter en diligence. Calliope se livre au plus violent désespoir ; elle supplie son époux, avec des larmes dans les yeux et dans la voix, de ne pas s'éloigner, et lui peint, sous les couleurs les plus sombres, l'abandon de ses trois petites filles et la mort de leur mère.

20

Achéloüs jure sa parole d'honneur d'être de retour dans quinze jours. Il va fasciner son père et lui arracher quelques milliers de francs. Sur ce, il adresse les plus tendres adieux à sa femme et à ses filles, grimpe sur l'impériale de la diligence et disparaît aux regards de sa jeune famille.

Notre voyageur arrive chez son père. Au lieu de fasciner son papa, le jeune homme est fasciné. La vie des champs, la tendresse maternelle, les contrastes de la ville aux exigences ruineuses, la mobilité d'une jeune imagination, saisissent l'esprit et le cœur du nouveau venu. Les jours, les semaines, les mois s'écoulent. Il n'écrit pas à Calliope et ne s'occupe d'elle et de ses enfants en aucune façon.

Bref, il la néglige complétement, se livre à l'agriculture et mène une vie obscure et tranquille au fond de sa province, qu'il a juré de ne jamais quitter.

Calliope, de son côté, se résignait au triste sort que lui créait l'ingratitude d'Achéloüs; elle sécha ses larmes, étouffa ses regrets, et s'occupa exclusivement de l'éducation de ses chères petites Parthénope, Leucosie et Ligée, qu'un père égoïste avait délaissées.

On ne saurait trop admirer le cœur d'une mère. C'est un trésor inépuisable de sacrifices, de tendresse, de sollicitude ingénieuse au secours de ses enfants. Calliope travailla nuit et jour, s'imposa les plus dures privations pour ses trois filles.

Que de fois, aux mauvais jours de l'année, pâle de froid et de faim, la pauvre mère, afin d'égayer la tristesse de ses filles, se vit obligée de chanter et de sourire! C'était le rayon de soleil qui perçait la brume de décembre et qui réchauffait l'arbuste engourdi par le froid.

Mais il est une providence pour les infortunes. Dieu

n'abandonne jamais ces pauvres mères, et il verse sur le front des orphelines les plus purs rayons de beauté, d'harmonie et d'amour. C'est la dot que le ciel donne aux infortunées, en compensation des trésors qu'il octroie aux riches de la terre.

Dès leur plus tendre enfance, les demoiselles ds Calliope manifestèrent les plus heureuses dispositions pour la musique. Leur maman leur fit apprendre le solfége, et, comme le présent l'inquiétait beaucoup, elle chercha de bonne heure à les utiliser. Dans les pantomimes, elle leur fit représenter les rôles de petits amours. Dans les mélodrames, elles jouaient les enfants de l'intéressante héroïne que le traître poursuivait sans relâche de ses lâches machinations, jusqu'à l'heure où la justice céleste récompensait la *vertu* persécutée et punissait le *crime* abhorré.

Plus tard, ces demoiselles entrèrent au Conservatoire. Elles s'adonnèrent principalement à la musique vocale. Leur mère, secondée par le digne maëstro Apollon, leur fit faire des progrès rapides. Elles remportèrent les premiers prix dans leurs classes.

Calliope pressait vivement Apollon d'incorporer ces trois virtuoses dans le chœur des Muses. Apollon ne demandait pas mieux que de s'attacher des artistes auxquelles leur beauté et leur talent préparaient un brillant avenir. Il allait signer leur engagement, lorsque les nymphes du chœur des Muses, refusèrent d'accepter pour sociétaires ces trois jeunes filles. Elles firent signifier à leur estimable directeur qu'elles l'abandonneraient, s'il persistait à admettre dans sa troupe ces trois fillettes.

Ces dames du chœur des Muses craignaient d'entrer en

lice avec ces rivales. Elles ne voulaient pas s'exposer à des comparaisons qui ne pouvaient que leur être défavorables.

Parthénope, la plus âgée, avait seize ans. Leucosie en comptait quinze, et Ligée quatorze, tandis que la plus jeune des Muses touchait à la trentaine. Ces fillettes étaient des roses à l'état de tendre bouton. Les Muses étaient des fleurs épanouies depuis plus d'une aurore. Les filles de Calliope se présentaient dans toute la fraîcheur et la virginité de leur talent et de leur beauté. Elles touchaient à peine à leur printemps, saison si riche et si enviée par l'espoir qu'elle fait naître. Les inflexibles sociétaires entraient dans leur été, saison riante et fortunée qui ne promet plus et durant laquelle une femme doit s'estimer heureuse, si lorsque au lieu de perdre, elle conserve quelques charmes de ses premiers beaux jours. Le talent des filles de Calliope, déjà des plus remarquables, ne pouvait que gagner : le leur allait en déclinant.

Avec de tels motifs, toute femme bien avisée aurait repoussé Parthénope, Leucosie et Ligée.

Apollon fut donc obligé, sous peine de voir la ruine de ses fameux concerts, par la désertion des nymphes du chœur des Muses, de se soumettre aux caprices de ses sociétaires féminins. Il rompit avec les trois chanteuses, en observant les formes les plus aimables, et en montrant qu'il avait la main forcée dans cette circonstance.

Parthénope, Leucosie et Ligée étaient jeunes, belles, pétries de grâce, de talent et d'esprit. Elles n'eurent pas de peine à prendre un parti. Le gouvernement, inquiet de leur avenir, leur servit une pension. Avec de l'or, de la jeunesse et de la beauté, que ne hasarde-t-on pas? Est-il

un sort plus digne d'envie sur la terre? A-t-on à s'inquiéter de quelque chose? Le seul souci qu'on ait, c'est d'employer gaîment la journée d'aujourd'hui, sans se préoccu-
per de la veille ni du lendemain. Ces demoiselles regrettaient
quelque peu Delphes, qu'habitait leur mère. Mais les bien-
séances leur faisaient une loi de s'éloigner de cette ville, et
pour ne pas entrer en concurrence avec les artistes d'Apollon, elles résolurent d'abandonner la Grèce, et elles allèrent s'établir dans une villa charmante, située sur les bords
de la mer, entre l'île de Caprée et la côte d'Italie.

Ces dames firent de leur demeure un séjour délicieux.
Les frais ombrages, les pelouses verdoyantes, les cours
d'eaux vives et jaillissantes formaient des paysages ravis-
sants. Dans la belle saison, les malades auxquels la
Faculté prescrivait l'usage des bains de mer préféraient
s'établir dans le voisinage des demoiselles Calliope, plutôt
que d'aller se consumer d'ennui et de chaleur sur quelque
plage aride et solitaire. Ce concours d'étrangers engagea
les trois sœurs à donner des bals et des concerts. Tandis
que les jeunes gens se livraient aux plaisirs de la danse,
des tables de jeu appelaient dans des salons silencieux la
diplomatie et la finance.

Tout concourait donc à faire de cette île une retraite
enchanteresse. Les voyageurs qui passaient devant ce rivage
jetaient l'ancre et descendaient à terre. Là, ils se reposaient
des fatigues de leurs courses lointaines, se livraient à mille
distractions, dépensaient gaîment leur or et et savouraient les
charmes de la plus exquise hospitalité.

La renommée de ces dames ne tarda pas à se répandre
au loin et à travers les mers. Elle arriva à Delphes. Les
détracteurs d'Apollon et des Muses publièrent les succès

20.

des trois sœurs avec une perfidie et un acharnement qui devaient désespérer le Conservatoire. Il n'était plus question que de ces virtuoses. Elles effaçaient leurs rivales en beauté, en talent. On devait s'occuper de les faire revenir dans leur patrie, car les premières écolières d'Apollon commençaient à vieillir et à perdre une grande partie de leurs moyens. On persiflait l'éternelle jeunesse des neuf Muses : on raillait la fraîcheur argentine du timbre de ces voix dont on recueillait les mélodies depuis vingt années.

Mademoiselle Thalie, la comédienne du vaudeville, avait pris de l'embonpoint et manquait d'agilité et de gentillesse.

Un indiscret se moquait de la perruque blonde dont se coiffait l'altière Melpomène, dans l'espoir de déguiser ses cheveux grisonnants.

La Terpsychore n'avait plus de dents et dansait d'un pied lourd et affaibli.

Et soudain, les prôneurs des demoiselles Calliope s'étendaient sur la jeunesse et l'éclat de leurs chères héroïnes.

Rien n'était comparable au chant de Parthénope. Sa chevelure d'or était d'un soyeux et d'une abondance sans pareille. L'azur de ses yeux bleus effaçait la teinte pure et limpide du ciel asiatique. Les fleurs n'avaient pas plus d'éclat que son visage, formé d'une goutte de rosée et d'un œillet aux tendres couleurs.

Leucosie chantait et dansait comme on n'avait jamais ni chanté, ni dansé. Si l'on voulait parler de sa taille, de son front, de ses yeux, on comparait la noblesse de son port à celui d'une déesse. L'intelligence et la vivacité de son front et de ses yeux inspiraient le dévoûment et le respect.

Quant à Ligée, elle plaisait surtout par le goût qui présidait à sa toilette. Elle se mettait à ravir. Ses robes

étaient délicieuses et ses coiffures délirantes. Ajoutez à
toutes ces qualités le précieux et estimable avantage de la
jeunesse, et il est facile de se convaincre de la supériorité
des demoiselles Calliope sur le mérite suranné des neuf
Muses.

Cette jeunesse, qui échappait aux Muses, donnait à la
beauté des trois sœurs cet imprévu, cette fraîcheur, cette
grâce, ces couleurs aux teintes si pures et si tendres qui
charment et subjuguent. Elles brillaient des fleurs du printemps qui inspiraient aux jeunes cœurs des émotions divines, tandis qu'elles rendaient immobiles les vieillards, et
arrachaient de leur âme refroidie un soupir, une larme,
leur dernier hommage aux charmes de la beauté et de
l'amour.

On racontait encore qu'Orphée, si hâbleur et si intrai-
table, avait séjourné quelque temps auprès d'elles, et qu'il
en avait conservé un souvenir des plus agréables. On allait
jusqu'à dire qu'Ulysse, le grave Ulysse, à son retour du
siège de Troie, n'avait pu, malgré son extrême désir de
revoir sa chère Ithaque et sa fidèle Pénélope, s'empêcher
de suspendre sa course pour entendre les Sirènes. Transporté d'admiration, aux accents enchanteurs de ces filles
divines, il avait été obligé de se faire violence pour remettre à la voile. Ne parlait-il pas déjà d'abandonner son
navire et de prolonger éternellement son séjour dans cette
île frémissante de joies, de danses et de suaves harmonies!

Au récit du triomphe éclatant des demoiselles Calliope,
la jalousie des Muses ne connut plus de bornes. Elles
allaient tomber du faîte de leur brillante position dans un
obscur abandon. La couronne qui ceignait leur front se
flétrirait aux rumeurs empoisonnées de leurs ennemis.

On ne parlait plus de leur beauté, de leur talent. Trois fillettes effaçaient, dans un coin perdu d'un promontoire sauvage, les neuf Muses et le Conservatoire de Delphes.

C'était à mourir de confusion et de rage !

Il faudra à tout prix écraser ces rivales. Pour arriver à ce but, quel sera le moyen dont se serviront les sociétaires d'Apollon ?

Mieux qu'aucune femme du monde, ces dames appréciaient la puissance de la presse. Ne devaient-elles pas une bonne partie de leur gloire aux réclames que leur avaient prodiguées leurs amis du feuilleton ? Pour frapper de mort les demoiselles Calliope, elles se décidèrent à les poursuivre d'une attaque incessante dans les journaux de tous les formats.

Les Muses s'accordent entre elles pour la première fois de leur vie, sans calembour. La vengeance les unit. Elles courent chez les gazetiers et les supplient de prendre les filles Calliope à partie et de les écraser impitoyablement à leur profit. Elles assaisonnent leurs discours de promesses en tout genre. Les publicistes parlent de scrupules, de ménagements. Ils comprennent la position désespérée de ces dames ; mais les demoiselles Calliope ne méritent pas de semblables outrages. Elles sont si jeunes et elles inspirent un si tendre intérêt ! Elles ont abandonné leur famille et leur patrie. Cette absence ne les rend-elles pas plutôt dignes de pitié que d'envie ?

Les Muses devinent les hésitations de ces messieurs. Elles souscrivent à toutes les exigences. Les difficultés s'aplanissent comme par enchantement, et, en se retirant, ces dames emportent la certitude d'une prompte et complète vengeance.

Dès le lendemain les journaux commencent à *entreprendre* les trois sœurs de Caprée.

La polémique qui s'engage à ce sujet mérite d'être rapportée, tant elle est conduite avec perfidie et habileté.

XXIII

LE GÉNÉRAL ULYSSE D'ITHAQUE, DIT LE JUIF-ERRANT

Les Muses poursuivent les belles de Caprée de leur violence. —
Un article de la *Revue musicale*. — Le *Constitutionnel* s'empare de l'anecdote. — Les savants qui exploitaient la spécialité des monstres. — Ce qu'on doit penser de cette industrie qui refleurit à notre époque. — Réclamation d'un officier
de marine en retraite. — Le *Charivari* se moque de tout le
monde. — Il fait une réclame sur le Grandville de cette époque à propos des fables d'Esope. — Une lettre signée Ulysse
d'Ithaque. — Les doléances de ce prince sur sa femme Pénélope et sur les bêtises que l'auteur des aventures de Télémaque fait commettre à son fils. — Triomphe des Muses. —
Déconfiture des Sirènes. — Une réflexion aussi juste que
triste.

Le premier article dans lequel on attaqua les demoiselles
Calliope fut inséré dans la *Revue musicale*. L'auteur de
l'article, pour mieux déguiser la main qui portait ce coup,
s'avisait de reproduire une lettre qu'un voyageur dilettante
était censé avoir adressée au rédacteur de la *Revue*.

Cette lettre était ainsi conçue :

 « Monsieur le rédacteur,

 « Veuillez me permettre de communiquer à votre estimable journal des renseignements aussi exacts qu'oppor-
tuns dans une question qui préoccupe vivement l'opinion
publique. L'esprit d'indépendance et de loyauté qui préside
à la rédaction de votre estimable journal fait une loi à tout
homme d'honneur de vous porter des renseignements propres à éclairer la conscience de vos lecteurs.

 « Je suis à même de vous donner des détails sur les fa-
meuses chanteuses que la Sicile cherche depuis quelque
temps à opposer à celles de la Grèce. J'ai vu, j'ai entendu
ces dames. J'ai passé trois semaines auprès d'elles. J'ai vécu
dans leur intimité. Je puis donc à cette heure en parler pertinemment.

 « Mesdemoiselles Parthénope, Leucosie et Ligée sont médiocrement jolies. Elles n'ont que la beauté du diable, la
jeunesse. Elles sont ornées d'une fraîcheur équivoque et
leur chef est couronné d'une chevelure crépue, semblable à
une brosse en chiendent. Quant à leur toilette, elle sort du
sac d'une revendeuse, et nos élégantes de Delphes recon-
naîtraient dans la garde-robe de ces demoiselles les habille-
ments qu'elles ont donnés à leurs femmes de chambre, au
renouvellement de la saison. Ces caméristes ont vendu ces
défroques au Temple : de ce marché, ces oripeaux ont été
exportés en Sicile, à la grande joie des belles de cette province.

 « Elles se disent musiciennes, afin d'avoir un prétexte
quasi honnête pour attirer les étrangers chez elle ; mais

nous savons pertinemment qu'elles sont plus près de l'école de madame Vénus de Paphos, que de celle du maëstro Apollon. Elles font le métier de ces demoiselles qui, dans la grande rue de Delphes, tiennent boutique de parfumerie éventée, de cols, de gants, de cravates et de bretelles défraîchis. Vous aurez remarqué que les femmes n'entraient jamais dans ces boutiques.

« Les hommes seuls les fréquentent ; et vous n'ignorez pas que ces empressées marchandes introduisent les chalands dans l'arrière-boutique sous le fallacieux prétexte de leur essayer des bretelles.

« Le procédé est ingénieux : le pavillon marchand couvre la contrebande amoureuse.

» Il en est de même chez les trois sœurs Calliope. Le pavillon musical couvre le commerce de Cythère.

« Ces dames ont en effet des mœurs plus qu'équivoques. Elles habitent sur les bords de la mer de Sicile, afin d'échapper à la surveillance des préfets de police.

» Leur industrie consiste à louer des appartements garnis aux individus qui, sous le prétexte de prendre les bains de mer, sortent de chez eux aux premiers beaux jours de juin, et courent consumer les doux loisirs que leur procure leur fortune dans des distractions champêtres et aquatiques.

» L'hôtel garni que tiennent ces trois dames est fréquenté par les étrangers. Ils y trouvent une bonne table, des soirées égayées par des concerts, des danses et des tables de jeu. Je dois à la vérité de confesser que les trois sœurs font les honneurs de cet hôtel avec autant de grâce que d'entrain. Elles sont médiocres musiciennes, détestables danseuses, excellentes convives.

» C'est par ces motifs que ces trois filles ont été surnommées *Sirènes* (de notre mot grec *seira*, qui signifie chaînes, comme pour dire qu'elles enchaînent les partisans de leur amabilité).

« Les sieurs Orphée et Ulysse se sont arrêtés dans leur île et ils y ont fait quelque séjour. C'est assez vous dire, en nommant ces messieurs, quels loisirs les ont charmés.

« De tout ce qui précède, vous devez conclure, monsieur le rédacteur, que nous avons été les dupes d'une odieuse mystification. Nous avons pris pour des artistes recommandables d'habiles industrielles.

« J'en ai dit assez pour arrêter le scandale dont nous sommes affligés depuis quelque temps. Dorénavant, on cessera de comparer d'indignes créatures à de nobles personnes dont le talent a procuré de si délicieuses distractions à la ville de Delphes. La morale et le bon goût seront satisfaits du jour où l'on aura oublié les Sirènes, qui représentent l'oisiveté, pour revenir aux Muses, qui représentent la vertu.

« Agréez, monsieur le rédacteur, etc. »

Cet article causa une grande rumeur dans le monde artistique et littéraire, et si le crédit des Muses ne fut pas relevé du coup, le mérite des Sirènes commença à souffrir de cette attaque.

Quelques jours après le *Constitutionnel* publiait le *fait-Delphes* suivant :

« On a découvert, près de l'île de Caprée, une espèce nouvelle d'être humain. C'est un individu dont la tête et le corps, jusqu'à la ceinture, appartiennent à une femme, et dont le reste du corps appartient à un oiseau.

« Nous espérons que les membres de l'Académie des

21

sciences nous donneront des explications sur ce singulier
phénomène; nous le recommandons à l'attention des savants
qui exploitent la *spécialité des monstres.* »

Nous ferons remarquer en passant à nos lecteurs que
déjà, dans ces siècles si éloignés de notre civilisation, les
érudits, pour masquer leur ignorance et se créer des loisirs
au bal, à la chambre, au théâtre, avaient imaginé le chapitre des *spécialités.* Aujourd'hui, nous avons des médecins
pour les canards poitrinaires; il en existe pour les maux de
tête, d'autres pour les maux d'estomac. Tout cela, bref, est
infiniment stupide, mais réussit. Par quel secret; c'est
l'éternelle histoire de l'éternelle sottise des tristes humains.

Mais ce qui nous a toujours paru le *nec plus ultrà* de cette
industrie, c'est la création de la spécialité des monstres.
Comprenez-vous un monsieur quelconque auquel le gouvernement prodigue des appointements considérables, des honneurs, une villa délicieuse au Jardin des plantes et qui
passe sa vie à étudier les veaux à deux têtes, les boucs à
trois cornes, les lapins sans pattes, les enfants à deux nez,
toutes choses horribles et contre nature qu'au lieu de signaler il serait de bon goût d'étouffer dans l'oubli. C'est le
culte du laid, c'est la science des monstruosités; j'estime
davantage le culte du beau, et la science qui s'occupe de la
perfection des races.

Revenons à nos moutons.

Le lendemain, un soi-disant officier de marine en retraite
écrivait au *Constitutionnel :*

» Monsieur le rédacteur,
Vous annoncez, sur la foi de l'un de vos correspondants,

que l'on a découvert près de l'île de Caprée un animal à la tête d'une femme et au corps d'un oiseau.

» Vous avez été mal renseigné. Le fait dont votre correspondant vous entretient n'est pas nouveau. Voici l'exacte vérité :

» Il y a dix ans, au retour d'une expédition en Sicile, notre frégate la *Vénus* aperçut sur une île déserte un animal qui avait la tête d'une femme et le corps d'un poisson.

» Agréez, monsieur le rédacteur, etc.

» K..., officier de marine en retraite,

» 21, rue de Delphes. »

Le *Charivari* prit l'affaire sur un ton différent, et publia l'article suivant, orné de vignettes aussi gaies que spirituelles :

» Il a été question, ces jours-ci, des Sirènes. Nous sommes allés aux renseignements, et nous venons jeter une vive lumière sur ce débat.

» La *Revue musicale* a publié la lettre d'un voyageur sur les Sirènes. Cette lettre a été fabriquée ici même ; car les Sirènes n'ont jamais existé.

» Les grands journaux, en l'absence des chambres, se livrent à de fantastiques élucubrations. Ils cultivent le *canard* avec un zèle et un bonheur adorables. Cette année, les Sirènes de Sicile ont remplacé les araignées dilettantes, les chiens philanthropes et le grand serpent de mer.

» Les Sirènes, dans les colonnes de nos grrrands confrères, sont un jour des femmes déguisées en oisons, des oisons déguisés en femmes, et, un autre jour, des femmes métamorphosées en poissons, des poissons habillés en femmes.

« Mettez vos lunettes, ô grrrands journalistes ! Les Sirènes sont des oiseaux et des poissons qui se travestissent
pour aller au bal masqué. Le spirituel Grandville n'en a-t-il
pas crayonné un modèle dans les illustrations des *Fables* du
sieur Esope, éditées par la maison Paulin et Dubochet.

« Les bêtes ont quelquefois de singulières imaginations,
ô grands politiques que vous êtes ; vous savez la chose mieux
que personne. »

Quelques jours après, un petit journal, le *Mercure de
Delphes*, publiait une lettre signée Ulysse d'Ithaque :

« Monsieur le rédacteur, les journaux de Delphes ont
fait intervenir dans leurs colonnes ma personne et mon
nom, à l'occasion des demoiselles Calliope, Parthénope,
Leucosie et Ligée, dites les Sirènes. Ils m'assignent auprès
de ces dames un rôle fort original. C'est une calomnie
ajoutée à toutes les calomnies dont mes ennemis ne cessent
de m'abreuver depuis vingt années que je suis entré dans la
carrière des armes et de la politique. Leur rage s'est accrue
de mon silence. Il est temps une fois pour toutes de faire
justice de ces turpitudes.

« Ais-je besoin de déclarer qu'il n'y a pas un mot de vérité dans cette anecdote des Sirènes ?

« L'opinion publique n'hésitera pas à se déclarer contre
des écrivains malfaisants, en faveur d'un ancien soldat qui
croit avoir rendu quelques services à la cause des Grecs
coalisés lors du siège de Troie.

« Un jour, c'est ma prudence qu'ils taxent de couardise.

« Une autre fois, c'est une expédition périlleuse, tentée
au péril de ma vie, et parmi les obstacles d'une nuit ora-

geuse, qu'ils signalent comme une lâcheté et un odieux
guet-apens.

« Hier, c'étaient les chevaux de frise que j'ai fait élever
autour de l'enceinte de Troie, et au moyen desquels nous
avons pu forcer les travaux avancés des assiégés, que l'on
travestit en chevaux à bascule.

« Aujourd'hui ils me dénoncent comme un écumeur de
mer, courant les promontoires isolés, tandis que le soin de
ma fortune et de ma famille doit me rappeler au sein de ma
chère île d'Ithaque.

« La haine de mes ennemis n'a pas été satisfaite des attaques qu'elle a dirigées contre ma vie politique. Elle s'est
glissée dans mon foyer domestique. La vie privée n'a pas
été murée pour elle. Aussi le nom de ma femme adorée
a-t-il retenti dans les journaux. On a compté ses soupirants,
alors que j'étais guerroyant pour la cause commune de nos
chères cités. Un critique a imaginé l'histoire d'une tapis-
serie entamée le jour et détruite la nuit. Mon repos, mon
honneur conjugal ont servi de pâture aux plus odieuses accusations.

« Un auteur ne s'est-il pas avisé, dans un style semi-
profane et mystique, d'écrire à l'usage des dauphins (ne pas
confondre avec l'intelligent poisson qui fréquente nos
côtes) un roman fadasse, intitulé les *Aventures de Télémaque*, fils d'Ulysse !

« Dans ce livre, mon fils joue le rôle d'un grand benêt.
Il est flanqué, ainsi que l'aîné d'une maison d'Autriche ou
d'Angleterre, d'un insipide précepteur, M. Mentor. Sous
le prétexte d'inoculer à son élève des principes monar-
chiques, M. Mentor lui débite une série de maximes
républicaines et lui inspire un farouche sans-culotisme.

21.

C'est ce qu'on est convenu d'appeler de la *démocratie paci-fique.*

« Ce monsieur abuse étrangement de la naïveté d'un gaillard de vingt-cinq ans : il le détourne du mariage, en lui persuadant que les demoiselles ne sont que des oies à la mère Philippe. Le plus odieux de ce roman, c'est de montrer un fils qui expose sa robe nubile aux ronces du chemin, pour ramener dans ses foyers un malheureux père livré à tous les excès de la table et du vagabondage. Jusqu'à ce jour, les pères avaient couru après leurs fils récalcitrants. Tout est changé. L'auteur des *Aventures de Télémaque* pense, toujours dans l'intérêt de la morale, à l'usage des dauphins (ne pas confondre avec les poissons de ce nom), que les fils valent mieux que les pères, maxime qui doit rehausser considérablement l'autorité des pères de famille.

« Quant au séjour de mon fils dans l'île de Calypso, je me tais par respect pour l'honneur de l'une de mes plus chères parentes. Ma cousine Calypso a accueilli son neveu Télémaque avec une amitié qui nous fait espérer qu'elle l'instituera héritier de ses nombreuses propriétés.

« Quant à la fable des Sirènes, voici les faits sur lesquels elle a été imaginée :

« En longeant les îles de Caprée, nous avons rencontré des oiseaux au plumage radieux ; leur gazouillement ressemble à la voix humaine dont ils imitent les intonations les plus variées. Nous leur avons donné le nom de *perroquets.* L'équipage les a chassés, et nous avons percé de nos flèches ces innocents volatiles.

« J'en ai fait empailler d'eux : ils décorent la cheminée du boudoir de madame Pénélope Ulysse.

« Cette explication suffira, je l'espère.

« Je n'aspire qu'à vivre dans la solitude. J'ai payé ma dette à ma patrie et à nos alliés. Faites au vieux guerrier un repos honorable sur la fin de ses jours.

» Désormais, si ces odieuses imputations se renouvelaient, je poursuivrais devant les tribunaux les calomniateurs, que ma longanimité n'aurait pas désarmés.

» Agréez, monsieur le rédacteur, etc.

» ULYSSE D'ITHAQUE. »

» *P. S.* Je livre à votre appréciation l'ignoble et triviale complainte qu'un vaudeviliste a composé sur mes prétendues aventures, — complainte que psalmodient, à cette heure, sur l'air du *Juif-Errant*, tous les aveugles de la contrée. »

LA COMPLAINTE D'ULYSSE

Or, d'un grand capitaine,
Ecoutez, bonnes gens,
La misère et la peine
Qu'il eut pendant vingt ans.
Le nom de ce monarque
Etait Ulysse d'Ithaque.

Dessous Troie en Asie
Il fit bien des exploits ;
Sa ruse bien choisie
Fut un cheval de bois :
Il entra dans la ville
Par son ventre fragile.

La reine son épouse
Lui dit de revenir,
Car son humeur jalouse
La faisait tant maigrir
Qu'elle avait bien la mine
D'une pauvre sardine.

Alors ce bon monarque,
Avec ses compagnons,
Monta dans une barque
Armée de cent canons,
Fort bien doublée en cuivre,
Et bien fournie en vivres.

Chez madame Circée,
Princesse comme il faut,
D'une manière aisée
Alla notre héros.
Manquant de politesse
Elle lui fut traîtresse.

Avec drogues mignonnes,
En ignobles pourceaux,
La dame maquignonne
Soldats et matelots.
De chez cette inhumaine,
Il va chez les Sirènes.

C'étaient des femmes libres
Qui chantaient des rondeaux,
Se nourrissant pour vivre
De chair d'homme en morceaux.
Le roi voyant la broche
Ne veut pas qu'on l'accroche.

Chez le fidèle Eumée
Il revit son moutard ;
Aussi sa dame aimée,
Disant : — Vous venez tard ;
Et son pauvre caniche
Qui pleurait dans sa niche.

A son dîner, la dame
Lui dit : — Mon cher époux,
Ne quittez votre femme,
Plantez ici vos choux.
La paix fait la richesse,
La guerre la détresse.

Il n'est pas besoin de répéter au lecteur que cette lettre avait été inventée; mais elle n'en eut pas moins un grand retentissement, et porta un coup terrible à la renommée des demoiselles Calliope. Le sieur Ulysse, dédaignant d'engager une polémique avec le *Mercure de Delphes*, ne s'inscrivit pas en faux contre l'authenticité de cette lettre.

Ces plaisanteries, renouvelées chaque jour sur le compte des Sirènes, finirent par devenir populaires. On ne se borna pas à les ridiculiser, à attaquer leur talent, leur beauté, leur conduite; elles fournirent encore matière à mille caricatures plus ébouriffantes les unes que les autres.

Tantôt elles étaient représentées avec une queue de poisson, tantôt avec un corps d'oiseau. Ici on les voyait attablées avec Orphée, et chantant le verre à la main. Là-bas, on les montrait faisant des agaceries à Ulysse qui, par précaution, se bouchait les oreilles avec de la cire, afin d'échapper à leurs séductions.

Bref, ces pauvres filles furent exposées à toutes les excentricités de la presse. Le public prit du goût à ces railleries, et s'habitua à ne considérer ces artistes que comme des filles peu intéressantes. Bon nombre d'individus adoptèrent l'explication des Sirènes attribuée à Ulysse, et ne virent dans ces demoiselles que des perroquets.

Il n'en fallait pas davantage pour perdre les trois sœurs de réputation. Le monde se détacha d'elles. Leur île cessa d'être fréquentée. Il ne fut plus question de ces aimables filles, et elles finirent tristement leur vie dans un état voisin de la misère.

On dit même que l'aîné de ces dames, Parthénope, après avoir enseveli ses sœurs, revint à Delphes. Elle ne put obtenir une représentation à son bénéfice; elle se vit exclue

des troupes chantantes de l'Opéra. Repoussée de partout,
elle alla s'asseoir à la porte du Conservatoire de musique,
et là, sous la livrée d'une pauvre mendiante, elle tendit sa
main à l'aumône du passant.

Telle fut la fin de Parthénope. C'est ainsi que la jalousie
de quelques femmes, secondée par les calomnies de la publicité, causa la ruine de trois artistes qui, si elles avaient été
encouragées à leur sortie du Conservatoire de musique, seraient devenues l'ornement et la gloire des premières scènes
lyriques de la Grèce et de l'Italie.

Combien ne rencontre-t-on pas à Paris de jeunes élèves
du Conservatoire, pleines d'avenir et de talent, que l'on sa-
crifie impitoyablement à de vieilles renommées! Ne faut-il
pas que certaines dames jouent jusqu'à l'âge de soixante
ans les rôles de naïves Agnès? Les chanteurs repoussés des
rangs de la garde nationale, à cause de leurs infirmités,
peuvent-ils céder le pas à des artistes de vingt ans?

Néanmoins, l'injustice des contemporains de Parthénope, Leucosie et Ligée n'a pas triomphé de l'équité des
siècles. Le souvenir de ces intéressantes filles est arrivé
jusqu'à nous. Il s'en exhale les parfums les plus suaves et
les mélodies les plus énivrantes. La postérité nous a appris
qu'elles étaient pétries de beauté et de talent. Aussi leur
nom est-il devenu le synonyme d'enchanteresse. Aussi la
peinture et la sculpture se sont-elles à l'envi empressées de
reproduire leurs images chéries. Les voyez-vous courant
sur les flots, avec leurs bras d'ivoire et leurs lèvres en-
jouées? Ici, elles tordent leurs longues chevelures, toutes
chargées de l'humidité des ondes; là, elles forment un
chœur de chanteuses aux lyres harmonieuses. Plus loin,
elles exécutent sur les gazons fleuris des danses ravissantes.

Jamais le culte des Sirènes ne mourra; car le culte du talent et de la beauté vivra éternellement.

Le nom d'Orphée a retenti à l'époque de leur séjour dans l'île de Caprée. Il est temps de nous occuper de cet illustre et singulier personnage.

XXIV

LINUS, INVENTEUR ET FABRICANT DE CORDES DE NAPLES.

Un chapitre fort sérieux et fort savant et dans lequel il est beaucoup plus question des choses d'aujourd'hui que des choses
d'autrefois.

Nous préférons à la démarche raide et saccadée d'une sèche
quakeresse, la course rieuse et vagabonde d'une insouciante
grisette. Nous tenons plus compte des caprices de notre
imagination que des règles d'une inexorable logique ; aussi
nous arrive-t-il souvent qu'au moment d'entamer un sujet,
nous nous jetions sur celui qui ne devait paraître qu'en
seconde ligne.

Les sirènes nous avaient conduit à Orphée : nous reli-
sions, dans les Géorgiques de Virgile, l'épisode d'Eurysthée, pour rafraîchir nos souvenirs, lorsque nous nous
aperçûmes que nous avions négligé l'un des disciples favoris d'Apollon, dont le nom avait été à peine prononcé dans
l'histoire des faits et gestes d'Hercule, étudiant en médecine à la Faculté du mont Pélion, sous la direction du doc-

teur Chiron. C'est de Linus qu'il s'agit. Nous tenons d'autant plus à nous occuper de ce personnage, que nous rencontrons l'occasion de soulever une ou plusieurs questions intéressantes, et de les traiter avec un sérieux digne des Académies tant de la province que de Paris.

Revenons un moment sur nos pas.

La persévérance et le mérite du maëstro Apollon ne pouvaient manquer d'être couronnés de succès.

Grâce à ses efforts, la musique avait fait de grands progrès; cet art, qu'il avait pris à sa naissance, il l'avait porté à son apogée. Il ne se contentait pas de diriger avec habileté les orchestres et de leur enseigner une précision, un ensemble remarquables; il s'adonnait encore à la composition.

A ce propos, il nous sera permis de discuter une opinion, admise depuis des siècles, par les savants et les antiquaires, et que nous combattons comme erronée.

Les anciens, dit-on, ne connaissaient pas l'harmonie et la mélodie. Leurs mélopées, leurs cantiques étaient chantés sur trois notes et se traînaient sur un mode aussi monotone que barbare. Lorsque un auteur moderne tente de mettre en musique des stances calquées sur les strophes des poètes antiques, nous le voyons s'appliquer à suivre un rhythme lent, uniforme, et s'évertuer à imiter une sorte de plain-chant.

Vous avez déjà vu le détail de la symphonie héroïque d'Apollon, le nome *Pythien*; nous avons fait connaître les nomes *Orthien*, *Trochaïque* et *Harmalique*; nous avons encore placé sous vos yeux les danses que l'on exécutait à l'Académie de musique dont Terpsychore était le premier sujet. Vous savez aussi qu'Apollon jouait d'une lyre ou

22

d'une harpe à sept et à neuf cordes. La flûte, le hautbois, la trompette, mariaient leurs accords sous son habile direction.

Eh bien, admettez-vous qu'avec de pareils éléments, l'art musical antique en fût réduit aux proportions mesquines et grossières que vous lui assignez? Avec ses neuf cordes, Apollon peut donner des accords. La flûte et le hautbois parcourent deux octaves et demie, et passent alternativement des tons naturels, dans les tons mineurs et majeurs. La trompette confond ses notes stridentes avec les gammes accidentées des instruments à cordes et à vent armés de tons et demi-tons.

De là, l'harmonie et la mélodie.

L'harmonie doit être la combinaison des diverses intonations entre elles.

La mélodie, c'est le chant. Or, la trompette ne peut s'accorder avec les instruments qui l'ont devancée, qu'à la condition que ces instruments moduleront de façon à se joindre à son ton d'*ut* ou de *mi* bémol.

Ainsi, dans le nome *Pythien*, la troisième partie de l'*iambe* est ouverte par un solo de trompette qui sonne la charge; ce chant est continué par les instruments à vent auxquels le musicien confie la tâche de reproduire la marche et la lutte du serpent.

Pour exprimer de tels effets, ne faut-il pas connaître l'harmonie et la mélodie? Le compositeur tient à sa disposition plus de trois notes.

Le nome *Harmatique* est une sorte d'élégie.

Le nome *Trochaïque* est un chant héroïque.

Le nome *Orthien* est une chanson de soldat.

Ces trois compositions n'affectent-elles pas un caractère

bien distinct? Or la mélodie seule leur donnera un caractère d'originalité.

Le chant héroïque se produira dans un mode majeur et
sur un allegretto à deux-quatre, aussi brillant que majestueux.

L'élégie gémira dans un mode mineur, se traînera sur
un andante à trois-quatre ou à six-huit.

En un mot, vous admettrez bien avec nous que le musicien ne chantera pas la victoire des héros sur le mode qu'il
emploiera pour exprimer la douleur troyenne penchée sur
le cadavre d'Hector lié au char d'Achille.

Vous savez qu'aux danses graves, les anciens préféraient
les danses gaies et bouffonnes. Eh bien, maintiendrez-vous
que la *danse de l'Innocence* aurait eu le même caractère que
la *Léda*, valse pétulante par excellence, ou qu'une *Bacchi-
que* plus ou moins chancelante d'ivresse et semée de poses
ridicules, dans laquelle *la raison est foudroyée par le vin*,
selon l'expression d'Archiloque. Le caractère pudique de
l'une, le caractère joyeux des autres s'exprimaient sur des
modes différents et par des gammes d'origine commune,
mais modifiée essentiellement par des modulations diverses
nées de la mélodie et l'agencement des accords commandés
par une judicieuse et savante harmonie.

L'échelle musicale et l'instrument de musique qui expri-
ment, l'une, par des *signes* écrits, l'autre par les *sons* l'œuvre du compositeur de musique, très bornés dans l'origine,
chez les Grecs, reçurent successivement de nombreux ac-
croissements; ainsi, 700 ans avant l'ère chrétienne, le
harpiste lesbien, Tespandre, ajouta aux quatre anciennes
cordes montées sur la harpe, trois nouvelles cordes; c'est
à dire qu'il reprit et vulgarisa l'invention d'Apollon.

Le Phrygien Olympos et l'Arcadien Klonas, tous deux joueurs de flûte, composèrent et enseignèrent les premiers nomes sur la flûte.

Cent ans plus tard, Arion, harpiste, chanteur, compositeur, poète, modifia essentiellement les chants, en l'honneur de Bacchus. Il en fit une composition d'un caractère dramatique qu'exécutait, en chantant et en dansant, un chœur formé de cinquante sujets pris dans la danse et dans la musique.

Arion, parait-il, voyagea beaucoup et s'enrichit en donnant des représentations, aux fêtes et aux anniversaires.

Quelques années après Arion, Stédichorse apporta d'importants perfectionnements dans l'art de grouper et de diriger les chœurs (1).

Et la Grèce, et la Sicile, et l'Italie d'applaudir, dans ces âges reculés, le musicien, comme elles applaudissaient le statuaire, l'architecte, le peintre — mais leurs louanges s'adressaient de préférence, et avant tous autres, au poète.

Aujourd'hui, le poète est subordonné au musicien; comme si la création au lieu de procéder du premier, était le fait du second.

M. Scribe, qu'il est de bon goût de louer à cette heure, et contre lequel, il y a quelque vingt ans, on exhalait ses dédains, — mais alors l'obésité de la cinquantaine ne nous avait pas encore soufflé cette banale et nauséabonde indulgence, les délices de la médiocrité, que nous infligeons à tout propos et à tout venant, nous portions bien haut la

_____

(1) Voir le précieux et très remarquable ouvrage — *Histoire de la Grèce*, etc., par G. Grote, traduit de l'anglais par E. Sadous. — T. V, fol. 261 et suivants.

simplicité, la foi, le désintéressement, la confiance de la
jeunesse ; l'on conspuait l'Académie, où l'on ne voyait
qu'une nécropole, hantée par des fantômes..., *quantum mu-*
tatus ab illo; — M. Scribe, disions-nous, s'est fait le très
humble serviteur de messieurs les compositeurs d'opéras.
Le poète, la plupart du temps, travaille sur des *monstres*
que lui fournit le musicien ; ce qui est le comble de
l'ineptie; le suprême de l'abnégation ; le renversement stupide de toutes les notions du vrai, du juste, du sensé.

Aussi, comme marque de cette situation nouvelle, le
poète est-il devenu pour les théâtres lyriques le *parolier.*
Ce mot dit assez le cas que l'on en fait, le mépris dans lequel il est tombé.

Que la parterre se forme une opinion d'après le dialogue
suivant.

La scène se passe entre un auteur dramatique et un compositeur de musique.

— Nous avons ici, dira le poète au musicien, une situation intéressante et dramatique. Notre héroïne s'est
échappée du couvent pour rejoindre son amant. Elle erre
par la ville déserte; la nuit est noire et serrée, et couvre
d'une ombre favorable les mauvais garnements. A la première rencontre qu'elle fera d'un libérateur, notre infante
exprimera, troublée, haletante, les émotions diverses qui
l'auront agitée.

— Qu'à cela ne tienne, répondra le musicien. Je tiens
notre affaire.

— Comment cela ?

— Elle est renfermée dans mon portefeuille.

— En vérité.

— J'attendais l'occasion favorable de l'en faire sortir.

Vous me la fournissez à propos. Il y a six mois, dans une heure de gaîté, j'ai composé un air de walse charmant. C'est très réussi. Je le placerai à l'endroit que vous venez de m'indiquer.

— Mais, cher maître, la situation commanderait...

— Que m'importe la situation, si mon air est joli...

Tout au contraire de nous, les anciens avaient l'admiration, le respect du poète, créateur de l'idée, du sentiment, du personnage, de la situation et des diverses péripéties du drame. Ils ne sacrifiaient jamais *la parole au son*. Pour eux, la musique n'était que secondaire; elle était entièrement subordonnée *aux pensées qui respirent et aux paroles qui brûlent*. Ainsi, s'exprimait Aristophane dans les *Nuées*, comme l'écrirait Jules Janin.

Déjà, à l'époque d'Aristophane, on se plaignait que le rapport primitif entre l'accompagnement instrumental et les mots fut renversé réellement. Le jeu de la flûte et de la harpe, c'est à dire l'accompagnement, commençait à devenir plus travaillé, plus abondant, de façon que le musicien gagnait une importance illogique et périlleuse au grand détriment du poète.

A vingt-cinq siècles de distance, une des premiers musiciens modernes, Gluck, publiait dans la préface de la partition d'*Alceste* une sorte de manifeste qui n'était que la reproduction exacte des idées du grand comique grec en ces matières :

" Lorsque j'entrepris de mettre en musique l'opéra d'*Alceste*, disait Gluck, je me proposai d'éviter tous les abus que la vanité mal entendue des chanteurs et l'excellente complaisance des compositeurs avaient introduits dans l'opéra italien, et qui, du plus pompeux et du plus beau des

spectacles, en avait fait le plus ennuyeux et le plus ridicule.
Je cherchai à réduire la musique à sa véritable fonction,
celle de *seconder la poésie* pour fortifier l'expression des sentiments et l'intérêt des situations, sans interrompre l'action
et la refroidir par des ornements superflus ; je crus que la
musique devait ajouter à la poésie, ce qu'ajoute à un dessin
correct et bien composé la vivacité des couleurs et l'accord
heureux des lumières et des ombres qui servent à animer
les figures sans en altérer les contours « . . . .

. . . .
Si nous profitions de ces avertissements ! Il est vrai que,
si l'on s'y soumettait, on ruinerait l'industrie des entrepreneurs de livrets d'opéra.

Il suffit de cette courte digression pour bien établir notre
opinion. Peut-être nous sera-t-il donné de la compléter et
de détruire ce vulgaire préjugé qui refuse toute connaissance
et toute pratique de l'harmonie et de la mélodie aux anciens,
et qui ne leur accorde que trois notes.

En attendant, nous laissons ce soin à de meilleurs que
nous, et nous vous engageons à vous défier des prétentions
de la classique Académie en fait d'intuitions historiques.

Ces préventions contre les Hérodotes modernes vous
scandalisent beaucoup, messieurs? Vous avez été élevés
dans le respect et l'admiration des érudits à brevet. A Dieu
ne plaise que nous refusions la science infuse à ces graves
personnages ! Mais il nous sera promis, au moins une fois
dans notre vie, de nous élever contre l'abus immodéré que
l'on fait de ces suprêmes docteurs. On les emploie à toute
difficulté ; on les met à toute sauce. Ils sont bons, comme
le maître Jacques de Molière, à l'office, au carrosse, à l'anti-
chambre. Pareils à ces chevaux fatigués, sortis de quelque

illustre écurie, et dont les maquignons usent les derniers
moyens en les attelant aux cabriolets, aux fourgons, aux
calèches, ou en les disposant pour la course le dimanche,
ces messieurs traitent tous les sujets, se jettent dans les recherches les plus excentriques, et confectionnent du chinois,
du grec, du moyen âge, de l'antiquité avec une obstination
merveilleuse et lucrative. Si l'on en compte de studieux, de
désintéressés, d'érudits, on en rencontre de fort médiocres,
et c'est la règle générale. La plupart écrivent leurs ouvrages
comme des chevaux de fiacre, ce qui ne les empêche pas de
trôner au grand jour, entre Victor Hugo et Lamartine.
J'en sais, et des plus ambitieux et des plus remuants, qui
n'ont rédigé de leur vie que des notes. Leur industrie consiste à mettre au petit jour des mémoires de six feuilles
d'impression, sur la valeur d'un iota, sur l'origine d'un
nom plus ou moins propre.

Ceux-là sont réputés les princes de l'érudition. Ils res-
plendissent comme des soleils éclatants dans ces ténébreuses
et froides régions. Aux quelques bribes de latin et de grec
qu'ils possèdent, ils joignent une intrigue et une flagornerie
qui les poussent auprès d'un certain monde auquel il faut
à toute force des savants, vrais ou faux, comme il lui faut
des peintres, des comédiens, des musiciens, etc.

Quant à la difficulté qui nous occupe, à savoir, si les anciens connaissaient l'harmonie et la mélodie, vous n'ignorez
pas que cette difficulté a été traitée et tranchée par ces messieurs.

Or, nous repoussons la compétence de ces docteurs en
inscriptions tumulaires. Ce n'est pas en torturant des
phrases, expliquées depuis des siècles, que l'on arrive à
l'intuition historique. Cette faculté, nous l'apportons en

naissant. C'est le propre d'une imagination féconde et ingénieuse; c'est le sentiment de la poésie exquise, vraie, générale; c'est l'inspiration et l'aspiration céleste; c'est le
secret du génie révélateur qui, des hauteurs d'où il plane,
embrasse de son œil d'aigle le passé, le présent et l'avenir.

L'aigle! Hélas, les oies ont siégé de tout temps au Ca-
pitole!

Un exemple entre mille. Messieurs les hellénistes, vu
l'absence totale de docteurs versés dans la connaissance
des langues hiéroglyphiques, démotiques, hératiques, cu-
néiformes, s'étaient chargés de l'ancienne Égypte. A les
entendre, les sujets des Pharaons ne connaissaient, en fait
de musique, que les accords granitiques du colosse de
de Memnon, lequel chantait au soleil levant.

Mais comme il faut une explication à tout, pour répondre à la sollicitude de l'État qui paie les académiciens
dont les veilles enrichissent la science, il a été déclaré un
beau jour que la musique produite, au soleil levant, par
ladite statue de Memnon, provenait de ce que le granit,
refroidi par la nuit et la rosée, et subitement frappé par
les rayons d'un soleil de feu, — éclatait et s'émiettait, et
que de cet éclatement jaillissaient ces sons musicaux qui
émerveillaient les anciens.

A ce compte, un esprit inquiet, comme il s'en rencontre
quelquefois, aurait une remarque à faire. Si depuis six à
huit mille ans, que la statue est debout, chaque matin,
elle (la statue) a perdu une parcelle de son granit, quelque
minime que soit cette parcelle, — elle (la statue) doit avoir
considérablement maigri. Néanmoins elle est toujours
aussi bien portante qu'aux premiers jours de son érection.

Et cependant les choses sont bien changées depuis trois

mois ! Un poète éminent, Félicien David, revient d'Égypte,
et rapporte des contrées bibliques les plus suaves mélodies.
Pensez-vous que ces mélodies aient été composées par les
peuples abrutis sous la règle de Mahomet? Ne sont-elles
pas plutôt les derniers accents des anciens Égyptiens et des
Hébreux exilés des plaines d'Israël?

Nous n'avons pas besoin de relever des textes et des inscriptions pour appuyer cette opinion.

Des indiscrets nous demandent à quel titre nous insis-
tons si longuement sur ces matières, dans l'examen desquelles nous déployons une ardeur et une autorité à peine
excusables chez un maëstro illustré par de nombreux chefs-
d'œuvre.

Eh, mon Dieu ! nous allons répondre à ces impatiences
indiscrètes : nous parlons de musique comme un poète doit
en parler.

Chacun de nous porte en lui un sentiment plus ou moins
exquis de l'art. Nous n'imposons pas nos convictions. Nous
nous contentons de les traduire en un style simple et sincère. En outre, messieurs, vous êtes bien venus pour nous
interroger.

Laissez-nous dans notre petite sphère; allez interroger les
illustres de l'Institut, les quatre classes réunies.

Les illustres de l'Institut les juges par excellence !...

A quoi bon ces illustres, ces juges?

Pourquoi des classements, des distinctions. Quelle signification peuvent-ils avoir? Sont-ce aux plus dignes que les
places sont réservées sous la coupole du palais Mazarin ; et
n'est-ce pas aux plus médiocres qu'elles sont régulièrement
accordées.

L'élection est dirigée et enlevée par quelques meneurs.

La nomination ajoute-t-elle au mérite du nouvel immortel.

On répand qu'elle est la consécration du talent.

Quel est votre criterium ?

Le prenez-vous dans Meissonier ou Ingres, dans Rossini ou Meyerbeer, dans Viennet ou Victor Hugo ?

On naît candidat à l'Académie, comme on naît prince du sang. La valeur personnelle ne fait rien à l'affaire. Tout dépend du milieu dans lequel on arrive.

C'est une spécialité, à culture réglée, que celle de postulant à l'Académie.

Elle est exploitée par une certaine classe d'individus corrects, réguliers, effacés, respectueux. Ce sont les sages, les modérés, les discrets, tous gens impuissants par tempérament, qui ne commettent aucun écart, ne heurtent aucun préjugé ; qui se soumettent au contraire complaisamment à toutes les exigences les plus banales et les plus triviales de la société.

Rien de plus bouffon que la visite officielle exigée, en pareille circonstance, du postulant. Notre homme, tout habillé de noir, cravaté de blanc, ganté de violet, court saluer un à un ces immortels, et leur tient à peu de choses près ce langage, d'un air confus et pudibond.

— J'ai bien l'honneur... très illustre maître... Vous connaissez le motif de ma visite... Daignez voir de bon œil la... généreuse... émulation qui m'inspire... en m'accordant votre suf... voix... Ce n'est pas l'ambition... ma modestie... oh !... ma modestie... Je ne suis guère digne... Si vous pesez mes œuvres... Mais, mon amour de l'art... mon respect pour... la tradition... des saines doctrines... m'encourageaient dans cette recherche... Puis mes amis... ma femme... ma belle-mère... ma belle-mère surtout... me .

poussent... C'est un héritage glorieux à laisser à mes enfants, disent-ils, et qui les aidera... Je m'élèverai — très
illustre maître — en suivant vos exemples... Disciple
fidèle... la religion... la famille... dérobons-nous aux en-
traînements politiques... Fuyons 89 et 93...

(Ici une tirade contre la révolution française et la bour-
geoisie).

Que si vous m'écartez... vous livrerez la place aux in-
disciplinés... aux barbares qui se pressent à vos portes et
les ébranlent sous leurs efforts tumultueux... etc... etc.

Ce discours porte coup. Une belle après-dinée, la farce
est jouée et la galerie s'est enrichie d'un nouveau personnage, aussi décoloré qu'insignifiant...

Et vous voudriez... Fermons cette digression...

Nous ne devons pas oublier que le professeur Apollon
avait formé au Conservatoire de Delphes une école d'instrumentistes qui lui fut bien précieuse, pour exécuter ses
œuvres et celles des grands maîtres.

Les lauréats du Conservatoire de Delphes ne tardèrent
pas à s'établir dans les contrées environnantes, où ils répandirent le goût de la musique. Cette émigration artistique est la source de ces renommées brillantes qui sont
arrivées jusqu'à nous. Ainsi, tel disciple d'Apollon a
inventé tel instrument parce que le premier il a enseigné
cet instrument dans une cité quelconque. Nous sommes
portés à croire, néanmoins, que, parmi ces disciples, il en
est qui ajoutèrent aux découvertes du maître.

L'histoire nous a transmis les noms de deux artistes for-
més à l'école d'Apollon, sur lesquels nous avons manifesté
le désir d'arrêter notre attention.

Nous voulons parler de Linus et d'Orphée.

Les auteurs ne s'accordent pas sur la naissance de Linus. Les uns le font fils d'Apollon et de Terpsychore, les autres d'Isménius le Thébain. Peu nous importe qu'il vienne de celui-ci ou de celui-là ; il nous suffit de savoir que Linus fut un des hommes les plus distingués de son siècle.

Poète, philosophe, musicien, naturaliste, physicien, aucune des questions importantes de la science, de la morale et de l'art ne lui furent étrangères.

Il écrivit des livres sur l'origine du monde, sur le cours du soleil et sur la nature des animaux et des plantes.

Selon le témoignage de Diogène de Laërce, il enseignait que *tout avait été créé en un instant* (la génération spontanée). Cette doctrine dénote chez son auteur une grande hauteur de vues. C'est l'emploi de la synthèse sur la plus large échelle.

En poésie et en musique, il inventa le rhythme et la mélodie, au dire de Diodore de Sicile.

Nous apprenons par Plutarque que, le premier, Linus composa des champs plaintifs, c'est à dire qu'il fut le père de l'élégie. En effet, notre héros remporta le prix de poésie dans les jeux funèbres, où il célébra les vertus de Pélias.

Ce qui fait dire à M. Viennet, dans la préface de ses *Épîtres et Satires* (in-8°, Paris, Gosselin, 1845) : « Ce Pélias avait égorgé son frère pour usurper le trône d'Iolcos, et les premiers vers dont on se souvienne sont un mensonge ; mais Linus était un poète de cour et il avait peut-être une pension. »

Certes, nous professons une sincère estime pour le caractère de M. Viennet, mais la vérité nous commande de combattre l'opinion qu'il émet sur Linus.

Ce dernier n'était rien moins qu'un poète de cour, gras-

23

sement subventionné. Linus subventionné! Achevez de
nous suivre dans l'examen de sa vie, et vous verrez la misère et l'infortune frapper sans relâche un poète éminent
et un artiste distingué.

Il entra de bonne heure au Conservatoire de Delphes.
Apollon lui enseigna la lyre à trois cordes de lin et l'harmonie. Aussi, Linus, à seize ans, connaissait-il tous les
secrets de la fugue et du contre-point. La cantate qu'il composa pour le concours d'harmonie lyrique fut couronnée par
l'Institut.

Stimulé par une noble émulation et les plus délicieuses
espérances, notre jeune lauréat s'embarqua pour l'Égypte,
en qualité de pensionnaire renté par la ville de Delphes.

C'était à Memphis que la Grèce envoyait, pour perfectionner leur génie en herbe, les élèves qui avaient été pro-
clamés vainqueurs dans la peinture, la sculpture, la gra-
vure, l'architecture et la musique.

MM. les grands prix, pour la plupart fort médiocres
esprits, s'occupaient de toute autre chose à Memphis
que de cultiver l'art dans lequel ils s'étaient promis
d'exceller. Leurs journées s'écoulaient dans des courses
aux environs de la ville. On visitait les ruines célèbres;
sous le prétexte de rechercher la couleur locale et les
émotions violentes, on s'arrêtait dans les hôtelleries, on
saluait les bandits et on trinquait avec eux. Ces rencontres
devaient un jour donner naissance à ces agréables romances
que les compositeurs mettaient dans la bouche des jeunes
filles, et qui toutes roulaient sur les exploits des contre-
bandiers, les amours des pirates avec la *liberté sur la montagne*.

A la tombée du jour, nos artistes rentraient à Memphis

et consumaient leurs soirées dans un ignoble bouge décoré du titre de *Café grec*. Là, parmi les brouillards d'une fumée épaisse, on dégustait une tasse de café servie dans un verre (à un sou, le sucre compris); nos héros s'entretenaient de la patrie absente, des promenades et des aventures qu'ils avaient courues ; puis, on se séparait à minuit pour recommencer le lendemain la même vie.

Ce manége durait trois ans. Au bout de ce temps, ces pèlerins rentraient chez eux et traînaient dans une précaire médiocrité leur fortune et leur génie, et finissaient par s'ensevelir dans un atelier ou dans un orchestre de la banlieue.

De bons esprits blâmaient le gouvernement de ce qu'il envoyait, sous le prétexte spécieux d'étudier les grands maîtres, des jeunes gens à l'étranger, loin de leurs professeurs et de leur famille. Ils remontraient que Delphes et les principales villes de la Grèce possédaient des musées et des galeries les plus riches de l'univers en chefs-d'œuvre. Mais on s'obstinait à suivre la routine, et l'on ne se décidait jamais à supprimer ces pérégrinations incroyables, qui donnaient l'occasion de faire entreprendre des voyages d'agrément à des élèves qui auraient eu plutôt besoin de recueillement, de silence et d'étude, que de mouvement, de distractions et de fantaisies.

Ces errements sont encore de mode à l'heure où nous écrivons, et nous appelons en témoignage de notre critique les voyageurs qui ont été à même, ainsi que nous l'avons été nous-mêmes, de constater ces abus à Rome en plein dix-neuvième siècle.

Linus étudia à Memphis. A son retour à Delphes, il ne put obtenir un poème à mettre en musique pour la scène de l'Opéra-Comique. Pendant dix ans, il frappa à la porte de tous les directeurs ; pendant dix ans, il alla saluer, à leur réveil, les compositeurs de livrets. Directeurs et poètes lui refusèrent impitoyablement l'occasion de signaler son génie.

Un affreux découragement s'empara de Linus. La misère l'étreignait de ses griffes impitoyables. Il dit adieu aux beaux-arts, et se mit à voyager pour un des luthiers les plus riches de Delphes. Son commerce le conduisit à Naples. Enchanté du séjour délicieux de ce golfe, Linus s'arrêta sur cette plage aimée du ciel et donna des leçons sur la lyre à trois cordes, qu'on lui avait enseignée au Conservatoire de Delphes.

Il fit quelques écoliers. Bref, sa musique lui donna de quoi vivre. Le luthier qui, de Delphes, l'avait envoyé à Naples, le commandita. Bientôt Linus se vit à la tête d'une fabrique d'instruments des plus considérables. Ses bois et ses vernis étaient très recherchés. Aux expositions de l'industrie, il obtint des mentions honorables et des médailles de bronze, d'argent et d'or.

Un beau jour, il s'avisa de substituer aux trois cordes de lin, sourdes et privées de vibration, des cordes à boyau, sonores, graves et aiguës. Par cette innovation, Linus opéra une véritable révolution dans le système des instruments à cordes. C'est de son séjour à Naples que date la renommée des *cordes de Naples*.

Aujourd'hui même, les marchands de musique et les luthiers considèrent la fabrique des cordes à boyau de Naples comme supérieure à toutes celles que l'on a tenté d'élever. Bien peu d'artistes savent le nom de Linus. Il avait trop de désintéressement, et s'il avait pris un brevet d'invention et de perfectionnement, sa mémoire n'aurait pas été négligée.

Linus était d'une douceur et d'une modestie sans exemple. Nous avons raconté sa fin malheureuse, dans la biographie du préfet de police Hercule. Le lecteur n'a pas oublié que Linus avait donné des leçons de guitare à Hercule, lorsque ce dernier n'était encore que carabin à la Faculté de médecine du mont Pélion, sous la direction du docteur Chiron. Dans une soirée d'étudiants, Hercule voulut chanter : il manqua l'intonation. Linus crut pouvoir lui souffler l'accord. L'auditoire se moqua d'*Héraclès* (Hercule) qui, dans son dépit, assomma avec sa guitare le trop officieux Linus.

On fit courir le bruit que Linus avait succombé dans un duel avec Hercule, afin de soustraire le survivant à l'action des magistrats.

Un ami de Linus composa, sur cette douloureuse catastrophe, une élégie qui porta depuis lors le nom de *Linos*.

Dans la suite, ce titre de *Linos* fut donné à des chansons célèbres en Phénicie, à Chypre ; comme celui de *Manéros* fut donné, en Egypte, à un chant lugubre composé en l'honneur de Manéros, fils unique du premier roi d'Egypte et enlevé par une mort prématurée au trône qui l'attendait.

Le grand Orphée, qui va occuper notre attention, chantait ces *Linos* et ces *Manéros* avec une perfection et un goût exquis.

XXV

M. ORPHÉE, DOMPTEUR D'ANIMAUX FÉROCES

Compositions poétiques et scientifiques d'Orphée. — Sa pauvre architecture. — Les abus de la réclame. — Un monsieur qui fait danser la polka aux arbres et aux rochers. — La complainte d'Eurydice et le poète Virgile. — Embarras pécuniaires. — Un bel esprit aux prises avec les gardes du commerce. — Séjour d'Orphée en Egypte. — Retour en Grèce. — Orphée se livre à des exhibitions d'animaux féroces. — Ses succès. — Les bêtes sauvages sont remplacées par des dames et des messieurs. — Les clercs de la basoche à Paris et les clercs de Bacchus à Athènes.

La jeunesse d'Orphée fut confiée à la tendresse intelligente et paternelle d'Apollon. Touché de la grâce et de l'esprit de son jeune disciple, le maëstro de Delphes s'appliqua à former son cœur, à régler son imagination et à lui donner une éducation brillante.

Il en fit un poète, et lui enseigna l'architecture et la musique. Orphée excellait de bonne heure à jouer de la cythare. Lorsque Apollon lui avait mis cet instrument entre les mains, le jeune virtuose avait remarqué qu'il n'était monté que sur sept cordes. Après bien des efforts, il parvint en ajoutant deux nouvelles cordes aux sept anciennes, à faire de la cythare un instrument aussi agréable à l'oreille que complet sous le rapport de l'art et de l'exécution musicale.. Comme poète, Orphée mérite une grande célébrité. L'antiquité lui attribue l'invention du vers hexamètre. Dans les poésies que nous avons sauvées du naufrage des siècles, et qui appartiennent à Orphée, le chaste et studieux amant de la muse antique recueille les inspirations d'un génie sérieux et synthétique. Ce n'est plus le style imagé d'Homère, sa pensée riante et colorée ; ce n'est plus la fraîcheur d'Hésiode, la fougue de Pindare, la gracieuse mélancolie de Sapho ; c'est une œuvre calme, puissante, une étude des phénomènes du cœur, une appréciation généreuse des idées du bien et du mal. Un seul mot expliquera notre sentiment. Orphée a fait de la *palingénésie sociale*, et l'auteur d'*Antigone*, M. de Ballanche, se rapproche assez de ce noble esprit.

Orphée a écrit des poèmes sur la guerre des géants, l'enlèvement de Proserpine, le deuil d'Osiris célébré chez les Egyptiens, les travaux d'Hercule. Il est encore l'auteur de divers ouvrages sur les Corybantes, les auspices et la divination.

Une famille athénienne, nommée les Lycomides, savait par cœur les hymnes composés par Orphée et se les transmettait de père en fils.

Le grand mérite des cantiques d'Orphée consistait, selon *Pausanias*, dans la concision du vers, la cadence de la strophe. Il est nécessaire, pour populariser la poésie, de frapper la pensée et les vers d'une seule pièce, d'un seul coup, comme on ferait pour une médaille, afin de donner à l'image un relief et un contour net et précis et d'en rendre la circulation facile.

Quant à l'architecture d'Orphée, nous n'en parlerons guère. Il est malaisé de conduire deux professions de front, sans que l'une souffre du développement que l'on accorde à l'autre.

Orphée négligea l'architecture pour la musique. Il acquit, d'ailleurs, une grande renommée comme musicien, tandis que, comme architecte, il n'obtint qu'un médiocre succès. Lorsqu'il était chargé de la construction de quelque édifice, il s'étendait au soleil et le cigare à la bouche, il jouait de la cythare pendant que les maçons travaillaient.

C'était un artiste de goût et d'esprit. Il avait de l'étude, de la science, de l'imagination. Sa verve était intarissable et son activité ne reculait devant aucune entreprise, quelque impossible qu'elle parût devoir être au premier examen. Les innovations trouvaient en lui un chaud partisan.

Il voulait avant tout plaire et amuser, et c'était surtout par des spectacles étranges, bizarres, inconnus, qu'il cherchait à frapper l'imagination, comme nous le montrerons tout à l'heure.

Orphée gâta ces précieuses qualités par un amour-propre excessif. Sa passion du bruit et du romanesque le jeta dans des aventures singulières. Son orgueil son ambition, sa soif de renommée, lui firent commettre un bon nombre de fausses démarches et ternirent sa gloire. Il peut en ceci marcher de front avec *Asklépios* (Esculape). Pour arriver à ses fins, l'imposture avec ses allures hypocrites, la calomnie avec ses discours empoisonnés ne lui manquèrent jamais. Dans les journaux, les séides d'Orphée ne disaient-ils pas tous les matins que le talent de ce maître sur la cythare était tel qu'il parvenait, en jouant quelque mélodie de sa composition, à impressionner les objets inanimés! Selon leur opinion, Orphée mettait en branle les arbres, soulevait les pierres, les forçait à entrer en cadence, à se superposer les unes aux autres, et à former de la sorte des murailles sans le secours du maçon et de la truelle.

L'épisode d'Orphée et d'Eurydice, que Virgile a placé dans ses *Géorgiques*, est dans toutes les mémoires. Ce récit est une mystification, lorsqu'il montre Orphée descendant aux enfers, et ramenant Eurydice et la perdant pour avoir trop tôt détourné la tête.

Cette aventure se réduit à ce peu de mots :

Orphée, pour vaincre une inhumaine nommée Eurydice, imagina cette fable des enfers. Avec le secours de cette allégorie, il lui fut aisé de peindre l'ardeur de son amour qui ne devait pas reculer devant la mort. Il se montra prêt à suivre l'objet de son amour jusque chez *Hadès* (Pluton). On a pris cette plaisanterie au sérieux, et il demeure bien établi aujourd'hui qu'Orphée est le modèle des amants passés, présents et futurs, tandis qu'il n'a été, en réalité, qu'un amoureux volage et pétri de la plus ébouriffante fatuité.

Le fils d'Apollon et de Calliope avait, en outre, une inconsistance dans le caractère telle, qu'elle le jetait dans une vie vagabonde, hasardeuse, semée d'heur et de malheur. Ainsi il passait tour à tour de la musique à l'architecture, de l'architecture à la poésie; et il épuisait rapidement les ressources que lui procuraient les professions réunies d'architecte, d'écrivain et de musicien. Il aimait la toilette et la bonne chère. Ces goûts exigeaient beaucoup d'argent, et jetaient notre héros dans les plus folles dépenses. De plus, il avait la passion des voyages et des aventures; aussi se vit-il, un beau jour, assiégé par une foule de créanciers

plus impatients les uns que les autres de rentrer dans leurs
déboursés.

Pour sortir de ces embarras, Orphée essaya bien des métiers qui ne lui réussirent guère. Ses poésies se vendaient
médiocrement. Sa musique rapportait moins que rien, et
son architecture n'était guère prisée. D'une mauvaise position, il tomba dans une pire. Il se sauva en Égypte, pour
se soustraire au jugement et à la contrainte par corps que
le tribunal de commerce avait portés contre lui.

La physionomie de cette contrée, berceau de l'antique
civilisation, impressionna vivement Orphée. L'imagination
d'un poète devait être saisie fortement par ce ciel admirable, ces océans de sable, ces oasis fraîches et riantes, ce
fleuve aux sources ignorées et aux inondations fécondes,
cette architecture colossale et mystérieuse. Mais quel ne
fut pas le ravissement d'Orphée, lorsqu'il pénétra dans la
vie sacrée et inconnue des prêtres égyptiens !

Il trouva dans les entrailles de la terre, sous les voûtes
d'un édifice sans nom, la traduction et la mise en pratique
des signes et des images dont étaient surchargés les monuments consacrés au culte d'Isis et d'Osiris. Il assista aux
mystères de l'Égypte, aux inspirations énigmatiques; il eut
le secret de cette langue aux caractères emblématiques. Il
sut le dernier mot de la religion et de la politique de ce
peuple courbé sous un hiérophantisme impitoyable et lugubre.

Lorsque l'étonnement eut fait place à la réflexion, Orphée
vint à regretter la Grèce et la liberté dont jouissait cette
douce patrie. Il détourna les yeux de ces tableaux étranges
et monstrueux, et il n'aspira plus qu'à traverser de nouveau les mers. Ses ressources étaient plus que bornées. Il

usa d'industrie. Aussi, lorsqu'il rentra dans la Grèce, les peuples étonnés ne trouvèrent-ils plus dans le brillant Orphée qu'un entrepreneur de spectacles.

En effet, Orphée reparaissait dans sa patrie avec un cortége singulier. Il ramenait d'Égypte des tigres, des lions, des panthères, des hyènes et des chacals. Cette ménagerie arriva à Delphes; et bientôt un spectacle aussi curieux qu'étrange impressionna la ville et les faubourgs.

Orphée donna une représentation dans le grand cirque. Il parut sur un char tiré par quatre lions et par quatre tigres. Puis il descendit dans l'arène, et on lâcha sur lui quatre lions, quatre lionnes, cinq tigres, six panthères, douze hyènes, vingt chacals. Orphée, revêtu d'une tunique éclatante, d'un manteau de pourpre et le front ceint d'une couronne de lauriers, une cythare en or à la main, s'avance au milieu de ces animaux. Ce troupeau farouche remplit l'air de rugissements épouvantables. Orphée tire un accord de sa lyre : soudain ces bêtes fauves se couchent à ses pieds.

Alors notre héros s'assied sur un lion et chante, en accompagnant sa voix de sa cythare, un hymne mélodieux.

L'amphithéâtre retentit des acclamations qui, quelques siècles plus tard, saluèrent à la Porte-Saint-Martin et à Franconi MM. Martin, Van Amburgh et Carter. On admire le courage et le génie de cet homme qui est parvenu à dompter les animaux sauvages. La ville de Delphes contemple avec orgueil, dans Orphée et ses lions, le triomphe de l'intelligence sur la férocité de la brute.

Ces représentations furent suivies avec un grand intérêt, et Orphée trouva dans les recettes la récompense de ses efforts et de sa persévérance.

Plus tard, lorsque la curiosité publique commença à s'épuiser, il forma une troupe d'histrions, et donna des représentations de tragi-comédie historique. Il reproduisait sur la scène les mystères du dogme égyptien. Ces mystères prirent le nom de *Mystères orphiques*. C'étaient les cérémonies du culte de *Dionysos* ou Bacchus, d'Hécate et les aventures de *Démeter* ou Cérès. Nous ne saurions mieux comparer ces drames qu'aux mystères qui, au moyen âge, firent les délices de nos ancêtres et préparèrent notre théâtre moderne. Avant de finir, jaloux de l'érudition de quelques jeunes pédants, nous étalons la nôtre en écrivant, d'après la langue grecque, les noms des dieux et des déesses.

Ainsi donc, au lieu de trouver, selon la fable, dans un Orphée un musicien dont les accords apprivoisent les bêtes sauvages et charment les arbres et les rochers, nous découvrons un artiste enthousiaste, dissipé, et qui exhibe des animaux féroces à la foire.

Le poète, l'inventeur des mystères ou des représentations théâtrales qui s'appuient sur l'élément religieux n'est plus un pontife divin dont la vie est consacrée aux autels de la bonne déesse.

Quant à sa mort, la Fable la raconte d'une façon aussi incroyable que barbare. Vénus, irritée contre Calliope de ce que son fils Orphée avait adjugé Adonis à Proserpine, inspira aux femmes de la Thrace une idée exécrable.

Ces dames se jetèrent sur le bel Orphée, et le déchirèrent à belles dents.

Il y a du vrai dans ce récit.

Orphée venait d'atteindre sa quarantième année. L'âge avait refroidi son imagination, et les déboires nombreux qu'il avait essuyés avaient détruit une à une ses plus chères

illusions. Il ne se sentait plus la force et la confiance né-
cessaires pour lutter et vaincre les chances d'une vie précaire.

Sa muse ne parlait plus ; sa lyre avait perdu ses brillantes
mélodies. Le métier de dompteur de bêtes féroces et celui
de directeur de comédiens avaient achevé d'épuiser sa patience et sa verve. L'avenir le plus sombre s'ouvre devant
ses yeux découragés. Un profond désespoir s'empare de notre
héros, des projets sinistres assiégent ses esprits, lorsque,
puisant dans sa propre infortune une nouvelle constance, il
redemande à l'étude de l'histoire, de la morale, de la philosophie, les consolations que ces nobles sciences accordent
aux âmes fortement trempées.

A peine Orphée a-t-il étanché la soif ardente qui le dévore à ces sources divines, qu'il abandonne la contrée dans
laquelle il a traîné une si singulière existence et qu'il arrive
chez les Thraces.

Ces peuples étaient plongés dans toutes les horreurs de
l'anarchie et de la guerre civile. Orphée s'est mêlé à ces dis-
sensions. La faction dans laquelle il s'est jeté, et qui compte
dans ses rangs la partie intelligente et riche de la nation, a
bientôt apprécié sa valeur. On admire ses connaissances en
jurisprudence, en théologie ; on s'incline devant son génie
organisateur. Bref, à la suite d'une lutte acharnée et périlleuse, le parti d'Orphée triomphe.

Orphée est nommé dictateur pour cinq ans. Il est chargé,
par les élus de la nation, d'asseoir un gouvernement stable
et intelligent, de fonder les lois et de préparer l'époque où,
son œuvre étant achevée, les Thraces pourront se choisir un
président et jouir de quelque prospérité, à la faveur du gouvernement démagogique.

Cette tâche était belle et digne d'enflammer d'une noble émulation un esprit aussi élevé que l'était celui d'Orphée.

Le législateur improvisé des Thraces a compris les habitudes et les réformes qu'il doit introduire chez ces peuples barbares. Il s'occupe d'adoucir leurs mœurs, de plier ces esprits indépendants à la prière et au travail. A sa voix les ruines se relèvent, les cités renaissent de leurs cendres, les temples rouvrent leurs portiques consacrés, les manufactures reprennent leur mouvement et leurs industries, les beaux-arts ravivent de leur souffle divin cette civilisation renaissante, les campagnes se couvrent de cultures riantes et fécondes, et d'innombrables troupeaux voyagent à travers les landes cultivées ou se suspendent aux arêtes verdoyantes des montagnes reboisées.

L'âge d'or allait succéder à l'âge de fer, lorsqu'un événement aussi imprévu que déplorable changea toute cette félicité en désolation, toute cette lumière en obscurité.

Les femmes thraces filaient de la laine. Un étranger importe des métiers au moyen desquels et par le mouvement d'une machine hydraulique un seul ouvrier fait, dans une heure, la besogne de cent femmes dans une journée. Les fileuses brisent les machines, et mettent le feu à la filature.

Orphée se présente pour reprimer l'émeute; il va parler, lorsqu'une femme, emportée par la plus atroce violence, le frappe à la tempe d'un tison enflammé.

Il tombe, il a cessé de vivre.

Lorsque l'émeute fut réprimée, la nation tout entière pleura amèrement la mort de son législateur. Les Thraces eurent horreur de ce forfait, et pour écarter l'odieux de cette horrible action, ils dirent à leurs voisins qu'Orphée, inconsolable de la mort d'Eurydice. s'était volontairement donné la mort.

Les voisins, de leur côté, répandirent qu'Orphée, insensible aux charmes d'une belle de ces contrées, par trop de fidélité à la mémoire d'Eurydice, avait été, dans un accès de jalousie, mis en pièces par cette furieuse rivale.

Et le poète Virgile a donné cours à cette fable, dans les vers suivants :

> Inter sacra Deum nocturnique orgia Bacchi,
> Discerptum latos juvenem sparsere per agros,
> Tum quoque marmorea caput à cervice revulsum,
> Gurgite quum medio portans œagrius Hebrus
> Volveret, Eurydicen vox ipsa et frigida lingua,
> Ah ! miseram Eurydicen ; anima fugiente vocabat ;
> Eurydicen toto referebant flumine ripæ.

Si l'on était certain d'inspirer à un poète des vers aussi beaux que ceux de Virgile sur l'agonie d'Orphée, je pense que bien des imaginations rêveuses et maladives aspireraient à cesser de vivre dès ce soir. Quant à nous, nous préférons les lire. Il ne faut pas disputer des goûts.

XXVI

Il nous reste à nous occuper des derniers événements
qui ont signalé l'existence d'Apollon.

Ce grand artiste n'avait jamais tourné ses yeux vers le
mariage. Il prisait trop l'indépendance et les caprices de
son imagination pour s'assujettir au joug pesant d'un sérieux hyménée. Tant qu'avait duré sa jeunesse, il avait
trouvé dans des plaisirs faciles une douce distraction. A

peine eut-il touché à la quarantaine, qu'il éprouva d'affreuses déceptions et qu'il ressentit les tristes résultats
d'une solitude pleine de lassitude et de découragements.

La vie dissipée qu'il avait menée avait gravement altéré
sa santé. Une atteinte de goutte s'était manifestée. Son estomac digérait avec difficulté. Il ne pouvait plus monter à
cheval et toute occupation sérieuse le fatiguait. Un moment il songea à se marier. Mais lorsqu'il eut sondé son
cœur, contemplé les rides précoces de son front, constaté
le désenchantement de son esprit, il fut épouvanté de la
froideur et de la sécheresse de son égoïsme, et il comprit
qu'il devait renoncer à s'unir avec une jeune et jolie personne pleine d'espérance et de joie.

L'état de sa santé ne fit qu'empirer. Une grande tristesse s'empara de ses esprits. Il se séquestra dans ses appartements, et employa ses journées à se droguer et ses
nuits à étudier quelque remède nouveau. Jamais esprit-
fort ne s'affaiblit si rapidement. L'imagination brillante du
poète fut étouffée par les rêves sinistres du malade imagi-
naire. La couronne de laurier qui brillait sur le front inspiré du divin maëstro fut remplacée par le prosaïque bonnet de coton coutourné d'un large ruban ponceau. La lyre
d'or tomba des mains de l'habile exécutant. Le cothurne
olympien ne chaussa plus ce pied élégant et rapide. Des
pantoufles brodées par Calliope entretinrent une douce
chaleur aux pieds de son maître et ami, et la draperie
héroïque, jetée sur les épaules nues de l'élégant Apollon,
fut reléguée au porte-manteau. La bonne Calliope fit encore confectionner des gilets en flanelle pour son intéressant malade.

O quelle fut la rage d'Apollon ! O qui dira son déses-

24.

poir, lorsqu'il se vit condamné à endosser la flanelle! Jamais jeune fille, courbant son front sous les plis du voile de Vesta et faisant vœu sur l'autel embrasé de la déesse d'un célibat éternel, ne souffrit les cruelles anxiétés et les poignantes humiliations qui déchirèrent le cœur du ci-devant jeune homme lorsqu'il se vit emmailloté des pieds à la tête dans un sac de flanelle.

Il aurait mieux aimé perdre ses cheveux, il aurait consenti à se laisser arracher ses dents une à une, plutôt que d'enfermer son buste et ses jambes dans cet hygiénique accoutrement. Avec une perruque et un ratelier il trompait l'œil de ses voisins; mais espérait-il cacher la décrépitude anticipée de ses formes flétries à ses jeunes rivaux!

Et Apollon avait brillé dans les solennités publiques de tout l'éclat de la jeunesse et de la beauté. Tous avaient admiré l'ampleur éblouissante de sa chevelure, la majesté de son visage, l'éclat radieux de son regard, la noblesse de sa démarche, la force et l'élégance de ses membres. D'un seul trait vous pouvez compléter ce portrait. Reportez pour un moment vos souvenirs sur la statue, l'*Apollon du Belvédère*.

Qu'il est beau, qu'il est jeune, qu'il est divin, ce marbre antique! A présent, éteignez la flamme sacrée de cet œil, plissez ce front, allourdissez ces chairs, jetez un bonnet de coton sur cette chevelure ondoyante, couvrez ce corps de flanelle, et vous comprendrez qu'il est impossible à celui qui a été remarqué et si recherché pour la perfection de ses formes, d'aller exposer ces infirmités sur une estrade riante, inondée de lumières, de parfums et de fleurs.

Ainsi que tous les vieux garçons, Apollon était condamné à vivre seul, et il avait besoin de compagnie et de de soins. Sa cuisinière était vieille et laide; en revanche,

sa femme de charge était jeune et jolie. Cette fille, nommée
Manto, était entrée chez le maëstro dans l'espérance de
s'emparer de son esprit et partant de gouverner sa maison.
Elle avait pour son maître les prévenances les plus délicates. Sa conduite reçut plus tard la récompense la plus
flatteuse qu'une femme de cœur et d'esprit pût ambitionner.

Mais avant d'arriver à ce dénoûment, il est nécessaire
d'étudier les faits qui l'avaient préparé.

Vous savez l'histoire des sept chefs devant Thèbes. Ces
guerriers périrent presque tous sous les murs de cette ville.
Leurs descendants, que les Grecs désignèrent sous le nom
d'Épigones, assiégèrent de nouveau cette ville dix ans après
la défaite de leurs pères. Ils s'emparèrent de la place et
firent un grand butin.

Alcméon, le généralissime de l'armée victorieuse, loua
un appartement garni chez les époux Tirésias.

Madame Tirésias était une sage ménagère, pleine de
prudence et de piété.

M. Tirésias avait fait un peu tous les métiers. Il avait
de l'entregent, de l'esprit et une effronterie admirable. On
le regardait comme un homme qui lisait dans l'avenir, et il
donnait des consultations de magie noire et blanche. Une
cruelle maladie l'avait rendu aveugle.

Une fille, belle et charmante, fraîche de quinze années,
appelée Manto, faisait la richesse, la joie et l'espérance de
cette maison.

Le général Alcméon aperçut la petite Manto. Le farouche vainqueur s'humanisa aux charmes de sa jolie
hôtesse.

Madame Tirésias découvrit le manége du général. En

mère vigilante, elle plaça sa fille dans un pensionnat de la banlieue. Son patriotisme se révoltait à l'idée que sa fille pouvait jamais s'unir à l'auteur d'une guerre impie.

Alcméon découvrit la retraite de la jeune fille. Il la demanda en mariage à sa mère.

Celle-ci refuse péremptoirement de consentir à cette union. Dans sa colère, le général la frappe au cœur d'un coup de poignard (1). La jeune Manto rentre dans la maison de son père, pour porter le deuil de sa mère. Alcméon, repentant, la comble d'égards et de respect.

La faiblesse du général victorieux pour la fille des époux Tirésias fut exploitée par les vaincus. Le gouverneur se relâcha de sa sévérité. Les vainqueurs ne tardèrent pas à murmurer. On reprocha au général Alcméon de soupirer indignement aux genoux d'une petite bourgeoise; il fut question de lui ôter le commandement des troupes. La clameur publique s'éleva à un tel diapason de menace et de colère, qu'il fallut bien céder, Alcméon exila le papa Tirésias et sa fille Manto à Delphes.

Le père et la fille, en arrivant à Delphes, se trouvèrent plongés dans la plus affreuse misère. Ils vécurent de la charité publique. Tirésias, l'aveugle, appuyé sur l'épaule de sa fille, parcourait les rues en chantant la complainte d'Ulysse le voyageur, ou plutôt le Juif-Errant de la Mythologie (2). Il avait le soin de cacher son nom; les aumônes pleuvaient dans la main de la jeune et intéressante Manto, qui, nouvelle Antigone, guidait les pas du vieillard à la barbe blanche et au front inspiré. Un prêtre s'intéressa à

(1) Alcméon, général de l'armée qui prit Thèbes, devint amoureux de Manto et tua sa mère. (Voir *Apollodore*.)
(2) Voir, pour la complainte d'Ulysse, le chapitre des Sirènes.

cette infortune. On inscrivit le père et la fille au bureau de
charité. Le ministre de l'intérieur accorda des subsides à ce
pauvre honteux, en le rangeant au nombre des réfugiés politiques. Cette industrie était déjà exercée avec succès par
un grand nombre d'individus, plus ou moins proscrits,
comme elle l'est de nos jours avec un riche profit.

Le sort de Tirésias et de Manto éprouva un léger adou-
cissement; mais le vieillard, accablé par le désespoir et
les infirmités, ne tarda pas à succomber sous le poids des
années et de l'infortune.

La petite Manto, par suite du décès de son père, demeura orpheline dans une ville étrangère où elle n'avait ni
parents, ni amis pour la protéger contre les séductions du
vice à la langue dorée et les poignantes angoisses de la pau-
vreté.

Une voisine, marchande des quatre saisons, la recueillit.
Elle lui donna un éventaire en osier qu'elle garnit de fleurs,
et elle l'envoya dans les rues offrir aux belles dames et aux
beaux messieurs ses roses et ses œillets.

L'intéressant Adonis lui acheta un jour des fleurs et lui
commanda de les porter chez la demoiselle Clio, joueuse de
harpe.

Manto courut chez la demoiselle et remplit auprès d'elle
la commission dont on l'avait chargée.

La Clio aimait à jaser. Elle se prit à questionner la gen-
tile bouquetière, et lui demanda vingt fois si le monsieur
qui lui avait confié ces fleurs était gentil, de bonne tournure
et de mise élégante et distinguée, et s'il avait été généreux
avec elle.

La petite bouquetière, qui ne manquait pas de finesse
(la fille d'un diseur de bonne aventure sortait de trop bonne

école pour ne pas savoir son monde), montra de l'à-propos et de l'esprit. Elle enchanta la demoiselle Clio. Celle-ci venait de renvoyer sa bonne : elle n'eut pas de peine à apprécier le parti qu'elle pouvait tirer de Manto, et elle lui proposa de l'attacher à son service.

La petite, qui s'ennuyait de courir les rues en sabots, en bas bleus, en jupe grossière ; de manger des harengs salés et de coucher sur la paille côte à côte avec une vieille et grossière marchande des quatre saisons, accepta avec empressement l'offre de la Clio. Elle ne se donna que le temps de rapporter à sa mère adoptive son éventaire, ses fleurs, et de lui offrir le denier d'adieu qu'elle avait reçu de sa nouvelle maîtresse.

La bouquetière, métamorphosée en femme de chambre, s'acquitta à merveille de ses nouvelles fonctions. Elle servit Clio avec autant de fidélité que de discrétion.

Nulle soubrette ne l'égalait, à Delphes, en gentillesse et en accortise. Avec son bonnet à la paysanne, sa robe d'indienne à raies roses sur fond blanc, son tablier blanc et son air pimpant et propret, elle était ravissante à croquer.

Mais l'humeur des dames artistes est ombrageuse et changeante. Notre joueuse de harpe s'aperçut un beau jour que sa bonne était fort jolie. Une violente jalousie s'empara, dès ce moment, de Clio, et ne lui laissa ni paix, ni trêve.

Les femmes sont si coquettes, même dans la plus humble des conditions !

Des rois ont épousé des bergères.

Des bergers ont épousé des reines.

La situation était des plus périlleuses. La prudence exigeait une résolution prompte et énergique.

Soudain Clio sonne Manto.

— Que désire madame? fit Manto en entrant.

— Vous voilà, Manto ! C'est bien heureux ! Je vous sonne depuis un quart d'heure, s'écria Clio, l'œil enflammé de colère et la voix agitée.

— Comment ! madame aurait sonné plusieurs fois ?

— J'ai sonné dix fois.

— Madame voudra bien m'excuser, je n'ai entendu qu'un seul coup de sonnette, et je me suis empressée d'accourir.

— C'est à dire que je mens en vous disant que j'ai sonné dix fois !

— Madame sait bien que je...

— Je sais que vous êtes une impertinente et une paresseuse...

— Oh ! madame, qu'est-il arrivé ce matin ?

— Il est arrivé qu'il est temps de me débarrasser d'une coureuse et d'une effrontée.

— Madame veut me renvoyer ?

— Faites votre paquet, vous n'êtes plus à mon service.

— J'obéirai à madame... Mais si elle daignait être assez bonne pour...

— Assez d'explications.

— Aurais-je manqué à quelqu'un ?

— Qu'entendez-vous par ce mot, — quelqu'un ? Taisez-vous, langue de vipère. Ces bonnes, elles mesurent leur maîtresse à leur aune. Quelqu'un ! Sortez à l'instant ! Vous n'êtes plus à mon service.

— Madame est courroucée à tort. On m'a perdu dans son esprit.

— Pauvre innocente ! Vous êtes perdue ailleurs que dans mon esprit.

— Madame a toujours raison. Elle me donnera bien un certificat?

— Oui, vous aurez un certificat. Ça ne se refuse jamais. Débarrassez-moi au plus vite de votre présence et de vos discours?

— Ce sera bientôt fait. Madame veut-elle venir visiter ma malle.

— On ne vous accuse pas de vol. Vous pouvez tourner la clef dans la serrure.

— C'est bien heureux ! (A part) La dame est si riche...

— Vous dites...

— Je dis qu'il est heureux pour une pauvre fille de conserver sa vertu intacte. C'est son seul bien.

— Il est lourd votre bien ! Mais sortez donc !

Manto, sans répliquer un mot, monte à sa chambre. Elle fait porter sa malle par un commissionnaire dans le petit hôtel garni tenu par les époux Melpomène, au faubourg de Delphes, et, après avoir reçu ses gages, non en totalité, car la Clio, à court d'argent, demeura lui devoir 6 fr. 50 c., elle gagne le garni, et, entre, quelques jours après, au service du maëstro Apollon.

Manto avait l'esprit que les âmes fortement trempées puisent dans l'infortune. Elle savait l'amertume du pain de la misère : elle avait grelotté sous les haillons, la livrée du mendiant. Son cœur avait vieilli, si son visage était demeuré jeune.

Lorsqu'elle eut raconté, avec une naïve sincérité sa naissance, son exil, et son abandon, Apollon se sentit saisi de pitié, de sympathie. Il ne vit plus dans Manto une mercenaire, une étrangère; il y trouva une jeune fille de bonne maison, condamnée, par un de ces caprices du sort que nul

ne peut ni prévoir, ni expliquer , à une condition indigne
de son origine et de son éducation. Il s'étudia à effacer la
distance qui le séparait de Manto; de la sorte, il finit par
établir une douce confiance, une respectueuse intimité qui
lui permit de sonder le cœur et l'esprit de sa jeune compagne.

Celle-ci ne se démentit pas un jour, une heure. Elle
charma Apollon par ses grâces, son ingénuité, sa discrétion
et son dévoûment. La prévoyance devint sa grande vertu.
Au lieu de courir avec les filles de son âge au cirque, aux
danses, elle demeurait au logis. Elle fermait les yeux aux
œillades provocatrices des petits commis, et lorsqu'ils lui
glissaient des billets doux dans son cabas, elle les déchirait à leur nez et à leur barbe, en déclarant qu'elle ne
savait pas lire.

Dès son entrée dans la maison d'Apollon, elle avait compris qu'avec de la conduite et de la persévérance, elle fini-
rait par subjuguer son maître. Une fois sortie des fonctions
de *bonne à tout faire*, et investie de celles de chambrière,
elle devenait la reine du logis. L'amitié d'un homme de
cinquante ans lui souriait davantage que l'amour d'un garçon de vingt ans. Elle s'assurait une existence et plus que
de l'aisance pour son automne.

Elle s'appliqua à adoucir la solitude et l'humeur inquiète du maëstro par ses soins et son empressement à
le servir. Elle le comblait de prévenances, et d'attentions
plus délicates les unes que les autres. Chaque soir elle
bassinait régulièrement son lit. A peine était-il mollement étendu sous son édredon, que Manto arrivait dans la
ruelle, avec un regard embrasé, une toilette insidieuse qui
trahissait agréablement la blancheur éblouissante et potelée

de ses bras et de ses épaules. Alors, sous l'aimable prétexte
de relever l'oreiller de son maître elle passait ses bras sous
son col et effleurait ainsi ses lèvres de sa poitrine fraîche et
vermeille.

Dans le principe le sieur Apollon se contentait de boire
le lait de poule que cette excellente fille lui servait, il se
retournait prudemment du côté de la muraille, et appelait le
sommeil en fermant ses yeux et ses oreilles. Peu à peu, la
rusée entrait en tendres discours, elle s'égarait à plaisir
parmi les sujets roses et galants. C'était la colombe de Venus
qui frisait de ses blanches ailes le front du vieux garçon et
qui évoquait ainsi les images riantes et roses du beau printemps.

Un soir elle s'assit au pied du lit.

Apollon se redressa sur son séant et se laissa gagner par
les charmes de ce tête-à-tête. Il se prit à admirer la gentillesse de son partner, et à la suite de cet examen, les choses
s'emmanchèrent de façon que la demoiselle négligea de
grimper dans sa mansarde au coup de minuit, et que le
lendemain à dix heures du matin, elle se retrouvait, les
yeux à demi fermés encore, en tête à tête avec son maître.
Le *vous* respectueux était déjà remplacé, dans le discours,
par un *tu* des plus familiers entre les deux auteurs de cette
galante épopée.

Manto avait atteint son but. Aussi apporta-t-elle une
grande discrétion dans son intimité avec Apollon. Elle sut
la cacher à tous les yeux ; il n'y eut ni propos, ni scandale.
Son maître et ami se montra reconnaissant de cette conduite : quels n'auraient pas été le ridicule et la calomnie
que le monde et les journaux auraient déversés sur le divin
maëstro, si l'on avait répandu qu'il vivait avec sa bonne.

La situation, par le cours naturel des choses, ne tarda pas à se compliquer. Un beau matin Manto éprouva des spasmes et des défaillances. Ces accidents se renouvellèrent. La demoiselle se réjouit de ces symptômes. Elle allait, à n'en pas douter, devenir mère. Elle cacha son état jusqu'au huitième mois. Au neuvième, elle découvrit la vérité à son galant.

En apprenant la situation intéressante de Manto (style des gazettes anglaises), Apollon fut bouleversé. A son âge, dans sa position, que va-t-il devenir avec une servante maîtresse et un enfant sur les bras? Le public rira à ses dépens. Les sarcasmes pleuvront sur sa tête. Lorsqu'il ira dans le monde, les grandes dames avec une perfide bonhomie lui demanderont des nouvelles de la santé de mademoiselle sa gouvernante. Au cercle, les hommes lui adresseront leurs condoléances sur sa tardive paternité; les journaux parodieront *son erreur* sur tous les tons. Ce scandale abrégera ses jours.

Le plaisant de l'aventure, c'est qu'Apollon se montrait tout timoré d'avoir mis dans l'embarras une pauvre fille que son innocence aurait dû protéger contre ses déloyales séductions.

Manto riait sous cape de ces scrupules. Vous savez si elle en était à son coup d'essai. Par un rare bonheur on ignorait à Delphes son aventure à Thèbes avec le général Alcméon et la naissance de sa petite fille Tisiphone.

Apollon finit par avaler bravement la pilule. Manto accoucha d'un superbe poupon qu'elle appela Mopsus. L'enfant fut confié à Lucine, la sage-femme, qui l'expédia à Claros, avec une nourrice de son choix. Et le secret fut si bien gardé qu'il ne transpira rien de cet événement dans la ville de Delphes. L'heure n'est pas éloignée où nous aurons à constater les succès de ce petit bonhomme, digne héritier des vertus et du génie de ses père et mère.

L'arrivée au monde du bambin Mopsus fournit matière à réflexions au papa. Sa situation était aussi désagréable que difficile. Elle offrait tous les inconvénients du mariage, sans en procurer les avantages. Était-ce une vie que de poser à l'extérieur pour le célibat et à l'intérieur pour le mariage? Cet état a un nom que nous nous abstenons de prononcer tant il sonne incongrûment à l'oreille. Valait-il pas mieux après tout se marier et terminer par une fin convenable. Bref, notre héros eut beau jeter les yeux autour de lui, il ne vit dans la société qu'il frayait aucune veuve ou demoiselle qui pût lui promettre un bonheur et une amitié comparables à l'amitié et au bonheur dont il voyait percer les germes dans les regards et les paroles de Manto. Et comme, après tout, il s'agissait de ses derniers jours, de ses dernières espérances, Apollon sauta à pieds joints sur les convenances et proposa un beau matin à Manto son cœur et sa main.

Manto se confondit en remercîments, en hésitations, en confusions. Sans repousser les offres de son maître, elle lui exprima les propos empoisonnés du monde, les quolibets sur le maître aux genoux d'une servante-maîtresse, l'impossibilité de se produire, l'un portant l'autre, dans le monde, la morgue et l'insolence des salons, etc., etc.

Cette résistance charma Apollon. Il répondit aux scrupules de Manto, et n'eut pas de peine à lui faire partager le projet qu'il méditait.

Néanmoins, pour éviter les épigrammes des journaux, les irrévérences du beau monde, il fut convenu que leur mariage serait tenu secret dans le commencement. Il ne devait être publié dans le monde qu'à la faveur d'une circonstance opportune ou d'un grave événement.

Huit jours après cet entretien, Apollon et Manto se marièrent secrètement à minuit, dans la chapelle du Conservatoire de musique et de déclamation. Rien ne transpira de cette cérémonie dans le public.

Les nouveaux époux vivaient dans la retraite et cachaient aux yeux d'une société profane et jalouse leur félicité. Manto, avec ce désintéressement admirable que la jeunesse puise seule dans sa force et sa beauté, entourait son mari des plus douces distractions. Elle versait sur son front fatigué les trésors de ses inépuisables caresses. Avec ses discours semés de tendresse et d'esprit, avec ses romances mélodieuses ou ses danses saisissantes, ses lectures poétiques, ses promenades rêveuses, elle remplissait de délices cette âme épuisée par tant de travaux et de déceptions.

De son côté, Apollon comblait sa femme des plus tendres égards; il se montrait reconnaissant de son amitié et de son dévoûment, lorsqu'un événement imprévu vint donner une nouvelle force aux liens qui les unissaient déjà et immortaliser à jamais les noms de Manto et d'Apollon, en les signalant comme les créateurs d'une science dont la puissance n'est limitée ni par le temps ni par l'espace.

Les détails qu'il nous reste à fournir méritent d'autant plus de nous fixer, que les questions dont il s'agit sont plus que jamais à l'ordre du jour dans le monde et les académies.

XXVII

LA SOMNAMBULE D'APOLLON

Une baignoire sur un cratère. — Ce que l'on trouve lorsqu'on
ne cherche rien. — Les résultats d'une syncope. — Dormez,
mes chères amours. — Une conversation entre un homme
éveillé et une femme endormie. — Manto est somnambule.
— Apollon découvre le magnétisme. — Ses expériences. —
Le Mémoire qu'il adresse à l'Institut. — La mort le surprend
dans ses nouveaux travaux. — Sa gloire. — Quelques mots
sur les sybilles et la divination chez les anciens. — Rien n'est
nouveau sous le soleil.

Nous avons dit que l'époux de Manto s'occupait beaucoup de médecine. C'était la faiblesse d'un esprit distingué
aux prises avec l'oisiveté et les humeurs noires. Manto
écoutait complaisamment Apollon et lui donnait parfois de
bons avis : car, à Thèbes, avant l'arrivée du général Alcméon, elle avait vu chez son papa Tirésias vendre des
drogues et débiter des ordonnances.

Les médecins avaient conseillé les bains à Apollon. Ce
dernier, fatigué de courir aux étuves publiques, fit creuser,

dans une pièce attenante à son appartement du Conservatoire, une salle de bains.

Un jour Manto, en allant préparer la baignoire de son mari, se trouve enveloppée dans le tourbillon d'une vapeur épaisse et sulfureuse. Elle appelle à son secours, et l'on remarque sous la baignoire que le sol a cédé et qu'il s'échappe de cette excavation une vapeur brûlante et chargée de soufre et de potasse.

On n'attacha pas d'abord une grande importance à cet événement, et on boucha le trou.

Quelque temps après, Manto descendit dans cette salle de bain chercher des serviettes qu'elle avait négligé de rapporter à la lingerie. Une vapeur étouffante remplissait l'appartement. La dame, surprise par ces émanations, tombe en pâmoison. On accourt à son aide; on lui fait respirer des sels, et ses femmes la délacent et la portent sur un canapé.

Apollon s'approche d'elle pour calmer sa fièvre et son délire. Il lui prend les mains, lui frotte le front, lui ferme les yeux, la couvre de caresses.

A la suite de ces tendres frictions, Manto tombe dans un sommeil profond.

L'époux tient dans ses mains la main de sa femme. Il veut savoir si elle dort; il lui adresse cette singulière question :

— Dormez-vous, Manto ?

— Oui, je dors, répond Manto sans rouvrir les yeux et dans le calme du sommeil; mon malaise se dissipera bientôt.

Apollon, qui la croit éveillée, lui fait entendre qu'il va préparer une boisson excitante.

— Gardez-vous en bien : cette potion me tuerait! s'écrie Manto. Donnez-moi du tilleul et frictionnez-moi.

La conversation se poursuit. Manto parle d'une façon merveilleuse : elle entre dans le détail de sa maladie, prescrit des remèdes et donne la description d'un anévrisme qui commençait à affecter le cœur de son maître.

Puis elle se réveille.

Mais elle a oublié ce qu'elle vient de révéler et ne sait répondre que des choses vulgaires, si on l'interroge sur les sujets qu'elle vient de traiter aussi pertinemment qu'elle l'a fait tout à l'heure.

Son époux Apollon demeure confondu. Il vient de découvrir une puissance inconnue dans les facultés de la créature humaine. Manto est douée d'un don merveilleux, celui de seconde vue. Elle y voit mieux avec les yeux de son esprit, qu'avec les yeux de son corps, qui s'éclairent des rayons du jour et s'éteignent aux ténèbres de la nuit. Elle a vu à travers la pellicule et la charpente osseuse dans le corps de l'homme.

Le secret des dieux est surpris. La divination ne marchera plus à tâtons. Le passé, le présent et l'avenir vont se dévoiler aux regards des humains.

Le lendemain, le maëstro conduit Manto dans la salle de bains. Manto, aux exhalaisons du gouffre, tombe de nouveau en syncope, Apollon la fait monter dans sa chambre. Il calme sa crise nerveuse avec des frictions, et finit bientôt par la plonger dans un profond sommeil.

Alors, en tenant sa main dans la sienne, il renouvelle l'expérience de la veille. Aux questions qu'il adresse à Manto sur sa maladie, sur ses amis, sur ses ennemis, Manto répond avec une lucidité remarquable. Ce qu'elle avance sur

tel sujet se trouve à l'instant justifié. En ce moment, on
sonne à la porte de l'appartement. Avant qu'on ait introduit le visiteur, elle a déjà désigné son nom et son individu.

Apollon se livre journellement à de nouvelles expériences.
Elles sont couronnées de succès. Manto est un exellent
sujet. Les mots de magnétisme animal, de somnambulisme
sont créés et prononcés pour la première fois par le curieux
maëstro.

Il fit part à Manto de sa découverte. L'un et l'autre se
gardèrent de divulguer leur secret. Curieux comme tous les
artistes, inquiet comme tous les malades, Apollon se fit
une joie de poursuivre, d'étendre ces intéressantes études.
Manto y vit pour l'avenir une mine inépuisable de richesses.

Le maître n'eut plus de tristesses et de découragements.
Manto lui devenait plus chère que jamais. C'était sa vie,
son trésor que cette aimable femme. Il se livra avec une
ardeur et une persévérance dignes d'un tel sujet de méditations à l'étude de ces phénomènes. Chaque jour lui appor-
tait de nouveaux faits plus curieux les uns que les autres.
Il commençait à agir avec certitude et à poser les principes
de la science dont il était le père.

Manto, de son côté, se prêtait de la meilleure grâce du
monde aux expérimentations d'un époux adoré. Elle était
enchantée de l'importance qu'elle acquérait chaque jour.
Elle se réjouissait des distractions qu'elle procurait à l'imagination maladive de son mari.

Apollon commença par faire décorer cette salle de bains.
Il fit disparaître la baignoire et ordonna de placer sur l'excavation d'où s'échappaient les émanations sulfureuses une
sorte de fauteuil, appelé *trépied,* parce qu'il reposait sur

trois barres en fer. (Trépied sacré de la sybille de Delphes.) C'était sur ce trépied que s'asseyait Manto, afin de s'énivrer des exhalaisons souterraines avant de s'endormir au contact du fluide magnétique dont l'enveloppait son maître. Ce dernier réunit bientôt quelques amis, auxquels il donna le spectacle d'une séance de magnétisme. Vous devinez l'ébahissement des spectateurs. Il y eut des incrédules. On renouvela les expériences. Le doute fut remplacé par la conviction la plus sincère. On se promit le secret. Il y eut quelques indiscrétions; mais au lieu de nuire au succès de cette découverte, elles en révélèrent l'importance et impressionnèrent l'imagination publique par les commentaires remplis de terreur et de mystère qui les accompagnèrent.

Apollon avait préparé sur cette magnifique question un rapport qu'il se proposait d'envoyer à l'Académie royale de médecine et à l'Académie des sciences.

La mort le surprit au milieu de ses travaux.

XVIII

NUL N'EST PROPHÈTE EN SON PAYS

La devineresse Manto. — Sa renommée. — Les prêtres vivront
toujours de l'autel. — Quelques mots sur les Sybilles et la
divination chez les anciens. — Rien n'est nouveau sous le
soleil.

Apollon, avait institué **Manto** son héritière à titre de
légataire universel.

La fille de Tirésias, le diseur de bonne aventure, avait
sucé avec le lait de sa mère, les éléments de la divination.
C'était dans sa nature de vivre de la magie et des sciences
occultes. Son père avait d'abord eu le projet de la consacrer
à l'astrologie. Il en avait été empêché par sa captivité.

Les expériences du magnétisme réveillèrent les premiers
instincts de **Manto**.

Quelques jours après le décès d'Apollon, qu'elle pleura
longtemps, elle fit choix d'un magnétiseur, et se décida à
donner des séances publiques.

Ces expériences se répandirent. On en causa beaucoup.
On fut ému, surpris, confondu, persuadé. Les esprits supers-

titieux ne tardèrent pas à voir des phénomènes divins dans l'application du somnambulisme. Ce don de seconde vue, on l'expliqua par une communication directe entre le sujet magnétisé et la Divinité.

Le collége des prêtres (l'Académie des sciences) s'empara de ces faits, les examina, et se disposa à en tirer un parti avantageux pour la religion et le prêtre qui vit de l'autel. Manto fut appelée chez les prêtres. Elle vécut parmi eux, joua un rôle égal à celui d'une déesse : elle fut traitée sur le pied d'une divinité, car elle eut pour famille le collége des prêtres et pour richesse les trésors du temple.

La religion avait apprécié de suite les avantages qu'elle retirerait de ce mode de divination. Les entrailles et le sang des victimes, — les cris et le vol des oiseaux, — les fumées de l'encens et bien d'autres sciences divinatoires par le fer, par l'eau, par le feu, par les pierres, etc., etc., rencontraient des incrédules.

On voulait un oracle en chair et en os, avec figure humaine. Une femme devait produire une heureuse concurrence à la statue granitique et fêlée de Memnon qui se contentait de soupirer au soleil levant.

Chez les prêtres, il ne fut plus question que de sanctifier le magnétisme, d'instituer l'oracle, de régler les cérémonies, d'introniser les sujets appelés à parler au nom des dieux et de tarifer la curiosité des fidèles. Apollon n'avait pas laissé de successeur digne de le remplacer au Conservatoire de musique et de déclamation. Cette école allait en déclinant. Un beau jour, le collége des prêtres demanda au conseil municipal de lui céder les bâtiments de l'hôtel du Conservatoire de musique, devenus déserts : il se proposait de les convertir en temple.

Le conseil municipal accéda à leur demande. L'hôtel d'Apollon est érigé en temple. Les prêtres se sont emparés du fluide magnétique. Les exhalaisons sulfureuses sont un hors d'œuvre ; mais ils tiennent à les employer, afin de frapper plus vivement l'imagination de la foule. L'excavation souterraine d'où s'exhalent les vapeurs enivrantes est considérée comme un lieu saint.

Manto s'assied sur le trépied sacré, et dans les fureurs d'un somnambulisme plus ou moins sincère, elle lit dans l'avenir, dont elle explique les causes et les effets à la foule confondue de terreur et d'admiration. On la salue du nom de Sibylle, de Pythie, en souvenir de l'Apollon Pythien, le dieu de la musique et de la lumière, avec lequel elle est demeurée en communication directe. Les prêtres ont organisé le culte des oracles.

La Pythie parlait une fois tous les ans, à l'entrée du printemps.

Avant de remplir son rôle d'oracle, elle se soumettait à diverses cérémonies.

Elle jeûnait pendant trois jours.

Elle se baignait dans les eaux de la fontaine Castalie.

Cette fontaine coulait dans un verger qu'Apollon avait donné à une jolie nymphe nommée Castalie. Cette fontaine a conservé le nom de cette aimable fille.

Elle buvait plusieurs coupes de l'eau de cette fontaine.

Apollon l'avait sanctifiée, en s'y baignant pendant sa vie.

Elle prenait une décoction de feuilles de lauriers qui croissaient au pied de cette source.

Lorsqu'elle avait terminé ces préparatifs, Apollon descendait dans le temple. Le dieu annonçait sa présence en ébranlant l'édifice sacré jusque dans ses fondements. Les

26

prêtres allaient chercher la Pythie. Ils l'accompagnaient en
pompe dans le lieu saint, et l'asseyaient sur le trépied pro-
phétique.

Dès que la vapeur souterraine commençait à agiter la
Pythie, on voyait ses cheveux se hérisser, son regard devenir
farouche, sa bouche écumer et un tremblement subit et violent agiter tout son corps.

Dans cet état convulsif, elle poussait des cris et des hur-
lements qui remplissaient les assistants d'une sainte frayeur.

A la fin, réduite par le dieu, dans cette lutte pleine
d'épouvante et de mystère, elle cédait au souffle divin et,
après s'être livrée à son inspiration personnelle, elle profé-
rait par intervalles quelques paroles mal articulées que les
prêtres recueillaient avec soin.

Ceux-ci coordonnaient ces phrases et les soumettaient à
un rhythme poétique et concis.

L'oracle prononcé, on retirait la Pythie du trépied pour
la ramener dans sa cellule.

Là, elle demeurait plusieurs jours à se remettre de ses fatigues. Souvent, dit Lucain, une mort prompte était le prix,
ou la peine de son enthousiasme.

A mesure que la renommée de l'oracle de Delphes grandit,
les prêtres donnèrent plus d'éclat et de solennité à ces cérémonies, si bien calculées sur le génie ignorant et crédule
d'une foule fanatisée par le culte du Destin.

Ainsi, Manto, consacrée à l'oracle et regardée par le
commun des fidèles comme la sainte pythonisse, éclairée
d'une fureur divine, partagea sa vie entre les occupations
de son ministère et les hommages des grands et des petits.

Elle demeura fidèle à la mémoire de son maître qu'elle
honora de ses larmes et de ses regrets.

Manto sembla se contenter de son commerce tout intellectuel avec le ciel. Elle ne rendit plus que des oracles.

La ville de Delphes s'agenouilla devant la veuve d'Apollon : Clio, qui l'avait tirée de son obscurité première, et
qui l'avait traitée indignement, vint en grande humilité la
consulter. Manto oublia ses mauvais traitements et feignit
de ne pas la reconnaître. Cette grandeur d'âme est peu commune chez les femmes. Elles font ordinairement passer
leurs petites passions avant tout autre sentiment, et la générosité en fait d'injures n'est pas la vertu qui brille le plus
en elles.

Manto parvint à une extrême vieillesse : elle s'éteignit
doucement entre les bras des prêtres, entourée de gloire et
de vénération.

La ville de Thèbes, jalouse de la ville de Delphes, déclara
plus tard que Manto avait commencé à rendre des oracles
dans ses murs avant d'aller en captivité. Du temps de Pausanias, on montrait encore à Thèbes, devant le vestibule
d'un temple, la pierre sur laquelle, disait la tradition,
Manto s'asseyait pour prophétiser. On appelait cette pierre
la *chaire de Manto*.

Achevons ce qui nous reste à dire des sibylles.

Lorsque le somnambulisme fut affecté au culte religieux,
Manto, qui avait été magnétisée par Apollon, fut appelée
par les prêtres *sibylle*. En grec, ce mot signifie : *inspiré,
conseillé des dieux*.

Le métier était bon. Les prêtres de Delphes élevèrent des
sibylles. Pendant longtemps ils choisirent pour asseoir sur
le trépied sacré une fille jeune et jolie. Mais une sibylle
d'une beauté accomplie ayant été enlevée plus tard par un
riche Thessalien, les prêtres décrétèrent qu'à l'avenir on

n'élirait pour rendre des oracles que des femmes dont l'âge aurait dépassé la cinquantaine, décision qui confondit un peu les amateurs du beau sexe.

Afin de conserver la mémoire des premières sibylles, dont l'image était si fraîche et si riante, si gracieuse, on habilla les vieilles sibylles avec les accoutrements coquets et galants dont se parent la jeunesse et la beauté.

Horrible contre-sens ! affreuse caricature !

Les prêtres de Delphes eurent des imitateurs. Chaque peuple voulut posséder une sibylle. La tradition, en tenant compte de Manto, nous a transmis les noms des dix sibylles. Elles se perpétuèrent l'une dans l'autre, et ne moururent, pour ainsi dire, jamais ; car elles perdaient leur nom particulier pour prendre le titre générique de sibylle.

On les distinguait ainsi :

LA PERSIQUE. —Nommée Sambèthe. Elle se disait, dans des vers sibyllins, la bru de Noé.

LA LYBIENNE. -- Elle était fille de Jupiter et de Lamia. Elle vécut à Samos, à Delphes et à Claros.

LA DELPHIQUE. — C'est Manto que nous connaissons amplement.

LA CUMÉE. — Elle habitait la ville de Cumes en Italie.

L'ERYTHRÉENNE. — Lors de l'embarquement des Grecs pour le siége de Troie, elle prédit la chute de cette ville.

LA SAMIENNE. — Ses écrits furent retrouvés dans les annales des Samiens.

LA CUMANE. — Née à Cumes, en Éolide. Elle porte les noms de *Démophile*, d'*Hérophile*, d'*Amalthée*. Elle présenta à Tarquin l'Ancien les neuf livres prophétiques.

L'HELLESPONTINE. — Elle sortait de Marpèse, dans la Troade. Elle prophétisait du temps de Solon et de Cyrus.

La Phrygienne. — Son oracle était à Ancyre.

La Tiburtine. — On l'honorait sous le nom d'Albunée, comme une divinité, à Tibur ou Tivoli, sur le Tévéron.

Quelque intéressante que soit la question soulevée dans le cours d'un récit par les personnages et les choses mis en scène, il faut savoir l'abandonner, si l'on ne veut pas se perdre dans les détails d'une critique sans fin. Tout ce qui se rapporte à l'art divinatoire est fort curieux. Nous eussions voulu lier l'antiquité au bas-empire, au moyen âge, à l'ère moderne, et montrer par quel fanatisme ignorant et crédule, par quelle faiblesse incommensurable, l'esprit humain avait parcouru les cercles de la magie, de l'astrologie, de la nécromancie. Du trépied sacré sur lequel trônait la sibylle de Delphe, nous aurions passé dans le camp des guerriers (Marius et la Lybienne Martha), dans les cavernes et les marches désertes, dans l'officine obscure du souffleur, ou sur la colonne aérienne de l'astrologue, voire même dans le cabinet moderne des docteurs magnétisants. Nous pouvions essayer de dresser la liste par succession d'âge et de siècle des devins fameux chez les peuples divers, mais tel n'était pas notre but. Nous avons dû nous borner à rapporter les faits qui intéressaient la conduite d'Apollon, et nous nous arrêtons lorsque nous avons atteint les limites assignées à notre sujet par la nature même et la spécialité des choses mises en relief et des héros traduits en scène.

Quelques mots sur le dieu Mopsus, digne fils de Manto et d'Apollon, et nous abandonnons notre plume, en laissant reprendre leur vol vers l'Olympe à ces divinités, où notre curiosité était allée les interroger.

XXIX

MOPSUS, CÉLÈBRE MAGNÉTISEUR

Visite de Mopsus à sa mère Manto. — Le cabinet d'un magnétiseur à Claros. — Succès de Mopsus à la cour d'Amphimaque. — Le parti de la guerre et le parti de la paix. — Un
roi entre deux ministères. — Intrigues politiques. — Une
charade en action porte l'opposition aux affaires. — Déconfiture du parti de la guerre. — Triomphe du parti conservateur. — L'histoire d'un préfet épicurien racontée par le sieur
Plutarque. — Un dieu qui dit noir. — La pièce est jouée.

Avant de fermer les yeux à la lumière, la sibylle Manto
goûtait une satisfaction bien douce pour le cœur d'une
mère; elle pouvait descendre chez les morts réjoindre son
cher Apollon, sans larmes et sans regrets, car elle apprenait
que son fils prospérait. Elle laissait donc toute chose à elle
appartenant sur la terre en état : elle avait assez vécu.

Mopsus avait grandi en force, en esprit et en science à
Claros, loin de sa famille. A la mort de son père, il vint
visiter secrètement sa mère à Delphes. Celle-ci mit à profit
le séjour que son fils fit auprès d'elle pour lui enseigner les

premiers éléments du magnétisme animal et de la divination.

De retour à Claros, Mopsus divulgua le secret de sa naissance et annonça qu'il allait ouvrir un oracle.

Le fils d'Apollon et de Manto, car personne ne s'inscrivit en faux contre l'origine qu'il venait de revendiquer, vit accourir la foule chez lui, et dans peu de temps, il eut conquis une célébrité comparable à celle de sa mère.

De cette époque date la première application du magnétisme; et afin de ne pas mériter le reproche de poursuivre des sophismes et d'obéir aux caprices d'une imagination bizarre, nous allons, par une citation, prouver que d'autres auteurs se sont occupés, à notre exemple, du magnétisme chez les anciens.

On lit dans Diodore de Sicile :

« Les Égyptiens, dès la plus haute antiquité, rapportaient toutes leurs connaissances médicales à Isis et croyaient généralement que ce dieu provoquait chez le patient qui venait le consulter un sommeil d'une nature particulière, dans lequel il voyait en rêve le médicament qui lui convenait. »

Ælius Aristide, qui vivait sous les Antonins, raconte avoir été guéri par un remède qui lui avait été indiqué en rêve pendant un assez long sommeil dans le temple d'Esculape.

Que pouvait être ce sommeil et ce phénomène de clairvoyance, si ce n'est le résultat du magnétisme mesmérien, etc., etc.

Revenons à Mopsus. La renommée le fit appeler à la cour d'Amphimaque, roi de Colophon.

Ce prince méditait, au moment de l'arrivée de Mopsus, une expédition importante. Calchas, l'un de ses courtisans, qui visait au ministère et à la présidence du conseil, le

poussait vivement à entreprendre des conquêtes. Il mar-
chait à la tête de l'opposition et représentait le parti de la
guerre. Calchas ne cessait d'aiguillonner l'ardeur belli-
queuse du roi, en lui prédisant une victoire éclatante, que
lui assurait la valeur de ses troupes, dont les susceptibi-
lités patriotiques avaient été froissées par les concessions
honteuses qu'un ministère pusillanime avait accordées à
l'étranger.

De son côté, le parti conservateur voulait demeurer aux
affaires et repoussait la guerre. Dans cette conjoncture, il a
le bon esprit de s'emparer de Mopsus.

Mopsus est appelé au château. Il prédit au roi la plus
belle déconfiture, s'il se met en campagne.

A la promenade, le prince fait part à Calchas de ses hésitations et de son penchant pour le repos.

Le parti de la guerre frissonne de la tête aux pieds. Les
conservateurs triomphent. La promenade et l'entretien se
poursuivent entre les courtisans.

En homme d'esprit, M. Calchas raille agréablement
M. Mopsus.

M. Mopsus conserve sa majestueuse indifférence et répond gravement aux épigrammes de M. Calchas, en accablant
Sa Majesté Amphimaque de son respectueux dévoûment.
M. Calchas poursuit ses agressions. Une truie vient à
passer : elle était prête à mettre bas.

— Monsieur Calchas, s'écrie avec ce ton de prophète
que savait si bien prendre M. Mopsus, puisque vous péné-
trez aisément dans les choses cachées, vous saurez nous dire
combien de petits porte cette truie.

— Monsieur Mopsus, répond M. Calchas en essuyant le
verre de ses lunettes, et avec un sourire d'une finesse et

d'une perfidie aussi spirituelles que méchantes, vous avez donc des relations avec les choses cachées. La sorcellerie est passible de la police correctionnelle, des assises, mais les lois ne regardent que les petits... Je parlerai donc sans crainte, sur la provocation inconvenante de M. Mopsus... Cette truie... elle va mettre bas, et elle allaitera cinq petits.

— Cinq petits, s'écrie M. Mopsus, le front pâle et brillant, vous vous trompez, mon cher, elle en allaitera sept.

Et, comme à point nommé, la truie donna le jour à sept petits.

M. Calchas confondu, pétrifié, se retire furieux.

M. Mopsus promène sur les assistants son regard olympien. Sa Majesté Amphimaque déclare qu'elle va signer la paix.

Pendant la nuit le roi a revu M. Calchas, et le *Moniteur* annonce le lendemain que l'armée va entrer en campagne.

M. Calchas est porté à la présidence du conseil, et M. Mopsus est pourvu d'une sinécure quelconque.

Hélas! les prédictions de M. Mopsus ne furent que trop justifiées. L'armée du roi de Colophon fut battue à plate couture.

La guerre avait porté M. Calchas à la présidence du conseil. Le revers essuyé par les troupes de Colophon amena la chute de son ministère et rappela aux affaires le parti conservateur, dont Mopsus avait été l'interprète.

M. Calchas se retira dans la solitude et occupa ses loisirs à écrire des mémoires qui ne sont pas arrivés jusqu'à nous. Sa Majesté Amphimaque honora M. Mopsus de son amitié, et le combla, au dire de la fable, de ses largesses royales.

Cette anecdote consolida la réputation de Mopsus, comme devin, et il quitta Colophon accompagné de l'estime générale (1).

Il se retira à Malée en Cilicie, où il acquit de grandes propriétés.

Dans sa résidence de Malée, Mopsus continua à rendre des oracles, et à sa mort il laissa la réputation d'un devin des plus célèbres. Quelques années plus tard, il dut son élévation au rang des dieux à une aventure assez amusante.

Le bonhomme Plutarque, grand faiseur de biographies, rapporte que le gouverneur de la province de Cilicie, le préfet, fréquentait les épicuriens.

Veuillez nous pardonner cette irrévérence à l'endroit de ce célèbre écrivain, et ne pas vous courroucer contre l'épithète de bonhomme appliquée à l'inventeur du parallèle entre tel ou tel héros. Plutarque est fort naïf et fort bavard, et si nous nous exprimons avec cette hardiesse sur son compte, c'est que nous n'avons rien à attendre de lui. Mais nous prenons l'engagement de lui accorder la plus vive et la plus sincère admiration du jour où nous-mêmes nous serons passés à l'état de grand capitaine ou de grand magistrat. Tout général d'armée est tenu, depuis l'empereur Napoléon, d'emporter avec lui les *Œuvres de Plutarque*. Le général Bonaparte les étudiait en allant en Égypte. Nul n'est obligé de lire Plutarque; mais il est nécessaire, pour bien jouer son rôle de grand homme, de le porter dans sa poche. Le suprême du genre, lorsque le

_____

(1) Hésiode raconte autrement l'anecdote de la truie. Il rapporte que Mopsus défia Calchas de dire exactement le nombre de figues que portait un figuier devant lequel ils s'étaient arrêtés. Calchas se trompa dans son évaluation; Mopsus les énuméra sans en omettre une.

général est en retraite, c'est de voir le vieux guerrier occuper ses loisirs à traduire Horace en vers plus ou moins français. C'est incalculable le nombre des traductions d'Horace commises par des officiers généraux. Le poëte romain est du domaine du général français en retraite.

Plutarque, avons-nous dit plus haut, rapporte que le préfet de la Cilicie fréquentait les épicuriens.

Une nuit, à la suite d'un affreux cauchemar, notre préfet se réveille en sursaut. Il a vu en songe le grand Jupiter qui l'a menacé de son tonnerre, s'il persiste dans son incrédulité. Pour se débarrasser de ses doutes et apaiser ses scrupules religieux, il prend la plume, écrit un billet qu'il adresse à Mopsus, dont le souvenir revient à sa mémoire, et charge un esclave de porter ce message chez les dieux. Par quelle voie? Plutarque n'en dit pas un mot, et nous imitons sa réserve.

Le serviteur entre dans un temple pour faire ses dévotions; il s'endort au pied de l'autel.

Soudain apparaît au valet, au milieu de son sommeil, un jeune homme de bonne mine, qui lui crie aux oreilles : — *Noir !*

Notre valet se réveille, il court chez le préfet, lui rend son billet tout cacheté, et se contente de prononcer le mot : — *Noir*, — en racontant son aventure.

A la réponse de ce messager, le troupeau d'Épicure, qui entourait le fonctionnaire timoré, rit à gorge déployée.

Le gouverneur fronce le sourcil, promène un regard menaçant sur l'assemblée, et, en décachetant son billet, il s'écrie d'une voix grave et pénétrée :

— Messieurs, vos rires sont indécents. Ne jugez pas aussi légèrement que vous le faites la conduite et les paroles de ce serviteur, car ce serviteur est l'interprète des dieux.

Nouveaux rires, et plus bruyants que les premiers, de l'assemblée.

— Livrez-vous à ces hilarités malséantes, messieurs, reprend le préfet avec une chaleur toujours croissante : elles témoignent assez de votre endurcissement. J'avais prêté l'oreille à vos fatales doctrines. Je m'étais empoisonné de votre venin. J'allais mourir dans le doute et le marasme de l'athéisme. La vérité se fait entendre. Les dieux ont parlé. Ce billet renfermait cette phrase : *T'immolerai-je un bœuf blanc ou noir ?* Mopsus s'est montré en songe à mon messager. Il lui a dit : *Noir.*

Messieurs, montons au temple immoler au dieu Mopsus un bœuf noir.

A ces mots, le gouverneur se dirige vers le temple, accomplit son sacrifice, et voue dès cet instant une sincère dévotion au culte du dieu Mopsus.

. . . .

C'est à cette occasion que le fils d'Apollon et de Manto reçut les honneurs divins de l'apothéose.

Il eut son temple, sa statue, ses prêtres, ses sacrifices, ses théories et son autel.

Le père était dieu. La mère était déesse. Le jeune homme devait aspirer à un titre de demi-dieu. Tel père, tel fils.

C'est de cette façon que les choses se passent dans les bonnes maisons. Les fils de ducs sont ducs, les fils de marquis sont marquis, les fils de MM. les administrateurs des compagnies de chemins de fer et autres compagnies, succèdent à leurs pères, par droit de naissance, dans ces postes aussi honorifiques que lucratifs.

Les héros mythologiques ont couronné leurs rejetons de l'auréole divine. C'est ainsi que l'Olympe a été peuplé.

Le détail des faits et gestes de ces personnages a formé les récits de la mythologie.

Nous en avons brisé l'écorce brillante et nous avons essayé d'en tirer quelque vérité, quelque amusement et quelque actualité.

XXX

L'AUTEUR FAIT AMENDE HONORABLE

Puisque nous avons tant fait, au début de ce livre, que de présenter nos respectueux hommages au lecteur, nous ne nous séparerons pas de lui sans lui offrir l'expression de notre vive gratitude et de notre profonde considération.

Il est de bon goût, entre gens bien élevés et qui prennent momentanément congé les uns des autres, de se complimenter et de ne s'éloigner qu'avec la promesse formelle d'un prochain rapprochement. Mais comme il est aussi difficile qu'inopportun de parler de soi en public, nous nous bornerons, en écartant ce sujet, à faire une courte réponse aux nombreuses épîtres que nous avons reçues pendant la publication de nos *Dieux en habit noir*.

Les unes nous apportaient une louange, les autres un blâme.

Nous ne parlerons des premiers que pour les remercier. Nous allons nous occuper des seconds.

On s'est plaint de ce que nous avions abordé trop lestement la mythologie aux allures si riantes et si charmantes.

On nous a fait un reproche d'avoir prononcé des noms propres.

Parfois notre récit aurait paru incertain.

Nous avions eu l'honneur, en commençant, de prévenir le lecteur. En lisant quelques faits de la mythologie, il ne devait pas s'attendre à étudier la *Morale en actions* ou les *Lettres édifiantes*.

En outre, il est des sujets qu'il est impossible d'éviter. Vous conduisez votre famille, mon cher monsieur, au Musée, au jardin des Tuileries. Que représentent les tableaux, les statues qui garnissent ces lieux? Des scènes de la mythologie, les héros et les héroïnes de l'Olympe en costume primitif.

Ce sont des choses qu'il faut savoir regarder et apprécier ; et nous tenons pour certain que notre livre est beaucoup plus habillé que les *Lettres à Émilie sur la mythologie*, œuvre très estimable, du reste, surtout lorsqu'elle est illustrée de gravures dans le goût Louis XV.

Et si quelque lecteur n'était pas convaincu par cette courte réflexion, nous l'engagerions à lire le chapitre VI du premier volume d'un roman intitulé *les Brodeuses de la Reine*, dans lequel l'auteur a traité, avec beaucoup de sincérité, des expositions excentriques dont sont enrichis les musées de peinture, de sculpture, les jardins publics et les ballets mythologiques et féeriques.

L'auteur de ce roman est votre très humble serviteur :

Quant à mêler des noms propres à notre récit, est-ce sérieusement que l'on nous adresse ce reproche? Y a-t-il quelque lâcheté, quelque perfidie, quelque calomnie dans notre fait? Nous avons glorifié des poètes, des médecins, des fonctionnaires publics distingués, et nous les avons fait intervenir afin de bien éclairer notre récit. Nous n'avons baffoué que les sots.

Monsieur, nous sommes encore assez jeune, assez désintéressé pour savoir admirer, aimer les supériorités. La droiture du cœur est la meilleure garantie de l'honnêteté de l'esprit.

Quant à l'allure parfois indécise de notre récit, nous confesserons humblement notre tort en ce point, et nous nous bornerons à répondre ceci :

Dans le principe, lorsque nous avons arrêté les lignes principales de ce tableau, nous avons tracé (une comparaison exprimera parfaitement notre pensée) *un jardin anglais.*

C'était des pelouses verdoyantes, des cours d'eau serpentant dans d'étroites chaussées; des allées en zigzag, semées d'ombres et de parfums; des petites collines aux paysages romantiques; des grottes et des cascades aux fraîches émanations, des bosquets touffus et mystérieux... Ces sites, éclairés d'un demi-jour, étaient semés de fleurs, animés par les concerts des oiseaux mélodieux et les murmures des ondes; on entendait parfois sous la feuillée, au fond d'une allée perdue, les frôlements d'une robe, des soupirs, des pas incertains : Sylvain chantait sur sa flûte, les nymphes cueillaient des fleurs en formant des danses gracieuses. Soudain, un de ces devoirs, auquel il est impossible de ne pas obéir, puisqu'il s'agit des yeux et des oreilles du public, me fit *commander* de changer ce *parc anglais*, en *jardin à la française.*

Vous voyez notre embarras. — De grandes allées, bien droites, bien sablées ; des bassins en rocailles, des bosquets percés à jour, des quinconces symétriques, des carrés de fleurs d'une correction irréprochable, remplacèrent notre capricieuse décoration. — Et une lumière éclatante vint illuminer violemment tous les détails d'une œuvre pour laquelle le mystère et l'ombre étaient parfois indispensables. Alors apparurent des lignes raides, sèches, froides et des images trop fortement accentuées, et dont l'exagération aurait été sauvée par un demi-jour.

Telle est, messieurs et mesdames, l'excuse de l'auteur. Il vous a dit l'embarras dans lequel la crainte de vous choquer l'avait jeté. Daignez conserver un bon souvenir de ses loyales intentions, et accueillir avec indulgence l'expression de ses sentiments les plus distingués et les plus sympathiques.

ERNEST ALBY.

FIN.

TABLE DES MATIÈRES

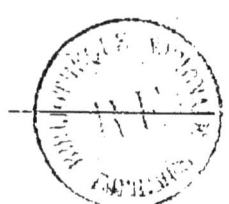

www.ingramcontent.com/pod-product-compliance
Lightning Source LLC
Chambersburg PA
CBHW050204030726
47505CB00005B/1516